白纸行黑字

沙页翻长河

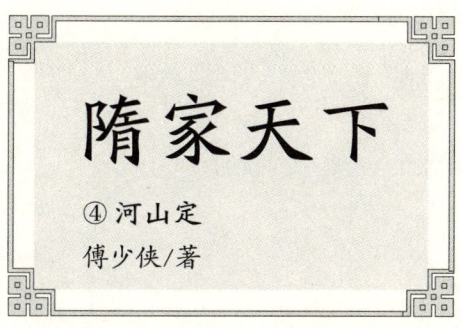

隋家天下

④ 河山定

傅少侠/著

图书在版编目(CIP)数据

隋家天下. 4, 河山定 / 傅少侠著. —— 北京：中央广播电视大学出版社, 2013.1
ISBN 978-7-304-05995-8

Ⅰ. ①隋… Ⅱ. ①傅… Ⅲ. ①长篇历史小说—中国—当代 Ⅳ. ①I247.5

中国版本图书馆CIP数据核字(2013)第012976号

版权所有，翻印必究。

隋家天下. 4, 河山定
傅少侠 著

出版·发行：中央广播电视大学出版社
电　话：营销中心 010-58840200　　　总编室 010-68182524
网　址：http://www.crtvup.com.cn
地　址：北京市海淀区西四环中路45号　　邮编：100039
经　销：新华书店北京发行所

策划编辑：赵　铮	版式设计：黄　晓
责任编辑：窦晓群	责任印制：林鸿雁

印　刷：北京中科印刷有限公司　　印数：1～5000册
版　本：2013年1月第1版　　　　　2013年3月第1次印刷
开　本：787×1092　　1/32　　　　印张：9.5
字　数：182千字

书　号：ISBN 978-7-304-05995-8
定　价：32.80元

（如有缺页或倒装，本社负责退换）

目录

001	第一百章	再征高句丽
011	第一百零一章	杨玄感兵变
021	第一百零二章	杨玄感之败
031	第一百零三章	三征高句丽
041	第一百零四章	李浑冤案
053	第一百零五章	雁门被围
063	第一百零六章	遍地烽烟
073	第一百零七章	黜退苏威
083	第一百零八章	翟让
093	第一百零九章	珠联璧合
103	第一百一十章	千疮百孔
113	第一百一十一章	愈演愈烈
123	第一百一十二章	魏公李密
133	第一百一十三章	祸起太原
143	第一百一十四章	李渊起事
153	第一百一十五章	霍邑之战
163	第一百一十六章	攻克长安

目录

第一百一十七章　王世充　　　　　　173

第一百一十八章　瓦岗军内讧　　　　183

第一百一十九章　屈突通降唐　　　　193

第一百二十章　　隋炀帝之死　　　　203

第一百二十一章　崭新的唐帝国　　　215

第一百二十二章　宇文化及之死　　　225

第一百二十三章　邙山大战　　　　　235

第一百二十四章　李密之死　　　　　245

第一百二十五章　大隋末日　　　　　255

第一百二十六章　洛阳交兵　　　　　265

第一百二十七章　一石二鸟　　　　　275

第一百二十八章　大结局　　　　　　287

滚滚长江东逝水，浪花淘尽英雄。是非成败转头空。青山依旧在，几度夕阳红。

白发渔樵江渚上，惯看秋月春风。一壶浊酒喜相逢。古今多少事，都付笑谈中。

——《临江仙·滚滚长江东逝水》杨慎

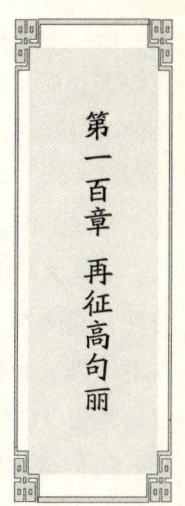

第一百章 再征高句丽

上一次,
我败得还不够惨

大业九年,即公元613年,夏,隋炀帝杨广亲率大军渡过辽河,二次远征高句丽,以报上次惨败之仇。

亲征之前,杨广还是按惯例,召见庾质,问他的看法,这倒不是出于对庾质的尊重,而是出于对上天的尊重——对上天表示尊重总比无法无天要好,当你信奉举头三尺有神明的时候,你的坏一定是有限度的,当你什么神都不信时,那才是真的可怕。

庾质这次听了皇帝的问话,说了一句话,比上次多几个字:"我实在是愚昧,还是坚持上次的看法,您御驾亲征,实在太辛苦了!"

庾质不好意思直接说出他对杨广二次远征高句丽的反对,但态度和第一次一样。

杨广的态度也和第一次一样，管你同意不同意，我一定要去，而且他还对庾质发了脾气："我亲自指挥，尚且不能取得胜利，派人替我前去，就建得了战功？"

这一次，庾质不再表示"压力山大"，他只是在心里想："正是因为你要亲自去，才无法取得战功。"

两天之后，杨广令宇文述、王仁恭和上大将军杨义臣分率几路隋军向高句丽发动进攻。这一次，杨广吸取了上次的教训，允许各军将领根据实际情况便宜行事，采取自己认为最合适的方式向敌人发动攻击。

我们还记得隋军第一次征辽的时候，士兵负重三百六十斤，连路都走不了。因此会私下把粮食挖个坑埋掉，结果，途中很多士兵就没有粮食了。没有粮食的军队你可以不必把他们看成是军队，甚至不必看成人，他们能够支撑多久只是个时间问题。

为了避免类似的情况再次发生，杨广十分聪明地令人在河南准备了职业后勤部队负责粮食的运输。

后顾无忧的隋军，密密麻麻像蚂蚁一样将小小的辽东城团团围住；而守城的高句丽军队挟去年大败隋军之威，众志成城，势将侵略军赶出祖国的领土。一场空前惨烈的攻防战开始了。

这场战争在那个时代，是不折不扣的立体战争。

用于高空作战兼监视敌人的飞楼在上；

撞击敌人城门的撞车、用于攀上城楼的云梯在中；

深入地中、准备挖地道入城的掘子军在下。

上中下三路大军一起发动进攻,一时间辽东城下聚集了数十万大军,烟尘弊日,火光冲天,有叫的,有哭的,有骂的,有逃跑的,有追击的,有发疯的,有绝望的,一副世界末日的景象。如果那时德拉克罗瓦在场的话,建议他画一幅《自由引导"折腾"》。

人家都说,不受制约的权力产生腐败。但对杨广而言,腐败已经没有意义,反正大隋朝都是他们家的。我认为,不受制约的、自由的权力必然会产生折腾,他不需要考虑这样做的后果、成本、影响,折腾是他的权力。特别是如果这个人像杨广那样具有极其浓烈的浪漫主义情怀时。

两支坚韧的大军在辽东城下混战了二十多天,双方都伤亡惨重,对彼此都毫无办法,一筹莫展。

杨广看到战事胶着,心里十分着急,他决定亲冒矢石,到一线去督战。就在最前线,杨广看到十分震撼和感人的一幕,看到一位真正的特级战斗英雄。

隋军在攻城的时候,使用了惯常的攻城工具——云梯。

梯,其实是一种路,或者路的延伸。之所以被称作"云梯",是因为这种特殊的路实在是太高了,足以"高路入云端"。

云梯是非常有力的攻城利器,再高的城墙,只要搭上云梯,就在理论上有了被攻破的可能。再说,云梯并非是一架简单的长梯子,而是下面有轮子,可以自由进退;左右配有盾牌、挠钩、绞车等配套设施的军备,不容易被推倒或掀翻,任何守城的军士,看到云梯,也会虎躯一震。

据说云梯的发明者是战国时期最著名的工程学家、建筑学家，也是中国历史上最著名的木匠——鲁班。鲁班同志不姓鲁，他实际叫公输般，只因为是鲁国人，所以被称为鲁班，班者，般也，通假。

杨广看到的这个特级战斗英雄，正是和云梯有关的。

这个人叫沈光，是江南人，属现在的湖州。

杨广在这次东征之前，面向全国范围征选勇士，谓之"骁果"，意为英勇善战的勇士。

沈光就是一个"骁果"。

事实证明，沈光没有辱没这一光辉的称呼，他在攻城的大军中，始终活跃在第一线。沿着十五米高的云梯一路攀到了城墙的垛口上，一步跳上城楼，挥起大刀，连杀数人，高句丽冠军一见，蜂拥而至，连刀带枪，将沈光逼退至垛口，突然用力，把沈光推下城墙。

杨广正在前线督战，这一景象的前前后后，被他全部看到。

一见沈光被推下城墙，杨广不禁惊呼一声。

可能杨广亲临指挥，"运气了"沈光。沈光被推下城墙时，曾经以为自己必死无疑，在下坠的过程中，下意识地伸手乱抓，竟然抓到了云梯上的一根绳子，于是牢牢抓住，翻身又上云梯，这根绳子还真是他的救命稻草！

大难不死的沈光同志重又翻上云梯，投入了战斗的行列。

这一切都被观战的隋炀帝杨广看在眼里，他当即下令,授沈光同志为特级战斗英雄,拜为朝散大夫。一个普通的"骁果",一步登天,成为从五品的朝廷命官。虽然从五品称不上高官,但从普通一兵到"地市级公务员",也算脱胎换骨了。

尽管隋军有象沈光这样英勇罕匹的忠烈之士,但拿下辽东城并非易事。隋军和高句丽军队在此相持不下,双方都很焦急。

辽东城之所以攻不下来,是因为城墙高。试想,如果没有城墙,八个辽东城也被夷为平地了。

杨广突然灵机一动,命人制作大口袋,每一个口袋都装满了泥土,这些泥土袋都被堆到城下。几十万大军,用上百万的大泥土袋,瞬间就堆起了一条可与城墙比高的"环城高架"。

这样,辽东城的城墙在高度上就变得毫无优势,辽东守军在心理上的优势就荡然无存了。

除了环城高架,杨广还想出了另一个绝招儿,他让人制造了一种特殊的战车,这种战车有两个特点,一是有八个轮子,进退自如;另一个特点是高度特殊,比城墙还要出点头。这种工具高,实在是高。在战车上满载弓箭手,向城里的敌人放箭,这相当于暗藏了许多狙击手,敌人不知道什么时候自己就中箭了。

这不是狙击手的真正打击,真正的打击是,敌人在心理上害怕了。

我怀疑杨广这段时间是穿越到明代去看罗贯中的《三

国演义》去了，想必他对官渡之战中刘晔给曹操出的那个主意是极为赞赏的。

这两个措施让杨广的大隋朝从双方胶着的状况下，戏剧般地占据了主动，而且，十分严重地打击了敌人的士气。隋军的实力本来就远在高句丽之上，如今战事上又占得了先机，心理一旦失衡，基本就大势已去了。

确实是具有戏剧性，杨广只是利用了两个不起眼的小东西，却做成了大事情。一个是土口袋，一个是八轮攻城车。

一个伟人曾经说过，科学技术是第一生产力。此言得之。

战事一旦明朗，那战争的结果一般会很快显现。

杨广的大隋军似乎是有了势如破竹、摧枯拉朽的趋势，眼见得高句丽就要被彻底征服，高元作为高句丽王的日子屈指可数了。

事实也是如此，杨广已经在召开御前会议，约定好发动总攻的日期，数十万大军蓄势待发，只等一声令下，勇猛的隋军将冲破辽东城的防线，以泰山压顶之势将小小的辽东城碾为齑粉。

发动总攻的日子到了，总攻的时机也已成熟，攻下辽东城，一雪前耻，为上次征辽不幸死难的隋军勇士报仇。杨广终于对大军的动向发布命令，可是，命令出乎所有人的意料，大家听到的是向后撤退！

事情发生了戏剧性的转折！没有人知道为什么杨广会在隋军历尽艰辛、终于占据战略主动、眼看就要攻下辽东城进而席卷东北和朝鲜半岛的情况下,突然宣布撤军。

大业九年(公元613年)六月二十九日夜,杨广召开秘密军事会议,会议上宣布了撤军的命令,然后令各军立即实施。

军用装备、后勤辎重等,在军营里堆积如山,杨广下令通通不要,丢弃在辽东城下。这些物资在制造的时候,不知道征用了多少民工的民力,耗费了多少民脂民膏,就这样说不要就不要了。

如果杨广老爹杨坚同志知道的话,准会气得从坟墓里跳出来。杨广这是标准的富二代、官二代的作风,"崽卖爷田不心疼"。

退军的时候,由于仓促,隋军已经自乱阵脚,有乱窜的,有逃跑的,有抢人东西的,还有聚众造反的,谁也没有心思按游戏规则行事,谁也管不了谁。虽然不是败军,但比起败军,更像是兵败如山倒。

他们尤其怕的一件事情是:敌人趁乱出城,举着大刀大杀大砍一气,上次从辽东城撤退时的景象,可是历历在目!

但辽东城内,早就看到了这一乱象,但他们不追,淡定得很。

原因很简单,他们不知道隋军演这一出是什么目的,诱敌之计?敌人大大地狡猾,任你百般引诱,我自岿然不动。等你闹腾够了,就消停了。

自作聪明的高句丽军队在城里擂鼓呐喊,但就是不出来。隋军也顾不上辽东城内的感受了,你爱怎么想就怎么想吧,咱逃命要紧。

这次东征,隋军有个特点,就是进军的时候,比蜗牛爬得还慢,而撤退的时候,比兔子跑得还快。

才半天的时间,几十万隋军撤退的速度,直追北京奥运会之前的刘翔,等高句丽守军回过味儿来,发觉隋军是真跑,想派兵追击时,隋军早跑得连影子都看不到了。

高句丽立即派出几千精锐去玩命追,在终于看到敌人的殿后部队时,高句丽军队又有点打怵了:该不该追啊?要是被敌人反咬一口,可不是闹着玩的。看来隋军曾经的顽强和战斗力给了高句丽军队深刻印象。

于是这两支奇怪的队伍就这样保持着队形朝辽河的方向前进,相隔不到一百里,隋军不走快,高句丽军队也不走快,两军保持了相敬如宾的友好姿态。

已近辽河的时候,高句丽军队才决定发起进攻。

原因是,他们看到隋军的大部队已经渡过了辽河,剩下的,必是一些老弱病残。

高句丽追兵铺天盖地杀了过来,隋军的殿后部队也并非吃干饭的,他们人数不少,有好几万人,一看高句丽大军追到,立即返身投入战斗。

辽河边一时喊杀声震天,河水里都是死尸漂浮,血水染红了江面。

然而,隋军的殿后部队不能一味与高句丽追兵拼杀,他们的主要任务是能够安全地撤回辽河西岸,保存有生力量。

于是,他们把精力都放在"如何安全地回到祖国"这一指导思想上了，但这一思想却让高句丽追兵占了大便宜——在队伍最后的隋军和部分老弱病残成为了高句丽追兵的饕餮大餐，人数多达几千人的这部分人马被高句丽人屠戮殆尽，辽河水因渗进了血水而变得粘稠，几乎为之不流。

兵强马壮的大隋朝，第二次远征高句丽，就以这样的方式划上了句号。

杨广回到国内，再次见到不同意他发兵东征的太史令（国家天文台台长）庾质的时候说："我现在才明白，你为什么不同意我发兵征讨高句丽。"

杨广的自我批评精神可嘉，但全无用处，损失已经造成，不该花的钱都花了，不该做的事都做了，不该死的人都死了，自我批评还有什么用呢？更重要的是，以后的事实证明，杨广的这一自我批评完全是一时的冲动，冲动后不久，他又回归到他好大喜功的自我当中。这才有了下一年的第三次远征高句丽。

这一次去打高句丽，完全是在占据了战略主动的情况下仓促撤军的，看起来十分不可理喻。其实，杨广并不想在眼看就攻下辽东城、进而渡过鸭绿江、拿下平壤、一举荡平高句丽的时候退军，他实在是有着不得不撤兵的充分理由。

这个理由就是：大隋朝后院起火，杨玄感造反了！

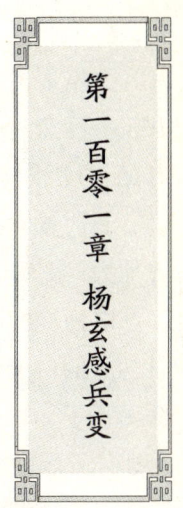

第一百零一章 杨玄感兵变

你就是那后院里的一把火

大业九年,即公元613年六月,杨广在眼看就要攻下辽东城、进而席卷朝鲜半岛的时候,突然率军急急往回赶,致使第二次征辽功败垂成,原来,是杨玄感造反了!

杨玄感是个典型的官二代,典型的太子党。

他的老爹,就是整个大隋朝要说他们家是第二,没人敢说第一的杨素同志。

杨素的一生,是战斗的一生、当官的一生和奸臣的一生。

他曾经辅佐隋文帝杨坚建立了辉煌一时的隋朝,也曾经帮助杨广取代哥哥杨勇,登上太子的宝座,继而杀死老爹杨坚,成为万乘之尊。

杨素同志这些光荣的历史功劳,杨广都记着,因为杨素已经是宰相,位极人臣,没法再封,他就封杨素的儿子杨玄感他们。

严格地讲，尽管杨素为杨广做出了杰出贡献，但杨广并没有亏待过他们。反倒是杨素自己，没有一个老同志应有的气度，自以为为隋朝立下了不世之功，欺凌群臣不说，有时候对作为皇帝的杨广也不太尊敬，有时候直接称呼他为"郎君"。

以杨广的聪明程度，不会感觉不出来，只是看在他昔日功劳的份上，不好意思翻脸而已。杨素死的时候，杨广深深呼了一口气，说："幸亏杨素死了，要是你不死，迟早让你的满门抄斩。"

这些事情，杨玄感多多少少能感觉到一些，从很早开始，他只要想到杨广，就有那么一丝不爽。所以，他心里隐隐觉得，冥冥中似乎那个位置自己也可以试一下。

杨玄感这样想并非一点道理也没有。

杨素老同志为隋朝的江山南北战几十年，几乎满朝都是他们家的亲信，势力比起当年四世三公、门多故吏的袁本初同志有过而无不及。

更关键的是，杨广其人似乎不太厚道，杨玄感家几代为隋朝卖命，功高震主，实际那柄达摩克利斯之剑已经高悬在了他的脖子上。

每次想到这里，杨玄感就觉得后背凉气直冒。

凭借我家的声望、老爹数十年积累的人脉、目前掌握的兵权，似乎这个梦想并非奢望。况且，杨广无道，开运河、造龙舟、建行宫、征高句丽，搞得天下汹汹，民怨沸腾，正好利用这个时机，赢得翻身机会。

于是，头脑发涨的杨玄感经过"周密"的分析，以为天下大势了如指掌，可以举起他反隋的大旗了。

杨玄感之所以这样胸有成竹，缘于一个人给他的信心。

这个人是李密。

李密不是个常人，他和我们之前所说的关陇贵族核心家族有着十分直接的关系：他是西魏八柱国之一李弼的曾孙——袭爵蒲山公。

李密兼资文武，颇有祖风，也许他的长相既不是象"人艺"副院长那样的师奶杀手，也没有丑到巴黎圣母院敲钟人那般引人瞩目，也许，他的形象比较接近梁山上的宋江。

李密年纪轻轻就在禁卫军任指挥官，但不幸的是，他被隋炀帝杨广看到了。

于是，杨广就悄悄对李密的顶头上司宇文述说："你那里那个皮肤黑黑的年轻人，双目有神，异于常人，你不要再让他担任宫廷的保卫工作了。"

于是，宇文述就找李密谈话，让他自己辞职。

李密没有别的选择，只好辞职——如果放在现在，那就由不得宇文述，想让谁辞职谁就得辞职——这属于协商解除劳动合同，只要达不成一致，就是协商不成，我可以不辞职，我有自己的劳动权利。

李密辞职之后，无所事事，就在家攻读诗书。在书房读书，吃饭的时候也读书，出门的时候也读书，甚至逛街的时候骑在黄牛（相当于这个官二代的"蓝博基尼"）上也读书。这一次,他在黄牛上读书的英姿被一个德高望重的老同志看到了,就把他引荐给了自己的儿子,让儿子跟这位黑胖子好好学学。

这个老同志就是杨素,那时他还没有死。

于是,李密和杨玄感就认识了。这一认识,相见恨晚,两人结成莫逆之交。

大业九年,即公元613年,杨广不听庾质的话,决定御驾亲征,再伐高句丽的时候,杨玄感向皇帝杨广请求:"我家世受皇恩,这次愿随同大军奔赴边疆报效国家,以回报皇上对我家的厚恩。"

杨广大喜,说:"真不愧将门虎子,应了那句话——老子英雄儿好汉,老子反动儿混蛋!此言得之!"

不过,欣赏归欣赏,杨广并没有让杨玄感跟着到辽东前线去杀敌立功,而是派杨玄感到后方去做另一样重要的事情——在黎阳负责筹措粮草,供应前线。

按说,这是个极其重要的差事。此时的杨玄感相当于为汉高祖经营汉中、准备军粮的萧何,也比作为魏武帝曹操平定长安、筹集粮秣的钟繇。杨广之所以把杨玄感派到这个重要的岗位上来,是因为他确信,杨玄感不会在这个职位上造反,至少他自己是这样认为的。

比起位高权重的萧何和钟繇,杨玄感是差点火候。杨广是出于常理进行的判断,可是架不住杨玄感不按常理出牌啊!他认为,自己具备足够的实力与隋炀帝杨广叫一下板。

于是,在经过了"精心"准备,并且有着李密这个高参的大力协助，万事俱备之后，杨玄感举兵反隋了！

这在大隋朝来说还是第一次从内部产生了裂隙，反隋的既不是北方的蛮族，也不是东北的高句丽，更不是被迫揭竿而起的农民暴动，而是隋朝内部的高官。

杨玄感起兵，意味着隋朝的统治不再是铁板一块！

不管杨玄感起兵的结局怎样，都已经从根本上动摇了隋朝的统治。

杨玄感一旦决定反隋，就先从粮草上下工夫。他截留运往辽东前线的运粮船，打算窃为己有，使远征军缺粮。而杨广派人来催促时，杨玄感就用事先准备好的理由搪塞皇帝：路上盗贼（农民起义的暴民）太多，无法通过。

除此之外，杨玄感还从杨广背后插了他一小刀：把跟着杨广到辽东前线、任职虎贲军指挥官的弟弟杨玄纵和他的另一个心腹杨是杨万石叫了回来。杨玄感深知此消彼长的道理。老弟杨玄纵是回来了，倒霉蛋儿杨万石中途被擒获，丢了宝贵的脑袋。

以上这些，仅仅是雕虫小技接下来，杨玄感做了一件真正能够蛊惑人心的事情：令人冒充政府的使节，分散到全国各地，宣称正在配合杨广向高句丽发动海上攻击的海军司令员、右骁卫大将军来护儿叛变！

来护儿在上一章曾经出现过，尽管也在平壤打了败仗，但他的战勇和对隋朝的忠诚却是无可争议的。如果来护儿真反，那可是对杨广的毁灭性打击！

管你反不反，先说你反，到时逼你反，或是你被杨广做掉,都是我所喜闻乐见的——这是杨玄感的如意算盘。

公元613年六月三日,杨玄感开进黎阳城,改革官制,征召天下军马,汇集黎阳,据说目的是为了征讨反叛的大将来护儿。

但不久,杨玄感就觉得征讨来护儿这个口号既不响亮,也没有多少实际效果,尤其是,这个口号连自己都不信,怎么去蒙别人?

于是,不久后,杨玄感在政治上挑明了与隋朝分庭抗礼的决心,他召集大军开会,宣布自己吊民伐罪,即将成为天下苍生的代言人:

"暴君杨广无道暴虐,丝毫不顾及天下三分之二的受苦人,以致天下大乱。"

"两次征辽,死在辽河东岸,永远无法回到故国的忠魂,就有几十万。"

"今天,我和你们共同奋起抗暴,拯救天下苍生,共同创造一个富强、民主、文明的现代新社会,如何?"

台下欢声雷动——这是肯定的,如果不欢声雷动的话,立即将你抓起来,大刀一举,人头落地。

杨玄感派人从大兴把自己的老弟杨玄纵和他的军师李密接来。这两人,特别是李密的归队,使得杨玄感如虎添翼。他问李密:"你一向把拯救天下苍生视为己任,现在是我们实现抱负的时候,你有何想法?"

李密发表了长篇演讲,他像一个职业经理人一样,给自己的老板杨玄感出了上、中、下三道选择题,这三策的威力不下诸葛亮的隆中对,为杨玄感指明了发展方向。

李密的三个对策说明他是杰出的战略分析专家,从这个角度来讲,他的能力不逊于西汉的张良和三国的诸葛亮。李密的三个对策简述如下:

"主上率军远在辽东,南有大海,北有突厥等强大的蛮族,与中原的联系只有细细的一条辽西走廊,我的上策是,你率大军星夜前往,出其不意,占领和扼守辽西走廊。那时,他一定急急往回赶,你可以逸待劳,在彼截住他厮杀,高句丽军队见主上退兵,一定会紧紧咬住,这样,他前后失踞,进退维谷,不出十天,弹尽粮绝,就算我们不动手,大军也会自己崩溃,到时,杨广必为我们所擒。这是上策。"

杨玄感听了,面无表情地说:"把中策说出来让我听听。"

李密接着说:"关中之此,易守难攻。我们集中优势兵力,突袭长安大兴,虽然有大将卫文升在彼驻守,也可一鼓而下。就算皇上回兵,我们已经占据了都城,他的根据地已失,仍是我们占据主动,此乃汉高祖、曹操之基业也!"

杨玄感听了,仍然不动声色,说:"再把下策说出来听听。"

李密有点诧异,不知杨玄感何以淡定如斯,但仍然把他的下策说了出来:"下策就是集中优势兵力,马不停蹄径袭东都洛阳,将会天下震动。问题是,就算我们现在就出发去袭洛阳，恐怕守军已经听到警报，他们一定会严加戒备，据险死守，万一百日之内攻不下来，隋军会伺机反扑，洛阳的援军会从四面八方赶来，我们会陷主动于被动，到那时，情势完全扭转，至于能否掌控大局，非我所能知也。"

杨玄感听了，立即接话说："隋朝文武百官的家属，多半在东都洛阳，打下东都，天下震动，会给隋朝以最沉重打击。再说，你的上策直接去打大兴，路过东都也不打，如何立威？你的下计，就是我的上计。"

于是，不听李密劝阻，派自己的弟弟杨玄挺率军一千，作为先锋，直趋洛阳。

果不出李密所料，隋朝已经在东都洛阳做好准备，杨玄挺一来，在外围就被迎头痛击，施以一顿老拳，被打了个鼻青脸肿。

就在杨玄纵被一顿胖揍的同时，洛阳城已经在留守东都的越王杨侗（前太子杨昭次子，隋炀帝杨广之孙）和负责东都防卫事务的樊子盖做好了防卫准备，且防卫固若金汤。

如果杨玄纵听说洛阳是樊子盖在守，大概借他八个胆子也不敢来。

樊子盖是那时的超级猛人之一，最大的特点就是凶，治军严整，无人不怕；他另一个特点是敢杀人，杀起人来毫不手软。据说，后来他去世的时候，前前后后无数个断头鬼萦绕四周，可见生前杀戮之残酷。

这一年，樊子盖已经七十多岁了，但尽管老，仍然渗出他一身的杀气。

杨玄纵在洛阳城下失败，正在回军之际，他的哥哥、叛军的主帅到了城下。由于杨玄感出身高门、本身又有一定的感染力和鼓动性，所以跟随他的人那是乌央乌央的。

由于人数太多了，又没有时间生产装备，因此，这些人的武器装备都很简单，他们手持单刀和柳条做的盾牌，连盔甲和弓箭都没有。但他们热情很高，政治上很狂热，精神上很充实，尽管在物质上要什么没什么。

隋军方面派出了河南县长达奚善意率军五千人对抗杨玄感的弟弟杨积善，而建设部长兼"洛阳市政府秘书长"裴弘策率兵八千对抗杨玄纵。

达奚善意看来只能够对人有善意，而无法带兵打仗。他的五千精兵在没有看到杨积善的影子的时候就开始崩溃，跑的一个没剩。

而裴弘策也好不到哪里，与叛军稍一接触，即行崩溃，四散奔逃，辎重粮草等大部分被叛军夺走。

裴弘策好不容易收拾败军，重新聚集，刚刚聚拢来、扎下大营的时候，杨玄纵又到了。于是再度崩溃……

如是者好几次。

杨玄纵算是看明白了，达奚善意是不战而溃，裴弘策稍微好一点，他是碰一下才崩溃！

到第五次的时候，达奚善意已经崩溃不起，他只剩下几十人，资本已经不足，只好打马跑回洛阳城内。其余的八千人，全部投降了杨玄感。

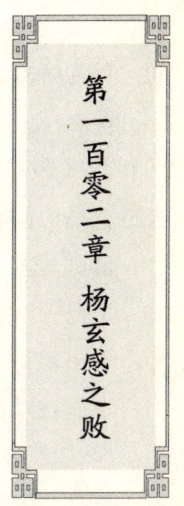

第一百零二章 杨玄感之败

纨绔子弟在关键时刻掉了链子

裴弘策将所部属八千士兵慷慨地送给杨玄感的叛军之后，只带几十人狼狈逃回洛阳城。

洛阳城的守将樊子盖并没有对败军之将裴弘策另眼相看，樊子盖老同志久经沙场，知道胜败乃兵家常事，况且，敌军势大，裴弘策不是对手，很正常，再说，他不是还和敌人交战了好几次吗？总比达奚善意强得多，达奚善意还没等跟敌人打呢，手下的士兵就全跑了。

杨玄感初战告捷，前来报名参军的人络绎不绝，杨玄感看在眼里，喜在心上。他对弟弟杨玄纵说："造反，什么最重要？人心！我们赢得了人心，隋朝天下尽早是我们的。"于是召集所有将士，在洛阳城下发表激情演说：

"我杨玄感，名门之后，父亲是大隋朝的宰相，我自己身为帝国元帅（上柱国），富贵已极，今天，我和大家站在一条起跑线上,举兵造反,不怕全族屠戮,不为别的,只为解救天下苍生。"

杨玄感口才很好,极富煽动力,所有观众,包括老部下和新投奔来的盲流,纷纷表示要坚决跟着杨玄感干,杨玄感就是他们心中的红太阳。

誓师完毕,杨玄感趁着暴徒们的狂热还在,下令攻城。于是,这些乌合之众一窝蜂冲向东都洛阳。

洛阳城内,在樊子盖的统率下,严阵以待。樊子盖认为,不能被动挨打,出击,是最好的防守。

他认为对敌作战经验最丰富的是刚刚败回来的裴弘策,于是裴弘策被委以突击手的重任,出城御敌。

但裴弘策不干,显然,他和樊子盖的看法并不一致。

原因并不能简单地归结为他刚在洛阳城外被杨玄感的叛军打得落花流水。真正的原因是他看不起樊子盖。

樊子盖之前是个地方官,虽然有民部尚书的头衔,但毕竟没有在中央见过什么大世面。而且,他的行政级别,充其量和裴弘策一样。以前上朝的时候,二人同一班次。现在凭什么你来命令我?

其实不只裴弘策,很多洛阳城的官员都瞧不起这位职场新人,有什么军国大事,这些人甚至不告诉老樊。

樊子盖再三命令裴弘策出城应敌,而后者再三不肯。樊子盖联想到最近接手洛阳防务以来,诸事不顺,受人排挤,不由大怒,令人将裴弘策拉出去斩首。

一开始裴弘策还满不在乎,以为樊子盖不敢拿他怎么样,等自己被五花大绑推出去的时候,想说什么已经晚了。他昔日的同僚一看到樊子盖那张凶得近似螃蟹盖的大脸,都吓得抖衣而战,不敢作声,况且,他们也未尽想帮裴弘策说好话。

就这样,一个三品大员,一点反抗能力都没有,就被老樊砍了。

这个樊子盖,真够横啊!

正在这时,又一个倒霉蛋儿撞到了樊子盖的枪口上。

这位仁兄叫杨汪,时任国立大学校长(国子监祭酒),行政级别为从三品,也是大隋朝的高级干部。

杨汪比起裴弘策来,只是礼节和口气上对樊子盖没有那么尊敬,因此惹得老樊大怒,要杀杨汪。

有了裴弘策的前车之鉴,杨汪知道和这只残暴动物作对的下场,于是非常聪明地叩头求饶,樊子盖才算放过他。

不过经这样一折腾,洛阳城内部变得铁板一块,固若金汤,因为在老樊同志的高压下,大家别无选择地紧紧团结在以他为首的东都防御核心的周围,形成了一支极具战斗力的团队。

我们不由感叹,这不是贱骨头吗!你好好听从老樊的命令得了,非要人家杀几个人给你点厉害才服。这种人从古到今都不缺,缺的是樊子盖这种人。

总之,在樊子盖的高压政策下,洛阳军民拧成了一股绳,形成了可怕的战斗力,这正是杨玄感害怕的。

也正因为没有底气,杨玄感几次攻城,均无功而返。

但樊子盖的霸气，也产生了一些不利影响。

隋政府高官的子弟们，有很多准备投靠樊子盖，但听说了裴弘策的待遇，都吓得不敢进城，有不少反而投靠了杨玄感的叛军。

这些人不仅人数众多，而且，他们的老爹都是大隋朝最有影响力的强权人物，这些人包括：韩擒虎的儿子、观王杨雄的儿子、裴世基的儿子、周罗睺的儿子、来护儿的儿子、裴蕴的儿子等，还不包括某些政治强人的侄子（比如郑译的侄子）或孙子。

这些儿子、侄子和孙子的反叛，是对隋炀帝杨广残暴统治的钝击，杨玄感对他们，全部委以重任。这都是资源啊！

这些儿子和孙子们中，有一个人对杨玄感来说至关重要，他就是韦福嗣，是韦洸的儿子。杨玄感对韦福嗣十分信任，因为此人十分有才，具有极其敏锐的眼光和洞察力。杨玄感把他当作自己的军师一样，那时，他已经把对李密忘记了，至少是暂时忘记了。这个人对杨玄感的非凡作用稍后会讲到。

就在杨玄感分封这些帝国余孽、四周出击的时候，隋帝国也没闲着。目前杨广远在从辽东回来的路上，国内的战事，都靠两个亲王主持，一个是留守东都洛阳的越王杨侗，一个是留守大兴的代王杨侑。

杨侑和杨侗一样，具有以下几个特点：

一、两人都是孩子；

二、两人分据两个都城，一个是首都，一个是陪都；

三、两人都是隋炀帝杨广的孙子；

四、两人都不具备战事指挥能力，但有强力辅助。留守洛阳的越王杨侗靠樊子盖

留守大兴的代王杨侑靠卫文升。

卫文升和樊子盖一样，都是那个时代的超级猛人之一，他是机要秘书出身，书面写作能力和口头表达能力都十分突出，曾单骑说降不肯归顺朝廷的少数民族山獠，在隋炀帝杨广第一次远征高句丽的时候，于仲文和宇文述等朝廷的大臣纷纷败绩，只有卫文升因为战功而得到被奖赏和升迁。

这次卫文升奉命协助代王杨侑镇守长安，听到杨玄感叛变，兵围洛阳，立即领命去救助。在去往洛阳的路上，路过华阴时，看到了杨玄感的老爹杨素的墓地，二话不说，将老杨的坟墓挖开，把老杨的尸体烧毁，挫骨扬灰。

至此，不管杨素生前做了什么，立下什么样的功劳，都化为作过眼云烟，现在杨素只有一个身份：叛贼家属。政府会将他的名誉打翻在地，再踏上一万只脚，让他永世不得翻身。

卫文升的大军一到洛阳，就投入了和叛军的战斗。

这时，形势发生了有利于政府军的转折，杨广这时已经从征辽的前线回军，虎贲郎将陈棱、左翊卫大将军宇文述、右候卫将军屈突通以及左骁卫大将军来护儿都已经能够腾出手来对付杨玄感的叛军，特别是最具有战斗力的来护儿军，自从回军东莱后，便听说了杨玄感包围了东都洛

阳,立即风风火火召集手下各军将领,召开军事会议。

但出乎他意料的是,他手下的将领们并不像他那么着急。

原因很简单,他们并没有接到正式的命令,要他们向洛阳开拔平叛。陪都被围,着急的应该是皇帝,现在皇帝不急,我们这些"太监"急什么?

来护儿闻言大怒,朝这些"太监"大光其火:"洛阳被围,是帝国的心腹大患;而小小高句丽不臣,只是癣疥之患而已。军国大事,我们该怎么做就怎么做。擅自出兵的责任由我来负,和你们无关,但违抗我将令者,格杀勿论!"

杨广听说来护儿擅自调动军马平叛,非常高兴,说:"你回军的时候,正是我想让你回军的时候,我的心意你知道,我们虽然相隔万里,但'心有戚戚焉'。"

"心有戚戚焉"不是杨广说的,是我说的,因为我觉得不用"心有戚戚焉"实在表达不出杨广与来护儿那种同呼吸、共命运、心连心的特殊情感。

尽管杨广对来护儿欣赏有加,但只靠一个来护儿是不能解决所有事情的。而在其他战场上,政府军的进展并不顺利,卫文升屡战屡败,如果不是杨玄感的老弟杨玄挺在战场上被流箭射死,那该死的就是卫文升了。

恰在此时,一个对杨广政府来说最可怕不过的事情由星星之火开始燎原了,这就是各地的农民暴动。

农民暴动的原因很简单,杨广不停修运河、盖宫殿、征辽东、下江南、建东都,这些都是要人要钱要粮的,这些东西从哪出?显然不可能从杨广他们家的库房里出,只好从农民的身上搜刮。

中国的老百姓是世界上最好的百姓,但凡他家里有点东西,被政府搜刮走,那就搜刮走吧,不到万不得已,他们不会说什么,一旦逼得他们要说什么的时候,就是他们用脚投票的时候:他们会站到反叛的行列中,向政府要吃的。

刘元进就是一个例子,他把大旗一举,天下没饭吃的农民趋之若鹜,刘元进的势力像吹气球一样膨胀起来。

更可怕的是,天下不只有一个刘元进,刘元进们如雨后春笋般涌现,杨广已经头大到无法去理会他们了。

农民暴动严重影响了杨广对杨玄感的镇压,但恰在此时,杨玄感内部出问题了。

问题就出在军师韦福嗣身上。

韦福嗣自归杨玄感之后,受到了十分的礼遇,被倚为栋梁,大概是原栋梁李密说话不大中听,被杨玄感退而居其次当成椽子了。

韦福嗣给杨玄感出主意,大多有所保留,这些保留杨玄感一律看不出来,但瞒不过李密的眼睛。李密对杨玄感说:"韦福嗣不是当初我们起义时加入的,所以事事都有所保留,我们可以看得出他首鼠两端的想法,我们起事不久,这样的奸人不宜留在身边,还是尽早杀了好。"

杨玄感看着李密,露出奇怪的表情,仿佛被骗的是李密而不是他杨玄感,半响,杨玄感才说:"至于吗?"

李密听了,一句话也没说,退出帐外,长叹一声:"杨玄感喜欢造反,但不知道如何取胜,败亡在即,我们已成瓮中之鳖!"

杨玄感在洛阳外围的战场,频频取胜,于是,被胜利冲昏头脑的他准备在政治上明确与隋朝分庭抗礼的立场,决定称帝,于是征求李密的意见,李密的态度很坚决,说:"我们虽然打了几个胜仗,但天下之大,哪个郡响应我们了?洛阳城现在在谁手里?全国救兵开往洛阳的源源不断,我们现在要做的是迅速向西,早定关中,而不是什么当皇帝。"

杨玄感听了李密的话,沉吟半晌,笑了笑,不再提起称帝的事。

但我却以为李密应该劝杨玄感称帝,因为杨玄感活着的日子不多了,再不称帝,将永远没当上皇帝。

杨玄感在洛阳城下的日子越来越难过,屈突通、卫文升、宇文述的大军把杨玄感团团包围起来,樊子盖在城里也加强了军备,随时准备与城外的隋军里应外合,让杨玄感和他的叛军成了夹心汉堡。

于是,杨玄感决定突围。

大业九年,即公元613年七月二十日,杨玄感离开洛阳西上,准备向西,夺取关中,建立刘邦和宇文泰那样的功业。

杨玄感叛军在隋军的围追堵截下,磕磕绊绊地向西开拔。

这个大脑短路的人现在才想起来占据关中，当初李密给他出主意让他占领关中的时候他干啥去了！

这个政治和军事白痴和其他所有政治和军事白痴一样，等待他的，除了身首异处外，还有身败名裂。

不过，如果杨玄感真的能够取得关中，获得喘息机会的话，杨广还真拿他不好办。恰在此时，一个人拖住了杨玄感西进的脚步。

这个人是弘农郡的郡委书记杨智积。

杨智积不是外人，他是隋文帝杨坚的侄子、隋炀帝杨广的堂弟，封蔡王。

杨智积一看杨玄感要从弘农路过，去打关中，心里着急，一急之下，就准备人马，严阵以待，等杨玄感人马从弘农路过的时候，他登上城楼，对杨玄感破口大骂。

杨玄感鼻子差点气歪了，心想："我没打算招惹你，我只是想从弘农路过。既然你骂我，那我就给你点颜色看看。"

于是大军停下来，把小小弘农围了个水泄不通。

这又是杨玄感政治和军事白痴的集中体现，人家一骂他，居然放下自己的既定战略目标，停下来去打弘农——当然，这正中杨智积的下怀，他正是抓住了杨玄感的特点才出此计策。杨玄感的中计，充分体现了一个政治和军事白痴的特殊品质。

李密拼命苦劝，让他不要因小失大。杨玄感不听，顿兵坚城之下，一连三天，弘农纹丝不动。杨玄感在城门外放火,杨智积在城门内放火,城门内外一片火海,城内的人出不来,城外的人进不去。

杨玄感实在没办法,就像一只老虎吃刺猬,无处下嘴,最后,他下令撤军,连带着恨西去了。可就在这个时候,大隋的追兵已经赶上来了,带兵的都是大隋朝的顶梁柱,宇文述、屈突通、卫文升、来护儿等,如今的隋军,兵强马壮,而杨玄感,已经不是起事之初的那个意气风发的少年郎了。

杨玄感且战且走,且走且败,到最后,跟着杨玄感的只剩他的老弟杨积善。杨玄感长叹一声,知道自己离死不远,对杨积善说:"你杀死我吧,我不能被别人杀死,那是对我的侮辱。"

杨积善挥刀杀死杨玄感,至此,这位盛极一时的叛军领袖落得身死名灭的下场。杨积善于被隋军俘虏,捉送行宫处置。

隋炀帝杨广,对杨玄感的死尸发生了浓厚的兴趣,他命人把其尸体剁成小块,挂在各个城门示众,再制成肉酱,最后焚烧成灰。

这个过程是如此复杂,充分体现了杨广对这位功臣之后的关心。

杨玄感兵败,所有他的兄弟即杨素的儿子全部被杀死,至此,隋朝第一高门在立国33年后,被从历史上彻底抹掉了。

这应验了杨素死后,杨广说的一句话:"幸亏杨素死了,要是你不死,迟早被满门抄斩。"

第一百零三章 三征高句丽

这是我最后一次跟你过不去了

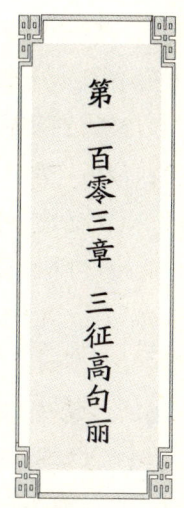

杨玄感兵变以他本人的兵败身死成为了这次影响深远的历史事件的最终结果,但对有些人来说,还不算完。

杨玄感的首席军师李密,被隋军擒获,送往洛阳。在洛阳,他遇到了几个故人,一个是杨玄感的次席军师韦福嗣,一个是杨玄感的弟弟杨积善(即杀死哥哥杨玄感的那个人)。杨积善是被隋军抓住的,韦福嗣则是投案自首的——他对自己的清白十分有信心,因为按照当时法律的惯例,投案自首可以不被起诉。

樊子盖把这些人用铁链锁住,装入囚车,押往高阳郡,当时隋炀帝杨广正在彼处。

李密跟押解他的那些人套近乎,答应把自己名下的黄金全部送给他们,这些人表示了对那些身外之物的极大兴趣,一路上,大家饮酒吃肉的钱都是李密出的。

时间稍长，李密和这些人都成了好朋友，大家经常在一起聚饮，完全混淆了警察和囚犯的区别。于是，在成功麻痹了这些国家公务员之后，李密在一个晚上与他们彻夜狂欢，警察们放开了肚皮狂饮，终于不支倒地，李密趁机在墙上挖洞，成功逃走，关键时刻，李密没有忘了韦福嗣，招呼他一同逃走，但被韦福嗣拒绝，于是，李密只好一个人上演了古代版的大片《肖申克的救赎》。

韦福嗣不肯走，他坚信自己没有罪，他认为自己的下场最多是被皇上骂一顿——这样智力的人被杨玄感选中当谋士，活该他造反失败。

韦福嗣被送到了高阳郡，杨广把韦福嗣起草的那些文书摔到他的脸上，然后把他移送到大理寺（最高法院）。这时，在平叛过程中再立新功的宇文述凑过来说："逆臣叛变，人神共愤，如果不严加惩处，恐怕无法警告群臣。"

杨广说："这事由你来安排吧。"

杨广这句话彻底葬送了韦福嗣窃喜侥幸能活着的愿望，这么一个普通的希望在这里变成了奢望，想来韦福嗣一定无比期望回到李密挖洞邀请他一起逃走的那个晚上，但是，一切都晚了。

12月15日，天寒地冻，朔风怒号，为儆效尤，宇文述把韦福嗣捆在木桩上，令九品以上的官员手持刀枪一顿乱砍乱刺，在发现韦先生生命意志极其顽强的情况下，又令百官手持弓箭，朝着韦福嗣万箭齐发，让韦先生成功地变成了一只大刺猬。

就这样,韦福嗣最终死在了他无比信任的杨广手里。

一同处死的,还有杨玄感的弟弟杨积善。

与韦福嗣一样,杨积善也认为自己罪不至死,况且,还有亲手杀死叛乱头目杨玄感的不世之功,至少可以轻判,免除一死。

最后,还是杨广高屋建瓴,给了最终的指导意见:"如果你真的杀死了你的亲哥哥兼敌尊杨玄感,那更证明你不是个好东西。"

于是,杨积善也与韦福嗣一道,死在了乱箭之下,算是对杨玄感的殉葬,好让后者在九泉之下,不会感到寂寞。

杨玄感叛乱的唯一一支活着的力量是李密那支。李密辗转投奔到了山东的反贼翟让处,在翟让这里,汇集了农民暴动的精英,这些人都是我们从小耳熟能详的大英雄:王伯当、徐世勣(即徐茂公)、单雄信等。

杨玄感叛乱,从始到终,连头带尾,不过3个月。

从某种角度看,从杨玄感反叛起,隋帝国在全国范围内就掀起了大规模农民暴动的狂澜。

早在杨玄感起事之初,杨广问老臣苏威(帮助宇文泰搞改革的苏绰的儿子):"杨玄感这个聪明的小孩子造反,会不会有什么后患?"

老到的苏威说:"一个人能够明辨是非,能够准确判断局势,才能够叫作'聪明',杨玄感志大才疏,没有经纶济世之才,一定不会有什么后患。我担心的是,他揭开的是天下大乱的序幕。"

苏威果然老辣,一眼就看出了杨玄感叛乱真正可怕的地方。

然而,杨广并不觉得天下有什么不对劲的地方,在镇压了杨玄感叛乱之后,在杀了大量的叛乱参与者之后,杨广立即把精力转移到了他"未竟"的事业上。

这一"未竟"的事业就是继续远征高句丽。

大业十年,即公元614年春,杨广召集文武百官开会,商议第三次征辽。会议开了好几天,没有一个人出来反对——因为反对无效。

这一年的2月20日,杨广下令全国军队再次聚集,各军同时进发。不久,杨广同志不辞劳苦,再次赴涿郡,第三次踏上远征高句丽之路。

这一次远征,出现了一些不太和谐的现象:逃亡。尽管前两次征辽也有个别革命意志不坚定的人当逃兵,但那只是个别的;而这一次,则是批量当逃兵。

早在杨广下令征调全国军马集中到涿郡的时候,就开始有逃兵,逃兵越来越多,快要禁止不住的时候,杨广不得已,下令用逃亡士兵来祭祀战鼓,但丝毫没有效果。

当年的秋七月,杨广到达辽东怀远镇的时候,原本应该已经汇齐的多支部队都没有到,有两种情况,有的是因为路上遇到农民暴动,过不来;有的是因为大部分士兵都跑光了,来不了。

而高句丽方面,也好不到哪去。

前两次隋军远征，虽然总的来说帝国的损失要远大于高句丽，但瘦死的骆驼比马大，高句丽毕竟是弹丸之地，折腾不起啊！如今一听杨广征调全国军队，第三次来征伐，高远的头都大了。

隋军这次没有了后顾之忧，进展迅速，特别是最强悍的来护儿，率海军北上，在毕奢城（今天的大连市）与高军遭遇，一见面，来护儿立即发动进攻，把阵形凌乱的高大军冲得七零八落，溃不成军。高军领教过来护儿的厉害，初战失利后，没人再敢和来护儿对阵。就这样，来护儿直接突进到了鸭绿江畔，准备渡江包围高句丽首都平壤。

来护儿的破竹之势吓破了高远的胆，他决定投降——这一次是真投降。为了表示投降的诚意，他送给杨广一样特殊的礼物。

杨广一看礼物，就知道高元是真投降。

这个礼物是一个人，名叫斛斯政。

斛斯政的爷爷就是北魏末期那个著名的站队专家斛斯椿，去年，孙子斛斯政光荣地继承他爷爷的优良传统，站到了高句丽王高元的队列中。

前任国防部长段文振曾经提醒杨广，斛斯政为人阴险狡诈，不可大用。但杨广不听。我们发现杨广同志一个十分显著的特点，只要人家说的是对的，他都不听，仿佛与自己有仇。

斛斯政是杨玄感的好朋友，杨玄感叛乱，斛斯政提供了很多方便，比如杨玄感的弟弟杨玄纵从杨广身边逃到哥哥那里，助一臂之力的就是斛斯政。

杨广本来就对杨玄感的叛乱非常担忧，现在杨玄纵一逃，十分恼火，下令追查是谁把杨玄纵放走的。

风声一天紧似一天，照这样查下去，迟早会查到斛斯政这里。斛斯政想，与其落一个叛贼同党的下场，还不如发挥站队的优势，投靠到杨广的死敌高句丽王高元那里。

于是，斛斯政星夜叛离隋朝，去投高元。

杨广尽管对此出离愤怒，认为自己平日对斛斯政的好心都喂狼了，但他无可奈何，他现在有更紧急的事情等着处理，即回去镇压杨玄感的兵变。

斛斯政在高元那里，过了大半年的舒心日子，但这次隋帝国第三次远征辽东，高句丽国抵挡不住，准备投降，斛斯政就知道，他的末日快到了，但干着急没办法，只能眼睁睁看着人家都自己捆起来，送回杨广那里。

回家的感觉，可真不怎么样啊！斛斯政这样想。

斛斯政坐在高元为他特意准备的专车里，回到了自己的祖国。这辆专车确实是特意准备的，它采光良好，透气性极佳，为了保证不让他感到过于舒适而倒下去，还在车辆的顶部特别设置了一个圆孔，好让他把脑袋伸出去。

杨广一见斛斯政，大喜，自己耗时3年，调兵数百万，今天，终于要有一个历史性的说法了。他抑制不住激动的心情，给来护儿下了一道诏书，要他撤回正在攻击高句丽王国的军队，准备班师。

但杨广没想到，来护儿接到诏书，居然敢抗命不遵。

来护儿召集他属下的众将开会，说："我们东征三次，徒劳无功，这次回去，不可能再来，我为此深感耻辱。现在，攻下高句丽，指日可待，我想继续进军，攻克平壤，活捉高元，岂不是一劳永逸的好事？"

众将都有点犹豫，不敢抗旨不遵。

来护儿说："敌人授首，就在明日，抗旨的罪名我来承担，机会错失之后，不会再有。"

但众将都心存疑虑，特别是"秘书长"崔君肃，他警告大家："如果你们就这样任由元帅抗旨不遵，我会一一奏明皇上，到时你们一起倒霉，让你们吃不了兜着走。"

到最后，来护儿只好让步，十分不情愿地接下了圣旨。

就这样，历时3年，动员了数百万军队（其中30多万永远长眠在异国的冻土层里），耗尽了无数民脂民膏，浪费了许多发展机会，直接导致全国大暴乱的三征高句丽，至此胜利地落下了帷幕。

这一年的冬天，杨广回到长安大兴，把高句丽的使节和作为胜利象征的斛斯政送到太庙，这是一个隆重的仪式，叫作太庙献俘，意思是给列祖列宗看看，我们打胜仗了，我们没有给祖宗丢人。

太庙献俘之后，杨广准备享受胜利果实，限定高句丽王高元来大兴朝拜。但和没打仗之前一样，高元对此要求不理不睬——三次远征高句丽，全白打了，人家还是不来。

这是一个富有戏剧性的结果。杨广能够做的就是干瞪眼，瞪完眼之后下令全国兵马再次聚集，准备四征高句丽。

可是,这个庞大的帝国君主太累了,他已经无力再动员这么大规模的远征,况且,帝国现在已经变得千疮百孔,三次东征已经严重损害了大隋朝的肌体健康。对于高句丽,来护儿说得对:"这次回去,不可能再来。"

三次远征,对有的人来说,是永远回不去了;对另外的一些人来说,是永远来不了了。

杨广无计可施,只能杀斛斯政泄愤。

大业十年,即公元614年的11月2日,斛斯政被处死,得到了应有的下场。

据说,斛斯政的死法和前一年被处死的杨玄感的弟弟杨积善一样,都是由宇文述向杨广提出建议,经过批准之后,再由宇文述具体负责实施的。

他死得很惨,被乱箭穿身,之后,把他身上的肉一条条割下来,煮熟之后赐给文武百官。对于这些特殊的食物,有些忠于暴君杨广的大臣为了表示对斛斯政的刻骨仇恨甚至吃这个叛贼的肉吃到饱。其实他们与斛斯同志并没有深仇大恨,甚至本质上和斛斯政是半斤八两,这样做主要是为了向他们的主子表忠心,这种人,从古至今,从来都有的。

不知道这种人晚上做不做噩梦。

肉被吃光,他的尸骨被焚烧之后,抛洒在了他曾经战斗过的地方——这表示他今后再也不能战斗了。

幸运的是,斛斯政的肉也好、骨头也好,一点也没浪费,这一点上,宇文述是取得了比亲前一年处理杨积善更加辉煌的成绩。

远征高句丽暂告一段落之后,隋炀帝杨广认为天下太平,又重新开始他令人眼花缭乱的胡闹,准备大摆排场,巡幸东都,全然不记得三年征辽无功,天下汹汹、暴民遍地,全然不记得杨玄感叛乱时的一呼百应。

杨广记吃不记打的特性又惹动一位大臣来劝谏,他不顾说实话可能带给自己的种种不利,大胆向杨广提出了自己的意见。

这个时候,敢于上书这样劝谏皇帝的,整个隋帝国恐怕也没有几个人了。

这个人是庾质,就是那个著名的劝谏大王,时任太史令,数次劝阻炀帝远征的。

本来,庾质完全看透了杨广的本质,本不打算再谏,但杨广的行为让他太看不过眼了,于是再次挺身而出(事实证明,这是他最后一次挺身而出了),向杨广提出意见。

庾质说:"近年三次伐辽,民实劳敝,陛下宜镇抚关内,使百姓尽力农桑,阅三五年,四海人民,稍得丰实,然后出巡东都,方为合宜。"

应该说,如果杨广听了庾质的话,至少隋朝不会那么快毁在杨广的手上,但没有办法,杨广既然和自己有仇,那任谁说也没用的。

杨广接到庾质的劝谏书,心里本就不痛快,更谈不上听从了。于是随手把庾质的上书一丢,继续他的快乐生活,下令即日启程,前往洛阳。

庾质一见杨广不肯听从他的肺腑之言，老倔头的脾气上来，决定开展非暴力不合作运动。你去洛阳，你去好了，我不跟着。

杨广一见大怒，这是明显的不合作啊，那行，我让你以后也合作不成，立即下令，把庾质关进狱中，令人好生"照顾"。于是，有了有关部门的好生"照顾"，庾质不几天就瘐死了。

瘐死者，狱中极寒而死也，当然，也包括躲猫猫死、睡觉死、喝开水死、洗脸死等，至于庾质到底怎么死的，就非我等所知了。

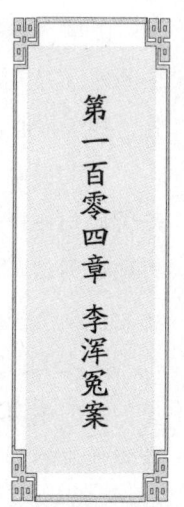

第一百零四章 李浑冤案

躺着也中枪

杨玄感的兵变激起了全国范围的全民暴动，有暴动，必有镇压暴动的人。

一到封建王朝的末期，必会出现大范围的全国暴动现象，而能力超强的枭雄会利用镇压农民起义的机会，扩充自己的势力，从而击败旧有的封建势力，最终取而代之。

所以，尽管农民起义是能够"推动历史发展的"，但历朝历代，都有镇压农民起义不遗余力的，大家各有自己的算盘，谁都不比谁傻。

这一次，我们要向大家隆重介绍的是双手沾满了农民起义军鲜血的大刽子手王世充同志和张须陀同志。

让我们记住这两个青史留名的大人物吧，没有他们，特别是王世充，公元七世纪中国的天空就会显得失色不少。

王世充是隋朝官员，任江都丞兼江都宫监。

王世充很幸运，他所任职的江都，正是隋炀帝杨广向往的地方。机遇总是留给有准备之人的，王世充准备十分充分，甚至，他是那种一出娘胎就准备投机的机会主义者。

王世充做了两件事让杨广对他十分赞赏，一是把江都经营得与杨广期望的简简直一模一样（至于花多少人力物力和财力就不是王世充关心的了），二是镇压农民军十分卖力，深得杨广的欢心。

这一次，王世充又立功了。

杨广正沉浸在温柔乡中的时候，接到来书，王世充大破齐郡民变势力孟让，孟让的残余势力也被齐郡的郡丞张须陀讨平了。

杨广很高兴，晋王世充为江都通守，张须陀为河南剿匪总司令。

张须陀也是隋唐交替时代不可忽视的一个大人物，他早在汉王杨谅谋反时就跟随杨素立下了大功，后来杨广三征高句丽时，他为齐郡丞，在当地百姓活不下去的时候擅自决定开仓放粮，赈济百姓。杨广听说之后十分赞赏，并不因他擅作主张而处分他。

张须陀一生当中的主要经历都是与隋末的暴民做斗争有关的，他的第一个敌人是王薄。

王薄是张须陀的第一个敌人，也是大隋帝国的第一个敌人，因为他是民变军的第一个首领。他利用隋军三征高句丽、民不聊生的机会，发布反动宣言，煽动反叛，自称"知世郎"（先知先觉者），创作了一首著名的《无向辽东浪死歌》,其意思是不要到辽东去白白送死。号召大家揭竿而起,推翻隋朝的残暴统治。

无法生活的百姓自动汇集在王薄的旗帜下,短短十几天,聚集了好几万人,官军见了他们都躲得远远的,不敢与之交锋。

但张须陀不信这个邪,他率领官军,以迅雷不及掩耳之势发动突袭,一举击溃王薄民变军,叛军损失近万人。

后来齐郡贼兵被王世充讨平,残余势力也被张须陀扫荡一空,正当张须陀想舒一口气时,一股势力更大的民变军杀来了。

这股暴民的领头人叫卢明月,他共率领近十万人,其战斗力远比王薄强很多。张须陀率军与之周旋,十余天不分胜败,但这个时候,张须陀的给养耗尽了,他的军中粮食已经吃完,不得已只好退兵。

但张须陀知兵,老谋深算,他知道如果这一退,机会被暴民所乘,弄不好,会一溃千里,但如果利用好了,也是变被动为主动的好机会。

于是他召集手下将领开会,征求他们的意见。

张须陀说:"敌人见我们后退,一定会不顾一切来追;这时如果我们安排一哨人马去偷袭敌人军营,敌军必然大乱,我们可乘胜追击。但不知何人愿往?"

张须陀话音刚落,站出两个人来,同时请令,张须陀一看,原来是手下大将罗士信和秦琼。

罗士信是一个传奇人物,在《隋唐演义》中是一位十分勇猛的大将，其战力和排名第一的李元霸几乎相等。不过，历史上的罗士信尽管勇是勇矣，却十分短命，死时只有二十七岁，而现年，年轻的罗士信只有不到二十岁。

至于秦琼，就不必多说了，不管是在历史上还是演义中，他都是一个充满传奇色彩的人物，到现在我还记得小时候评书中对他的评价：马踏黄河两岸，锏打三州六府，威震山东半边天。

这是秦琼同志第一次在《隋家天下》中露面，同时，也基本是他第一次在历史中出头。

秦琼和罗士信是老乡，都是山东历城人。

这一次，两人同时请令出征，张须陀非常高兴，令两人率精兵一千，悄悄绕到敌营侧面。

估计两人去得远了，张须陀这才假装准备撤军。果不出老张预所料，卢明月一见张须陀要跑，立即派兵来追，等追兵去远了，罗士信和秦琼两人突然一声喊，率军杀入贼军大营，一通乱砍乱杀，放起火来。

卢明月正追张须陀追得起劲，突然后院起火，不由不慌，但前有阻截，后有追兵，卢明月只有弃军独身而逃。

从此，个拥兵十万的卢明月元气大伤，后来流窜到河南，被王世充所杀——这一路反贼就此了结。

虽然这场战争是张须陀指挥的，但取胜的灵魂是罗士信和秦琼。

尽管王世充和张须陀对他们所辖区域内的暴民进行了有效的镇压，但全国范围内的民变势力却愈演愈烈，令杨广应接不暇。

恰在此时，由于外部打击而摇摇欲坠的隋王朝内部，又发生了一桩怪事。

这桩怪事与隋朝的功臣李浑有关。

李浑是隋朝最有势力的世族，属于关陇军事贵族的核心家族。

早在宇文泰与高欢双雄对峙阶段，李浑的父亲李穆就显示出了他胜人一筹的智慧。

邙山大战中，宇文泰在战斗中坠落马下，眼看就要被敌人活捉，正是李穆在千钧一发之际赶到，挥鞭猛抽宇文泰，并连打带骂，让敌人误以为宇文泰只是个小角色，就转身去寻找更值钱的"大人物"去了。宇文泰脱险之后，与李穆相抱而泣："成我事者，其此人乎！"

北周末，杨坚刚刚取得秉政的权力，与尉迟迥大打其辅政牌时，正是由于李浑之父李穆的立场（李穆旗帜鲜明地站在杨坚这边，派人送熨斗和金带给他），才导致杨坚取得最后的胜利，为建立隋王朝奠定了基础。

隋朝建立以后，李穆家族有了十分崇高的地位，当然，权力就别想了。有谁能在杨坚面前获得真正的权力，那是天方夜谭。

李浑，就是李穆的第十个儿子。李浑是那个时代最具特色的美男子之一（可能是因为那个时代多混血儿——汇聚了两个不同种族的优秀基因，所以美男比其他时代要多，从尔朱荣到独孤信再到杨广五兄弟都是这种情况），又文武双全，更重要的是，李浑在全国世家大族中的威望是十分令人恐怖的。

所以，对这些世家大族和功臣之后，杨广始终敬而远之，特别是对这位李穆的"正宗"继承人的李浑，每次见到他，总觉得锋芒在背。

因为李浑有两个特点，让杨广不由不对他侧目而视。

李浑姓李，名字中带一个三点水的偏旁。本来这是再正常不过的，但在隋朝，却都有令皇帝心惊胆战的寓意。

这个心惊胆战缘于30多年前，隋文帝杨坚做的一个梦，他梦见洪水淹没了京师，醒来之后大惊，决定迁都洛阳城。从此以后，杨坚非常注意名字里有水字的大臣，据说，将来颠覆大隋朝的人就是名字里有水字的。

更关键的是，根据可靠情报，这个人除了名字里有水，他还姓李！

根据以上信息，隋炀帝初步锁定此人就是李浑。

其实，李浑的"李穆正宗继承人"身份是有水分的。

从法理上讲，李浑并非是李穆的继承人，因为他不是李穆的长子，但李穆的长子早死，于是由李穆的孙子李筠继承了他申国公的爵位。

如果事情到此为止的话，后面就没有那么多的故事，大不了李浑心里不大舒服而已，可偏偏问题就出在了新的申国公李筠身上。

可能是李筠为人比较刻薄偏激，而且非常吝啬的原因，本来李浑对这个侄子继承爷爷的角色就十分不忿，于是心理越来越不平衡，后来干脆使出了杀手锏：派人把李筠杀了，并栽赃给自己的堂弟李瞿昙。

李浑的这一手充分体现了一个老流氓翻云覆雨的娴熟手段，大家一起咬，一人一嘴毛。

为了使自己地位的稳固和长治久安，李浑找到了自己老婆的哥哥，时任太子宫左卫率（太子宫卫队左翼队长）的宇文述，求他想想办法。

宇文述决定帮这位妹夫一把，原因是因为李浑向他承诺，如果能够得以继承老爹的爵位，则每年会把自己采邑税赋的一半送给宇文述。

宇文述去找太子杨广，说了这样一段话："立嗣以长，不则以贤。今申明公嗣绝，遍观其子孙，皆无赖，不足以当荣宠。唯金才有勋于国，谓非此人无可以袭封者。"

杨广又去找他的皇帝老爹求情，重复了宇文述的原话，当时杨广正得宠，杨坚对他言听计从，于是李浑成功地继承了老爹李穆的申国公爵位。

袭爵之后，李浑决定履行他对宇文述的承诺，把自己采邑赋税的一半送给这位大舅哥。这一承诺一直履行了两年，但两年之后，李浑突然得了健忘症，此事不再提起，就象没有发生过一样。

宇文述气得七窍生烟，心想：你要我，早晚我会让你知道要我的后果。

这一后果很快就显现出来了。

此事源于一位生命科学大师的预言,他说:大隋的天下会被姓李的人夺去。

其实,这不是什么新鲜事,这一传说已经传了很久了,只不过,无论隋文帝杨坚还是隋炀帝杨广,都没怎么太在乎。原因只有一个,那时的隋朝,强大得可怕。

但现在情况不一样了,曾经盛极一时的大隋朝,已经变得千疮百孔,就像一座花园洋房变得四处漏风一样,杨广只用了几年就这样了。现在,只需要一个强壮有力的人朝这所房子用力踹一脚,房子就会应声而倒。所以,所有关于这个房子要倒的消息,不管真的假的,杨广都会竖起耳朵来听。

到现在,大隋朝已经失去了自信的资本。

当他再次听说自己的江山会被姓李的人夺去的时候,他就把以前的老爹被迫迁都的事情想起来,就又想起了让他感觉锋芒在背的李浑。

但这时的杨广,还没有下定决心把李浑除去。

帮助杨广下定决心的是李浑的大舅哥宁文述。

其实宇文述并没有说什么,他只是假装不经意间说了一个事实:李浑有一个侄子李敏,李敏小名叫洪儿。

于是杨广找李敏恳谈,也假装不经意间说了一个事实:你姓李,小名又叫洪儿,和谶语相符。

机敏的李敏马上说他愿意改名。其实李敏知道,皇帝是想让他自杀。他当然没这么傻,也没这么忠心,虽然他确实无反意。

宇文述告诉杨广："李浑和他的侄子李敏、李善衡整天关起门来密谋，不知商量些啥东西。"

杨广敏锐、多疑的神经马上被调动起来，恰在此时，一个正符合杨广需要的告密来了，该告密者说李浑正准备造反，告密的人是虎贲郎将裴仁基。

这一告密者使得杨广的狐疑在理论上变得完美无缺，于是他立即下令逮捕李浑全家，令国务院副秘书长元文都和"高院检察院检察长"裴蕴组织合议庭进行审讯，连审多日，一无所获——这一结果证明元文都和裴蕴的组合是良心未泯的组合。

杨广对这一结果当然不满意，令宇文述找到突破口。

于是，宇文述想到了女人。

当然宇文述并不是想使美人计，他既没这么好心，李浑估计也不大会中计。宇文述于是想起了一个人，一个算是他的本家（但血统离得非常远）的贵人——宇文娥英。

宇文娥英的血统是如此高贵，一般的王公亲贵比起她来简直是小儿科：她的爹是皇帝（周宣帝宇文赟）、她的外公是皇帝（隋文帝杨坚）、她的舅舅也是皇帝（隋炀帝杨广），她的母亲便是杨坚的女儿、杨广的姐姐杨丽华。

像宇文娥英这样出身高贵的人，所嫁之人也必是权贵，命运给她安排的老公是李敏。李敏是李穆、李远、李贤家族成员，关陇军事贵族的核心家族成员，与宇文娥英算是门当户对。这样，李敏便成了杨广的亲戚，他的外甥女婿。

宇文娥英和她母亲杨丽华一样,为人质朴诚实,但欠缺政治头脑。杨丽华临死之前,哭着对杨广说:"我这一去不担心别的,只担心这个宝贝女儿,可怜她从此无依无靠,我死之后,你要多照顾她,把我的采邑转给她和李敏享受。"

杨广当时也陪着洒了几点泪,不想,就这点亲情,还被宇文述利用了。

于是,宇文述到狱中去看望宇文娥英(受李浑、李敏的牵连,宇文娥英也被下狱),和这位前公主谈天:"李浑、李敏的名字明明白白写在谶书上,这是天意,谁也救不了。但您贵为皇上的外甥女,还怕找不到好老公?您应该先保住自己的性命,如果你听我的建议,我可以保证您不死。"

宇文娥英当时已经完全没有思维,完全乱了方寸,什么谋反、监牢、杀头、灭门,一个深宫里长大、大门不出、二门不迈的皇家小姐哪见过这些?听了宇文述的话,好像挺有道理,于是对宇文述说:"请您教我。"

这句话正是宇文述想要的,他给宇文娥英出主意说:"您可检举李浑和李敏,说他们时常提起谶语,自认为自己应该当皇帝。又说他们密谋在再次远征高句丽的时候,趁带兵的机会袭击皇上的大营,再由我们家族掌兵权的一起举事响应,这样的话,一天之内,天下可定。"

缺乏政治头脑(应该是没有)的宇文娥英就这样在宇文述的谆谆教导下,亲手写就奏折,为了活命,将自己的老公及其全家都"大义灭亲"了。

有了宇文娥英这个杰出的突破口,李浑谋反一案板上钉钉,已成铁案。杨广对于宇文述在此案中立下的大功十分感动以至泣下:"吾宗社几倾,赖亲家公而获全耳!"

杨广为自己的宝贝女儿南阳公主选定宇文述的三子宇文士及,所以称宇文述为亲家公。

公元615年,案件最后终结,李浑、李敏等李氏家族的三十二人被全部处斩,这样,杨广终于能够睡个好觉了,因为谶语上说的能够替代他江山的人已死,今后他大可以放心大胆地胡闹和折腾了。

像文化大革命中有些老婆检举老公反革命一样的宇文英娥小姐并没有像宇文述说的那样保住自己的性命,几个月后,还是被一客毒药结束了她的生命——我们没有理由怪她,要怪只能怪那万恶的旧社会和吃人的制度。

但对杨广来说,这件事情并没有完,因为谶语是对的,将来隋朝灭亡,替代他占据天下的人确实姓李,名字里也确实有三点水,只不过,这个人并不是李浑。

第一百零五章 雁门被围

长孙晟时期的辉煌已成历史

杀掉李浑全家之后,杨广心踌躇满志地重新开始他的巡幸生涯,他的下一站是地肥人美、表里山河的山西省。

公元615年夏四月,杨广巡视山西,入住汾阳宫,封卫尉少卿(仪仗军器部副部长)李渊为山西、河东地区专员,负责剿匪和抚慰工作,并且代表皇帝行使对下辖官员的任免和奖惩。

李渊在本书中是首次出现,但他可不是外人。

李渊的父亲是李昺,李昺的父亲是李虎。

明白了吧,李渊的家世比起刚刚被杀的李浑他们家,只高不低。李虎(即大野虎)在死后仍旧位列北周的开国功臣第一名,并非浪得虚名,要知道,威名远震的西魏八柱国中,除了实际统帅宇文泰和荣誉头衔元欣外,排名第一的实际上是李虎。

说起八柱国家对于隋唐的影响，唐朝史书的记载是很有代表性的：今之称门阀者，咸推八柱国家，当时荣盛，莫与为比。

除此之外，李渊和杨广之间也有着剪不断理还乱的关系。李渊的父亲李昞，娶西魏八柱国之一的独孤信的四女儿为妻，生子李渊；隋文帝杨坚，娶独孤信的七女儿为妻，生子杨广。所以，李渊和杨广是嫡亲的姨表兄弟。

但是，李渊也姓李，名字里有三点水。

就为了上述两个特点，杨广刚刚冤杀了李浑一家，不知为什么，却把更具威胁的李渊留了下来，还委以重任。

活该杨广倒霉，这也正从一个侧面印证了李渊是真命天子啊！

杨广巡视山西，给了李渊代表皇帝的大权，放手让他去掌管山西，李渊为了回报皇帝兼表哥的信任，十分卖命地剿灭属地的匪患。那个时候，李渊还没有意识到他即将成为杨广的掘墓人，当皇帝，更是借他几个胆子也不敢想的事。后来的事实证明，李渊实际是被杨广逼反的。

杨广非常满意李渊的优秀表现，于是继续向北（其实是东北）走，到达了雁门。杨广是这一年的八月十二日到达雁门的，第二天，即八月十三日，发生了一件让杨广一辈子都无法忘记，也是令人匪夷所思的事件：他被突厥包围了。

我们的印象中，在长孙晟的苦心经营和大隋军民的共同努力下，突厥已经完全臣服于隋朝，甚至突厥部分部众还居住在大隋的版图中，由大隋政府提供装备、物资和生活必需品，两个国家或两个民族简直成了一家人。

这是没错的，但已经是过去时了。

公元609年，致力于胡汉和平的突厥启民可汗和长孙晟先后去世之后，突厥和隋朝的关系发生了质的转变。

启民可汗阿史那染干同志去世之后，隋和突厥的友好关系遭受了空前沉重的打击。启民可汗的汗位由其子阿史那咄吉同志继承，这个继承是被隋政府承认的，而且，隋政府赐号阿史那咄吉始毕可汗。

始毕可汗除了继承其父汗的汗位、地盘、人马外，还继承了他美艳的后妈义成公主。和和亲的公主们如汉代的王嫱（她是被汉元帝以公主的名义远嫁给匈奴的）、北周的千金公主宇文芳一样，义成公主也遵循突厥的传统，在老公死后，又再次披上婚纱，嫁给了前夫的儿子（当然不是自己生的）。

对始毕可汗的这一行径，杨广并没有严加斥责，因为始毕可汗的这一要求，对一个突厥人来讲，是正常的；更关键的，即使他对始毕可汗斥责，人家也未必会听他的。

胡汉关系已经不再像启民可汗和长孙晟在世时那般和睦了。

因为新即位登极的这位突厥可汗与他父亲不一样，说起来阿史那咄吉更像游牧民族性格，更直率、更粗犷、更野蛮，他觉得父亲与隋朝走得太近很丢人，完全丢掉了草原民族狂放和骄傲的性格。于是，他决定与隋朝保持一种若即若离的状态。当然，他不敢太过分，因为隋朝的强大和富足都是突厥需要依赖的。

始毕可汗刚即位的时候，杨广并没有想对他怎么样，毕竟杨广和他父亲启民可汗有着十分融洽的关系。杨广同意始毕可汗和义成公主的婚事的时候，始毕可汗还十分感激，亲自到东都洛阳向杨广献上诚挚的问候。

杨广和始毕可汗关系的转变，缘于一个人，一个隋朝历史上最具争议的民族问题专家。

要说隋史上排名第一的民族问题专家，非长孙晟莫属；但最具争议的，则应该是裴矩。

裴矩在隋和唐两代都是重臣，先后经历了隋文帝杨坚、隋炀帝杨广、唐高祖李渊和唐太宗李世民，四人中有明君，也有昏君，但他却对裴矩都十分赏识。

这是一个奇怪的现象，让明君赏识容易，让昏君赏识也容易，但既让昏君赏识又让明君赏识则是一桩十分见功力的技术活。不能不说，论做官的功夫，裴矩纵然比不上五代的冯道老同志，但在五千年的中国史上也是能排得上号的。

裴矩在杨广的手下，大概做了这么几件事情：

一是在杨广"泛隋主义"指导下，在长孙晟的领导下，参与对突厥的前期工作（包括战争与和平）；

二是替杨广经营西域，了解西域风土人情，扩大隋朝在西域的影响，扩张大隋的西部领土，促进西域与隋的贸易；

三是向杨广进言，远征高句丽；

四是主导隋和突厥的关系，引导两个国家、两个民族的关系由和平转向战争。

我们不能无端设想裴矩是出于对长孙晟的嫉妒，才反其道而行之。我们只是想象裴矩是看到了突厥在始毕可汗的领导下，日益兵强马壮，重新又对大隋的边境构成了威胁，才给隋炀帝杨广出这样的馊主意。

裴矩的馊主意是：从突厥的内部分化瓦解其统治阶层，使其陷入内乱，从而无力与大隋争锋——这是个使强大的邻邦走向分裂的衰落和好主意，当年长孙城曾经玩得十分得心应手。

但长孙晟当年是在突厥本身就不怎么团结的情况下玩这一手的，拉几个过来，打击另几个。但现在突厥的情况是，始毕可汗的威望十分崇高，整个突厥民族暂时还没有哪个人能够和他分庭抗礼。

但裴矩决定对长孙晟的这一计策照搬，具体方法是：悄悄找到始毕可汗的弟弟阿史那叱吉，准备分封他为南面可汗，从而达到分化突厥统治阶级的目的。

可惜，阿史那叱吉不是什么野心家或世之枭雄，对于隋帝国的这番好意不肯接受，或是不敢接受，这一下裴矩闹了个猪八戒照镜子——里外不是人。既没从阿史那叱吉那里讨到任何好处，也没有像预期的那样离间和分裂这对兄弟。

这件事情不出意外地被始毕可汗知道了，始毕可汗冷笑一声："想离间我们，糗了吧？"

就在阿史那叱吉事件发生不久，裴矩的大脑再次被杨广他们家的大门夹了，这一次，他和杨广想帮始毕可汗"清君侧"。

始毕可汗身边有一位智囊，此人名叫史蜀胡悉。这个人对始毕可汗的重要程度，不亚于管仲之于姜小白，张良之于刘邦，诸葛亮之于刘备。

正因为史蜀胡悉对始毕可汗来说太重要了，所以杨广和裴矩想除掉他。

这一天，史蜀地悉接到了一封来自隋朝的邀请函，邀请他到马邑去主持隋朝和突厥的"互市"。

互者，互相也；市者，买卖也。

互市就是古代中原统治者和北方的游牧民族之间的贸易和通商，之所以提出这个概念是因为一般来说，两个政权之间的关系以战争为主。不打仗的闲暇时刻，他们就做买卖玩儿。

史蜀胡悉接到邀请函，不疑有它，欣然前往，他想，反正马邑也离家不远（马邑即今天的山西朔州，自古就是胡汉争夺的前沿），想必隋朝不会在突厥的家门口玩什么花样，但他却低估了中原汉族统治者的险恶，也全然不知道杨广和裴矩已经对他举起了雪亮的屠刀。

互市的结果当然是史蜀胡悉稀里糊涂地掉了脑袋。看来，北方游牧民族的智囊的智商，还赶不上大隋帝国一个佞臣。

成功诱杀史蜀胡悉之后，裴矩决定继续对始毕可汗玩游戏，他派人以杨广的名义对始毕可汗说："史蜀胡悉背弃了你，到我们这里投降，我们已经替你将他斩首。"

始毕可汗听了差点气晕了，心想你们真以为我是三岁小孩儿啊？这种把戏也居然拿来骗我？

于是，不止是在精神上，在具体行动上，始毕可汗也开始了与隋帝国分庭抗礼——从此不再朝见杨广。

但杨广浑然不知，觉得始毕可汗应该和他爹一样好糊弄，也必须好糊弄。

这一次，隋炀帝杨广刚刚从李渊的汾阳宫继续朝东北方向巡视，满以为还会像上次用宇文恺和何稠的大帐一样，欢宴各民族首脑人物，显示"赶上了盛世咱享太平"的帝国雄壮局面。

杨广是公元615年的八月十二日到达雁门的，在此之前始毕可汗已经动员了几十万突厥精锐骑兵，准备奇袭雁门，一举捉住杨广。

本来这是一个相当靠谱的计划，依计而行的结果很可能是大隋帝国的皇帝被突厥捉去，从而光荣地成为宋徽宗赵佶、宋钦宗赵桓、明英宗朱祁镇的前辈。但这个计划被一个突厥的内部人泄露给了杨广。

这个人不是别人，正是始毕可汗的可贺敦（皇后）义成皇后。

此时的杨广，已经从雁门出发，继续向北进发，一接到义成公主的密信，吓得一溜烟又逃回雁门——太意外了，杨广以为甚至在思想上都已经融进了汉族血脉的突厥,居然准备来捉他!

第二天,突厥的几十万骑兵就把雁门围了个铁桶似的,隋军立即组织城内军民进行抵抗。当时,城内军民共有十五万军民,但粮食只够支撑20天。杨广每天吃不好饭、睡不好觉,但这并不足以感动突厥退军。

突厥展开了大规模的进攻,整个雁门郡所属的四十一座城池,几天之内,就被突厥拿下了三十九座,只剩下雁门城和崞县,如果不是事先杨广布置了儿子齐王杨暕(就是那个平定了"弥勒佛"叛乱、想当太子的杨暕)镇守崞县,那崞县也丢了。

当雁门郡的大部分城池都已经陷落之后,突厥大军对雁门城发动了潮水般的进攻,射向城里的箭都落到了杨广的面前。

这位伟大的、杰出的、卓越的、优秀的千古一帝,目前能做的,只是缩在家里,抱着他最喜欢的、最小的儿子、赵王杨杲大哭,哭得那个惨哟,连眼睛都哭肿了——这是哪个写史书的这么缺德,连皇帝哭肿眼睛的事儿都记载下来了。

杨广哭完之后,带着红肿的眼睛召开御前军事会议,听取大家的意见。

宇文述率先跳了出来,主张让杨广率数千精锐突围。

老同志苏威(时任纳言)反对说:"我们目前的状况是攻不足守有余,陛下万乘之尊,怎么可以冒这个险?"

刚在洛阳平定杨玄感之乱中立下大功的"国务院"民

部尚书(财政部长)樊子盖也说:"陛下身处险境,想要侥幸冒险逃脱,万一出了闪失,后悔都来不及了。不如固守待援,同时出其不意,挫败敌人的锐气,在此号召大家勤王来救。同时宣布不再远征高句丽,让大家心安,再悬赏救驾,必会无虞。"

皇帝的小舅子萧瑀主张打义成公主的主意:"按照突厥的风俗,义成公主作为可贺敦是在参与突厥的军国大事的,她远嫁蛮族,正需要一个强大的娘家的支持,这一点我们应该让好知道。即使没好处,至少没坏处。"

萧瑀还从另外一个角度分析了解围的可能性,观点与苏威一致:"其实大家都有一种担心,就是一旦突厥围解,我们缓过气之后,又要兴兵去打高句丽。如果陛下宣布赦免高句丽,不再去打它,那大家都会安心,自然会在对抗突厥上用心。"

几乎所有大臣,包括裴世基都劝杨广停止东征,加大对将士的奖励程度,杨广只好同意。

会后,杨广立即按照会议精神,向天下发诏,号召大家来雁门勤王。同时登台向所有军民发表演说,杨广充分发挥了自己善于煽动、精于口头表达的特长,宣布:"只要击退突厥,大家不愁不富贵。守城有功的,平头百姓全部升为六品官员。"

这一招果然管用,雁门军民有了杨广的承诺和激励,勇气倍增,全力以赴抗击突厥大军。突厥骑兵只善于在旷野上拉弓射箭,攻城不但不是他们的特长,反而让他们十分痛苦。特别是雁门城久攻、城内军民斗志高涨的时候,突厥大军更是一筹莫展。

正在这个时候,一个对突厥更加不利的消息传来,李世民率救援大军已经来驰援雁门,突厥要被包饺子了!

第一百零六章 遍地烽烟

三十六路反王,
七十二路烟尘

突厥大军围困雁门城,久而无功,在杨广的激励下,城内军民奋起反抗,突厥一点便宜占不着,也觉得没多大意思。

在"应召"前来勤王的各地军队中,李渊的儿子李世民来得最早。

李世民是镇守太原的李渊的长子,当年只有16岁,正是一个高中生的花季。当时,他的顶头上司是我们的老朋友、屯卫将军云定兴。

这位云定兴先生,是历史上典型的非著名小人。

他其实在历史上"出道"颇早,曾经是前太子杨勇的老丈人兼部下。他的女儿嫁给杨勇,被封为昭训,十分受杨勇的宠爱,其受宠程度远远超过了杨勇的元配元氏(对云昭训的过度宠爱曾间接导致了元氏的暴死)。一共给杨勇生了3个儿子，分别是：长宁王杨俨、平原王杨裕、安成王杨筠。

作为当时的太子的老丈人，云定兴并没有教导杨勇励精图治、为作一个好皇帝而时刻准备着，而是诱导他深入声色犬马。

后来杨勇被废，本来作为废太子的老丈人，能保住命就不错了，更谈不上什么政治生命。但云定兴看准了一个人，用了一招儿，就使自己的政治生命起死回生了。

他看准的这个人是在杨广面前红得发紫的宇文述，他对付宇文述的一招是千百年来所有贪官百试不爽的办法——行贿。

云定兴成功地让宇文述成为了自己的知己，甚至宇文述喊他老哥。通过宇文述，云定兴又获得了一份名利双收的工作：为杨广监造兵器铠甲。

云定兴是如此卖命地工作，杨广对他的绩效也很满意。但有一天宇文述对他说："尽管你的兵器铠甲很让皇上满意，但是，你永远没有机会升官。"

云定兴很诧异地问为什么，宇文述说："就是因为杨勇的儿子们，也就是你的外孙们还没有死绝啊。"

云定兴一听，立即语气坚决、斩钉截铁又义愤填膺地说："这般无用的猪狗，你替我转告皇上（其时杨广已经夺得帝位），不杀了他们还等什么！"

有了云定兴的鼓励，这些前太子杨勇的儿子自然都惨死在杨广的屠刀下，他们不知道，这一结局有着亲外公大大的功劳。

要列举历史上最大义灭亲的姥爷,云定兴无疑应该排第一名。

就这样,云定兴作为杨勇的老丈人,重又获得了杨广的青睐,被任命为从三品的高官(屯卫将军),重新跃居朝廷重臣行列。

当然,这不是云老先生最后一次站队,继害得自己的女婿家破人亡、断子绝孙之后,他又一次迎来了自己的新生。杨广在江都被杀,他立即义无反顾地站到了反贼王世充的行列中,又一次被任命为朝廷高官,这一次,他被任命为正一品的太尉。

王世充之所以如此慷慨,也是因为云定兴为他立下了汗马功劳:逼迫杨广的孙子、越王杨侗禅位给王世充。

只是,王世充只是个粗识几个字的山大王而已,他给云定兴先生的这个正一品,既是如真包换,也是个把脑袋挂裤腰带上的职位。不久,王世充被杀,云定兴先生也不知所踪。

估计不是狼吃了,就是喂了熊瞎子,他这种人,不得好死。

不管怎样,现在的云定兴,还是杨广信任的大臣,正作为屯卫将军率领勤王大军来救雁门,治下将领中,还有着真正具有千古一帝潜质的李世民。

但云定兴这次来解雁门之围,兵力并不太强,而对手是有着数十万行动飘忽、倏远倏近的突厥铁骑,如何应对强敌，云定兴也十分伤脑筋。这时，李世民站了出来，给他出了一个主意。

李世民说："敌我力量对比过于悬殊，不可硬拼，您可多带锣鼓和旗帜，虚张声势，让敌人误以为我们兵力十分强大，白天您让队伍打起大旗，数十里不断，晚上则令人大敲锣鼓，互为声势。突厥听了，必会认为我们大军压境，必会望风而逃。不然，如果只凭硬碰硬的话，一定是我们吃亏。"

云定兴听了李世民的建议，十分高兴，依计而行，果然，这一妙计让突厥大军十分惊疑，搞不清杨广的援军有多少。正在退与不退之间迟疑不决的时候，义成公主捎来了一个可怕的消息：北方出事了。

始毕可汗大吃一惊，北方出事，后院起火，那还怎么打呀？

于是，立即宣布退兵，解决后院的事宜。其实，所谓北方出事，是义成公主放出的烟幕。义成公主虽然是突厥的可贺敦，但在心理上，毕竟有着十分深重的汉族情结，她是不会放任老公带兵去打她娘家的。况且，被围雁门的杨广派人绕路来见义成公主，公主一见杨广的亲笔信，书法遒劲、文采飞扬，就这样一个文武双全的大隋皇帝，葬送在蛮夷的手里了？

不行，义成公主想，我得帮他一把。这个他，是指隋炀帝杨广。

于是，她派人告诉始毕可汗，北方有事。

就在始毕可汗已经准备退兵北去的时候，各地救援雁门的援军源源不断地开来，始毕可汗大惊失色，加速退后步伐。于是雁门之围宣告结束。

突厥退兵之后，杨广不敢相信，派人去侦察，侦察之后的结果是，山谷全空，突厥连一匹马都没有留下。

杨广一听，立马来了精神，下令派兵去追。这一支为数两千人的追兵，沿着敌人退却的路线一路追赶，一直追到马邑，才追上了突厥殿后的军队。于是一通砍杀，俘虏了敌人两千多人，满载而归。一共才两千人，就俘虏了突厥的两千人。隋军的战斗力实在不弱，杨广十分得意。

顺便说一句，被俘的那两千突厥兵，实际不是负责殿后的，而是一些老弱残兵，没法跟上队伍的，连走路都困难，被当作殿后精兵给俘虏了。我估计，当时就是派我爷爷去，也一样能俘虏之。

雁门之围，足可与历史上的白登之围相提并论，都是汉族的皇帝被北方的蛮夷围困多日，也都是靠女人的力量才得以让皇帝脱身。

所不同的是，刘邦自白登回来之后，明白目前还不能与匈奴动武，于是历经几代皇帝养精蓄锐，终于在汉武大帝时以卫青和霍去病为大将，却匈奴几千里，"封狼居胥"，为西汉彻底解决了匈奴之患。

而雁门之围，则是隋朝已经成强弩之末的写照，自此之后，杨广便深深陷入人民战争的汪洋大海之中，无论是北方的突厥，还是东北的高句丽，他都已经有心无力。不几年之后,杨广就在江都遇弑身死。

雁门围解之后,这一年的九月十八日,杨广回到太原,准备踏上这次巡视的回程。老同志、纳言苏威说:"如今贼寇不能迅速消灭,突厥又虎视眈眈,我们的军队人困马乏,您还是早日回到首都大兴去,安定人心,使国家的根基稳固,这才是符合国家利益的大事啊。"

但宇文述表示严重不同意苏威的说法,他建议杨广绕道从洛阳回去,因为文武百官的亲属多在洛阳。

杨广最初听了苏威的建议觉得有理,等宇文述说完之后,他马上又觉得宇文述有理。于是决定,从洛阳绕个圈子再回长安。

这一年(即公元615年)的冬十月,杨广到达洛阳。看到熙熙攘攘、一片喧嚣的洛阳城,杨广不仅没像以往那样高兴,反而不冷不热地说了一句话:"人还是很多嘛。"说着,下意识地转头看了一眼跟在身后的民部尚书樊子盖。

去年樊子盖就是在这里,一心维系洛阳城的存亡,努力支撑危局,力保东都不被杨玄感叛军所破。樊子盖最大的特点就是在杀人方面非常勇敢,杨玄感被镇压之后,被樊子盖杀掉的"叛党"有好几万。

显然,对樊子盖的这一特点,杨广是有耳闻的。

不过,今天看到洛阳城还是有那么多人,杨广颇有点不以为然,他其实是在无声地问樊子盖:"都说你杀人多,那现在洛阳怎么还有这么多人?"

杨广在安定之后,决定开始履行他在雁门时的承诺,只是，在质量和数量上，都有了十分显著的减退，樊子盖上书，希望杨广能够说话算数，杨广只是假装不经意间淡淡地问了一句，就吓得樊子盖不敢再说一个字。

杨广说："怎么？你想收买军心？"

短短一句话，胜似一万句，吓得樊子盖趴在地下，汗流浃背，一句话也说不出来。

好在杨广并没有继续指责他的意思，等樊子盖趴够了，就放他走了。

但从此，再没有一个人敢向杨广再提履行承诺的事。

既然没有人再提，那杨广就当没有承诺过。

在雁门立下战功的人，不再封了；退兵有方的人，也不再赏了；特别是曾经答应过大家，不再提远征高句丽，但杨广现在又在兴致勃勃地召开军事会议，准备第四次征辽，一听到征辽这几个字，三分之二的人晕了过去。

不仅如此，杨广还把在雁门时建议他停止征辽的大臣贬到地方去，如他曾经十分信任和宠幸的小舅子萧瑀，下令让他离开京师，即日启程，去做河池郡的父母官，多一天也不准停留。

杨广一旦从突厥的惊吓当中缓过神来，就又开始了他那惊天地、泣鬼神的折腾，只是，可供他折腾的资本已经不多了。

因为，天下像一口大锅一样，已经沸腾，在下面加火的分别是：远征高句丽、四外巡幸、兴建宫殿、开凿运河、好大喜功、穷奢极欲等。

但杨广对这一切都视而不见,现在,在全国各地已经出现了大隋朝的多路掘墓人,这些掘墓人分为两类,一类是暴民(比如前文说的李密所投靠的翟让);另一类是隋朝的地方实力派们(比如李世民的父亲李渊)。

这第一类人,在《隋唐演义》中都被归结为了"三十六路反王,七十二路烟尘"。第二类则是在镇压第一类的基础上形成的地方割据势力。

当然,这三十六路反王中,缺了两个人,这两个人正是隋唐史上最著名的暴民领袖:窦建德和杜伏威。

我们现在先来隆重推出一下三十六路反王中第一个出现的:凤鸣王,河北李子通。

实际上,李子通是东海人(江苏连云港),一生之中主要的革命活动也多是江淮一带,根本跟河北扯不上边。

李子通为人豪爽,乐于助人,喜欢打抱不平,乐意归附他的人络绎不绝。这缘于他的一个工作风格。这一工作风格与当时主张以暴力手段推翻现政权,建立一个政通人和、百废俱兴的新政权的暴民领袖们十分不一致。

那就是,李子通不喜欢杀人。

在古代,凡是农民起义领袖,没有谁不滥杀的。这既是长期被压抑者初贫乍富的心态扭曲所致,也是这个阶级的特点。所以,幻想他起义成功后会建立一个先进的政权,或者把这个阶级视为先进生产力的代表,这些都是大脑极度缺氧的表现。他不滥杀就不错了。

可惜,不滥杀无辜的农民领袖基本没有。

我们从小歌颂的李自成、黄巢、洪秀全，无一不是杀人魔王，特别是和李自成同时代的张献忠同志，几乎将四川一省杀绝，不得已清朝才搞了一个湖广填四川，让湖南湖北的人口补贴四川的"亏欠"。像张献忠这样的人我们都歌颂，那我们究竟想建立一个什么样的大同世界？

总之凡是农民领袖，99%都滥杀，而李子通，就是那少而又少的1%。

正因为李子通不喜欢杀人，所以投奔他的人才多。他先与同是暴民领袖的左才相合作，不久，看不惯左才相的为人，弃之而去，转投杜伏威。

杜伏威，就是隋末暴民起义三大领袖之一的那个人。

当时的杜伏威，只有十九岁，但已经是一个赫赫有名的暴民集团的首领，他能于小小年纪，取得不凡的业绩，是有原因的。

他取胜的一个最重要原因就是他有一套团结人的办法，这一办法千百年来屡试不爽，从那时的暴民起义，一直到曾国藩和李鸿章用它来维系湘军和淮军，再到袁世凯的北洋军阀，甚至孙文先生也试图用这种办法来组建同盟会之后的中华革命党。

这个秘诀就是：认干儿子，全军只服从一个领袖。

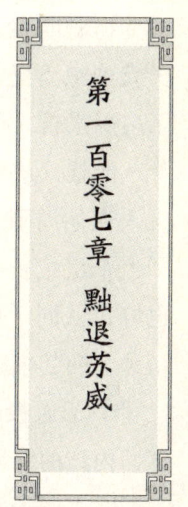

第一百零七章 黜退苏威

大隋三杰中最后一位退场

杜伏威选择军中的壮士,共30多人,把他们全部认为义子。这是个非常壮烈的举动,因为这些壮士,有的比杜伏威年纪还大。

中国古代的文化中,有十分精髓的地方,即社会关系的稳定,是建立在人伦基础之上的,大家普遍认为,天、地、君、亲、师是社会稳定的基础。父子是神圣的,不可侵犯,你既然一个头磕在地下,叫我父亲,那我们之间就有了父子之实,以后,不管你我社会地位怎么变化,贫富差距怎么变化,甚至敌我关系怎么变化,你都是我儿子,就得听我的。

这是杜伏威所希望的,

所幸的是,他希望的变成了现实。

那个时候的人,还是单纯哪,或是傻啊。现在的人,则变得聪明多了。今天还干爹干女儿红绡帐底卧鸳鸯，明天就到纪委反咬你一口，说你有巨额财产来路不明，安插了多少亲属，有多少小三儿之类。

但杜伏威的这个办法，在那时却相当有效地聚拢了一批人在他周围，而且，不仅是那时，这个办法一直沿用到了上个世纪，一直是相当有效的。认干儿子也好，认老乡也好，认同学也好，总之，是用一种特殊的关系把大家在精神上捆起来，一损俱损，一荣俱荣。

李子通投靠杜伏威之后，不久，两个人再度发生内讧，内讧的结果是被隋将所乘，两败俱伤。

在李子通和杜伏威之后，在安徽亳州崛起了暴民领袖朱粲，这位朱粲同志，与后来的河北清河的张金称一样，并列隋末暴民起义领袖的杀人魔王之首，所到之处，割人头就像是割庄稼似的，搞得十室九空，套句汉末曹丞相的诗就是："白骨露于野，千里无鸡鸣"。

政府残暴，所以农民被逼抗暴，但抗暴者比政府军更残暴，谁正义？

在全国大乱的情形下，这一年的冬十二月，杨广任"命财政部长"（民部尚书）樊子盖为剿匪总司令，对暴民起义发动了反扑。

这位老而弥坚的樊子盖拿出了他的看家本事——杀人。他率领的官军负责平叛，所过之外，不管你是叛军还是平头百姓，只要属于叛军活动过的地区，格杀勿论，至于投降的叛军，一律坑杀。所谓坑杀，就是活埋。

政府军也杀人，农民军也杀人，那老老实实种田过日子的人，只有等着被杀，不是被官军杀，就是被叛军杀。

樊子盖的残暴激起了农民极大的反感和反弹，参加叛军也是死，不参加叛军也是死，参加叛军，兴许还能拼条出路，可以不死。于是，在樊子盖的努力工作下，他负责的军事区的叛贼人数，更多了十倍。

杨广不耐烦了，觉得这个杀人狂老了，不中用了，换个阴险的吧，于是，李渊上位了。

李渊果然阴险，对待叛军，连拉带打，你顽抗，我就打你，直到把你打服；你投降，我就优待你，还选拔优秀的加入官军，给出身、给活路和给身份，甚至安排到自己身边。

这样一来，反叛军全成了李渊的官军。李渊的声势越来越浩大，他与当局叫板的资本也越来越雄厚。

正在此时，杨广遇到一件让他很生气、很尴尬的事件，那就是，在非常重要的新春团拜会上，有20多个郡的代表没有出席。

其实，不是这些人想缺席，而是发生了特殊情况，他们来不了了。要么是这些代表在到京城的路上被叛军阻截了，要么就是整个郡已经被叛军占领，连代表都选不出来了。

总之，杨广很生气，后果很严重。

从此，杨广开始正视各地叛乱纷起的事实。

但他派人四出镇压叛乱的同时，把精力更多地放在了他一直放不下的事业上：建造离宫，修筑华宛。

这一次，他征发了十郡军队，共约五六万人，模仿东都洛阳的东苑规模，而精巧华美程度，则有过之而无不及。除此而外，杨广还想在别的地方，比如说会稽郡建筑宫殿，可惜，那时的会稽，已经陷入贼手，从而失去了作为东道主的荣幸。

在这个时候，杨广就像一个酒徒一样，病入膏肓，明知酒已经对他的肌体产生极强的毒害，但他不能过没有酒的日子，他只能整日醉醺醺地等死。对现在的他来说，最适合的等死的方法是，变本加厉地享受。他有权享受，因为他的末日已经不远了。

他用各种娱乐来麻醉自己，蒙上自己的眼睛，不让自己看到任何不想看的东西。他一头栽进美酒、诗歌、热舞、女人、佞臣和巡视中，假装周围什么也没有发生。他甚至无聊到让人捉萤火虫，等捉到足够多之后，再在一个诗意盎然的夜晚把它们全部放出来，满山遍地都布满了小星星，十分壮观。

有一个传说，隋朝著名的能工巧匠何稠（就是和宇文恺齐名的那个）给他做了一个御女车。所谓御女车，就是杨广用来宠幸童女的，杨广一试，十分有趣，年轻无知的女孩子，被骗上车后，车子一开动，就会有机关将女孩儿缚住，这时，杨广再上车，童女只能任杨广为所欲为。

御女车试制成功之后，何稠再接再厉，又成功制造出御女车"2.0版本"，修复了御女车的一些Bug漏洞，使之功能更加强大。杨广除了可以在车中像御女车"1.0版本"

中一样摧残"祖国的花朵"外,还可以使该车上墙下楼,如履平地。就是诸葛亮复活再造木牛流马,水平也不过如此。

其实,自从公元612年之后,杨广就得了严重的神经衰弱,不时被噩梦惊醒,必须要靠一个宫女的抚摩和轻言细语才能再次入睡。这个宫女对他来说是如此重要,连宰相都比不上她。杨广给她起了一个十分贴切又温馨的好名字:来梦儿,实际这个美女的真名叫韩俊娥。那个时代,一个地位卑微的宫女居然在历史上留下了芳名,这也拜杨广所赐。

现在,任何一个小小的刺激,都能使得万乘之尊的皇帝,吓得跳起来。有一次,洛阳宫失火,杨广以为是暴民打进宫来,吓得逃入西苑,在草丛里趴了一夜,等火灭了才出来。

杨广开始关心暴民叛乱的消息,他问左翊卫大将军宇文述相关的情况,宇文述漫不经心地说:"比以前少多了。"

杨广不信,再追问:"比以前少了多少?"

宇文述于是只好继续编:"只剩下了不到十分之一。"

杨广听了十分欣慰,但他看着宇文述那张明显写着不值得信任的大脸,决定再找个人问。他的目光在群臣脸上逡巡,突然,他发现了一个人把身体躲到了柱子后面。这一回避状态激起了杨广的好奇,他命令那个柱子后面的人出来,结果,这个人是纳言苏威。

杨广要苏威说说全国的叛贼还有多少。

苏威不想说，于是搪塞道："我不知道啊，这不是我的工作职责，不过，我知道叛贼离我们越来越近了。"

杨广"啊"了一声，问："什么意思？"

苏威说："以前叛贼占据长白山（位于山东，不是今天东北的长白山），离这里一千多里地，现在叛贼占据汜水，离这里只有不到两百里。而且，以前的那些田赋，现在都哪儿去了？以前的那些民伕，都哪儿去了？不都变成叛贼了吗？各地奏报的消息，多不属实，让我们也无法做出正确判断，因此也无法有适当的举措。去年在雁门被围的时候，你承诺过不再远征高句丽，而现在又在准备征辽，如此出尔反尔，盗贼怎能消失？"

在苏威话还没有说完，杨广就怒气冲冲，一甩袖子，退朝走了。

过了一段日子，到了端午节，文武百官纷纷向皇帝献上礼物，表示自己的忠心，有献金银珍玉的，有献珍稀宝物的，只有苏威，献了两部书，一部是《尚书》，一部是《诗经》。这两部书，对古代的知识分子来说别提多熟悉了，因为《尚书》和《诗经》都属于五经。

苏威这一怪异行为被人抓住了把柄，上告到杨广处，并诬告说："苏威给陛下的《诗经》中有《五子之歌》，他这是在影射您有种种骄纵奢华之举，即将丢掉政权。"杨广听了，对苏威更加生气。

过了不久，杨广决定将第四次征辽一事提到日程上来，他让苏威提出具体的行动计划。苏威说："此次出兵，我们不必像前几次那样，征调全国军队，只需赦免天下的贼寇，就能得到几十万大军。您派他们去征辽前线，他们一定会很高兴您赦免了他们的罪过，会争着立功赎罪，高句丽自然可不战而胜。"

杨广越发不高兴，等苏威走了以后，御史大夫裴蕴看着皇帝铁青的脸，奏道："这个人怎么这样？天下哪有那么多的反贼！"

杨广恨恨说道："这老家伙，一肚子坏水，竟然用那么多盗贼来吓唬我，早就想掌他的嘴了，只是看在他过去的功劳份儿上，不忍心而已。"

裴蕴退朝之后，立即唆使别人弹劾苏威，说他以前在主持地方官选拔时，收受贿赂，任用私人。而且，去年在雁门时，经常当众发表突厥十分强大、劝皇帝回到中原等一系列长突厥志气、灭大隋威风的洋奴言论。

这两顶大帽子十分沉重，一下便将老同志苏威压得喘不过气来。最后，杨广令有关部门深入调查，调查的结果是这些属实（那简直是一定的）。于是杨广历数苏威的过失，将他撤职查办。

不久之后，又有人告发，说是苏威勾结突厥，准备谋反，这个帽子更是大到足以把任何人压垮。杨广令御史大夫裴蕴依法查办，经过合议庭多次开庭，最后，这个特别法庭做出了最终的判决：判处卖国贼苏威死刑，剥夺政治权力终身。

当这个判决书拿到杨广那里待批准的时候，杨广犹豫了很久,最终没有签署死刑命令,原因是他不忍心。他要轻判苏威,最后,苏威被判处徒刑,但可保外就医,但他的政治权利,也包括他的儿子、孙子的政治权利,一并剥夺。

苏威的政治生命,至此彻底画上了句号,但他一直卑微地活着,一直到隋朝灭亡。后来,隋亡唐兴的时候,苏威还试图去见唐高祖李渊和李世民,但均吃了闭门羹。

就这样,曾经为隋朝的强大和富足做出了杰出贡献的、在治国方略上仅次于高颎的大隋贤相苏威,就以这样的方式与隋朝的兴衰做了了结。

苏威离去不久,大隋帝国的军事支柱之一、前武威太守、金紫光禄大夫、民部尚书、东都留守、济公爵樊子盖,因病医治无效,与世长辞,享年七72岁。在樊子盖同志病重期间,杨广、宇文述、裴世基、裴仁基、裴蕴等同志亲自或派人前去看望。

杨广听到樊子盖的死讯,问裴蕴:"老樊临死之前有说什么吗?"

裴蕴回答道:"别的没有说,只是深以雁门被围为耻。"

杨广低下了头,长叹数声,之后令百官往吊。

听到樊子盖的死讯,武威百姓恸哭不已,为之立碑纪念。

樊子盖善于治军,令行禁止,吏治也颇为清明,只是为人过于惨刻少恩,杀人过多,是其短处。据说,在他临死之前,床前幕后,有无数的无头鬼绕其间,宜矣。

务实正直的苏威和简单刚狠的樊子盖的离去，使得隋炀帝杨广身边再无人敢直谏，杨广以比以前更加一往无前的速度和勇气朝着他的墓地一路奔去，无人可挡。

公元616年七月，在宇文述的建议下，杨广决定再下江都，他写诗给后宫的美女们作别，诗曰："我梦江都好，征辽亦偶然。"然后，奋勇踏上龙舟，踏上他的不归路，朝扬州进发。

早在杨玄感作乱的时候，就把杨广的龙舟全部焚毁，但后来，杨广命人重新修造，奢华程度比起以前有过之而无不及。至于有多少人家破人亡、妻离子散、国库疲敝，就不是他所能关心的了。

杨广令自己的孙子、越王杨侗留守洛阳，自己带着一大帮大臣、美女、和尚道士等，浩浩荡荡直奔江南。杨广回头望望这座东都新城洛阳，怅然有所失。

杨广不知道，他的这些大臣们也不知道，这是他看洛阳的最后一眼。杨广这一离开洛阳，就再没有回来过：

挥手自兹去，萧萧班马鸣。

第一百零八章 翟让

乱世制造机中的战斗机

杨广一意孤行，要离开洛阳，再下江都。

虽然樊子盖已经去世，苏威也已经谢幕，但还是有不少人跪在杨广面前痛哭流涕，希望他能够留在洛阳或大兴，好好过日子，千万不要再折腾了。

杨广很痛快，也很豪迈，二话不说，将这些人斩首或流放。这些忠贞不二的倒霉蛋儿包括：右候卫大将军赵才、建节尉任宗、奉信郎崔民象、奉信郎王仁爱等，从正三品的高官到从九品的基层"公务员"，甚至还有拦着他不让他走的平头百姓。

倒是有些基层的管理人员，比如宫女或西苑的园丁们，眼泪汪汪地挽留他："我们造这西苑，不知花了多少气力和钱粮，才有这五湖四海三神山十六院的美景，陛下您这一走，就忍心把这良辰美景抛却？"

杨广听了这十分多愁善感的、充满才情的煽情语录，眼泪也差点掉下来，说道："你们也不必悲伤，我这一去，难道就不再回来了？你们在此好生看守，别让花儿也谢了。"

说罢，对着西苑的众美女口占绝句一首：

> 我梦江都好，
> 征辽亦偶然。
> 但存颜色在，
> 离别只今年。

说罢，杨广把心一横，脚一跺，做王八吃秤砣状，豪情万丈地一头扎向死亡之地，任谁也拦不住。

杨广动身的时候，正是七月十日，酷暑难耐。但他一见这些新造好的龙舟，一下来了精神，心里直骂杨玄感，你作乱就作乱吧，还把我的龙舟悉数毁去，我的龙舟碍你什么事了？好在这新造好的龙舟，比起之前的，更加绚丽，更加雄壮，当然，也更加吸血。

龙舟缓缓驶离东都洛阳，看着渐渐远去的这座洛阳新城，杨广还是有点心酸，仿佛他有所意识，这将是他看到洛阳的最后一眼了。

当天晚上，正在龙舟沿着河岸行进的时候，杨广听到了一首特殊的歌，十分哀怨，但又绝不是个怨妇的声音，因为明显是个男声，而且，歌声是从岸上传来的：

> 我兄征辽东,
> 饿死青山下;
> 今我挽龙舟,
> 又困隋堤道。
> 方今天下饥,
> 路粮无些小,
> 前去千万里,
> 此身安可保?
> 暴骨枕荒沙,
> 幽魂泣烟草;
> 悲损门内妻,
> 望断吾家老。
> 安得义男儿?
> 焚此无主尸;
> 引其孤魂回,
> 负其白骨归。

以杨广的才情,自然听得出这位唱歌的仁兄绝不是在表扬他。于是大怒之下,令人去上岸捉人。勇敢的警察、城管和纠察队队员们一通忙,最后的结果是:查无此人。杨广对此毫无办法,尽管他知道大家这是合起伙来蒙他。

盛夏酷暑,连杨广这种坐船的都受不了,更可怕那些拉纤的百姓,中暑而亡的不知有多少。杨广看了十分心疼,毕竟,这些是他大隋的子民(好像以前冤死的那些百姓就不是他大隋的子民），于是，采纳裴仁基的建议，令百姓在两岸河堤上种柳，凡种柳树者，都有赏。

不仅如此，杨广还身体力行，亲自种好第一株柳树。这一颇具现代版的"秀"做完之后，百姓才开始种柳。

霎时间，大河两岸柳条随风摆动，看上去就十分清凉。柳树既可保护环境，又能让纤夫们少受点太阳的折磨，还可以制造美景，甚至枝杈可以当柴烧、柳叶当哨子吹、柳姿供文人吟诗作赋，又是地方官的绝好政绩，如此多的好处，当然人人抢着干。

杨广兴奋之下，做了一个决定，赐柳树姓杨，杨是国姓，这是柳树多大的面子啊！赐姓一说，先有鲜卑贵族赐汉人姓氏，后有国姓爷郑成功，也是中国传统文化一大特点。

从那时起，柳树就被叫做杨柳了。

相信这能够解决很多小朋友的问题，这也是困扰了我许久的问题：水浒中的鲁智深倒拔垂杨柳，那拔的到底是杨树呢？还是柳树？

龙舟就这样在路上走走停停，杨广也就一路上听到奏报，说是江淮一带的反贼李子通、左才相和杜伏威各率军几万，纵横淮泗，无人能敌。至此，杨广已经对这些反叛的信息不大感兴趣了，于是派了老同志陈棱前去镇压。

陈棱世代簪缨，几代都是军事高官，其人有相当的军事造诣，对付只有十几万人的江淮贼寇绰绰有余。几个回合下来，将反贼杀得落荒而逃。可惜，全天下并非只有三个反贼，陈棱也只是在江淮一带左推右挡，勉强应付而已。

公元616年冬十月,隋炀帝杨广最信任、最喜欢、最宠幸的一个人去世了,这个人的死,让杨广顿时觉得这个世界无聊了许多。

这个人是左卫大将军、许国公宇文述。

宇文述是鲜卑人,本姓破野头,父宇文盛,因功至北周帝国元帅(上柱国)。早在宇文述只有11岁时,就有一位相面大师对他说:"公子好自为之,将来必位极人臣。"

这一预言是如此准确,不知是这位相面大师高明,还是写历史的大师高明。反正宇文述确实位极人臣。作为隋炀帝时代的第一宠臣,宇文述也有谢幕的一天。

宇文述有三个儿子,分别是:宇文化及、宇文智及和宇文士及。其中,隋炀帝的女儿高阳公主嫁给了宇文士及,也正因为这个原因,宇文化及和宇文智及联合起来,排斥宇文士及,大概这就是所谓羡慕、嫉妒、恨。其实,宇文化及大可不必如此,因为他早在杨广当太子的时候就当了东宫侍卫,杨广对他十分信任和欣赏。

宇文化及和宇文智及是标准的纨绔子弟,整天无所事事,游手好闲,终于惹出事来。

宇文化及曾因杨广的赏识被任为太仆少卿(即车马、畜牧部的副部长),在跟随杨广北上榆林(这个榆林是现在的呼和浩特,不是现在的榆林)的时候,违犯禁令与突厥进行贸易,杨广大怒,把兄弟二人关入死牢,准备处死。

杀头的当天,从死牢中将这二人提出,押至行刑现场，刽子手将二人的发辫散开，鬼头大刀高高举起，正当下落之时，杨广突然宣布网开一面，把二人释放。但为了惩罚他们的过失，将他们卖为奴隶。

顺便说一下，这对奴隶的主人不是别人，正是宇文述。

现在亲人般的宇文述去世了，注重情义的杨广决定不亏待这三个孩子，除了宇文士及是驸马外，任大哥宇文化及为右屯卫将军，从三品；二哥宇文智及为将作少监（即建设部副部长）。

与宇文述一家人相亲相爱的隋炀帝杨广做梦也没想到，正是这个宇文化及，一年半之后，取他而代之，曾经强大富庶的隋朝，在实质上灭亡了。

我们暂时从杨广痛失密友的悲痛中解脱出来，去看看协助杨玄感在黎阳树起反叛大旗的军师李密现在怎样了。

李密在杨玄感起义失败后被隋军捉送河北杨广的行宫，但在路上他贿赂押解他的官员，在灌醉他们之后，掘开了墙壁，逃之夭夭（具体细节参见好莱坞经典励志大片《肖申克的救赎》）。

李密逃走之后，先是投奔了山东平原的暴民首领郝孝德，但这位郝大王并不礼遇他，因此，他判断郝孝德成不了什么大事，于是离开了郝孝德。

之后，李密又投奔了那个做《无向辽东浪死歌》的业余词作者和职业革命家王薄同志，可也没被人家待见。

从王薄那里出来，李密整天东躲西藏，当过几天家庭教师，忍饥挨饿，甚至剥过树皮吃，那个惨啊，比爬雪山过草地都不容易。

我们很同意李密的判断,不重用李密的人决不是好同志,比如郝孝德;当然,重用李密的人也不见得是什么好同志,比如翟让。

后来李密终于找到一个赏识自己的王秀才,算是过了几天安生日子,王秀才识货,还把自己女儿嫁给了李密。可是王秀才这一押宝式的豪赌并没有取得立竿见影的效果,他不仅没有享受到半点把女儿嫁给李密带来的好处,反而把命搭上了。

因为闻讯而来的官军从天而降,将李密的新家包围,里面的人全部束手就擒,全部被捉走送官。要不是李密那天正好不在家,那这位前军事贵族出身的大谋略家的生命就至此终止了。

李密再一次踏上逃亡之路,这一次,他选中了翟让。

其实,不能说他选中了翟让,而是他没有别的地方去了。

翟让,从严格意义来说,不能算是农民,因为他之前是东郡的司法官(法曹)。因犯罪被判处死刑,后被监狱警察黄君汉偷偷放走,才得以逃到瓦岗(河南滑县),占山为王,开始谱写隋末农民起义的最瑰丽一幕。

放李密走的那个黄君汉,也并非是市井之徒。此人后来也投奔瓦岗,成为隋末将领中璀璨的一颗星,后来黄君汉辗转投唐,成为唐朝的开国元勋,封疆大吏,军衔为帝国元帅(上柱国)。

翟让还是有一定的人格魅力的,甫一入主瓦岗,就有两个重量级的要人来投奔他,这两人,都是隋末唐初的风云人物,一文一武。

武的叫单雄信,在民间传说或是评书里,我们听到他的故事已经太多了。

单雄信本是山东曹州人,父亲单禹是北周大将,负责东昌(山东聊城)的防卫事宜,唐将李渊率兵来攻,单禹兵败被杀,他的儿子单雄信携带细软逃到山西潞州天堂县城南八里二贤庄隐居下来,用这些金银财宝结交绿林好汉,一时间,江湖上的大侠、剑客、亡命之徒们,这些人纷纷到二贤庄投奔单雄信。

所以,评书里说,单雄信是绿林总瓢把子。"总瓢把子"是文言黑话,翻译成现代汉语就是黑老大。

文的那人,也是大大有名,此人名叫徐世勣。徐世勣者,徐懋功也,也可以叫作徐茂公。他就是《隋唐演义》里的那个牛鼻子老道,类似诸葛亮能掐会算、用兵如神的人物。

其实,徐世勣还有另外两个名字,一个叫李世勣,一个叫李勣。

听起来头是有点大,徐世勣的另外两个名字,完全得益于皇帝老儿的恩典。因为徐世勣投唐以后,战功卓著,后来的唐高祖李渊同志就赐老徐姓李,因此,又叫李世勣;至于李勣,则是因为李世民先生发动玄武门事变,杀死亲哥哥和亲弟弟,逼老爹李渊让位,做了皇帝,所以,他的臣子的名字里有带"世"字的,通通都得改名。所以李世勣又成了李勣。

不管是哪个名字,人只是一个,就像不管是欧元,还是美元,还是英镑,抑或人民币,本质上都是钱一样。

李世勣比起单雄信来,在历史地位上要重要得多,不仅因为他活得久,而且论文治,论武功,都远远超过单雄信,他历经高祖、太宗、高宗三朝,均是功劳大大地,而且,此人十分聪明,会做官,会做人,情商智商都十分突出。他和前文提到的秦琼(秦叔宝)一样,都位列太宗皇帝凌烟阁二十四臣。

这一文一武的相继来投,让翟让的实力陡然大增。徐世勣给他出主意说:"瓦岗附近,大家乡里乡亲,抬头不见低头见,咱们总不好意思抢他们的,兔子还不吃窝边草呢。我们可以到汴水流过的荥阳(河南郑州)和梁郡(河南商丘),去抢那里的水路客商,足以满足我们的需要。"

翟让听了感觉有理,于是依计而行。这一战略转移是如此成功,不仅抢的财物越来越多,来投奔他们的人也络绎不绝。

当然,根据当时天下的形势,不可能一个区域就他们一家反贼,几乎每个值得抢的地区,都聚集着志同道合但不属同一个帮派或团伙的反贼,翟让他们周围的反贼也层出不穷,其中包括有名的王伯当同志领导的黑道大军。

这样,一个严峻的挑战就摆在了翟让的面前——对待这些同是以打家劫舍为生的盗贼同志们,是打,还是拉?是单打独斗,还是联合作战?

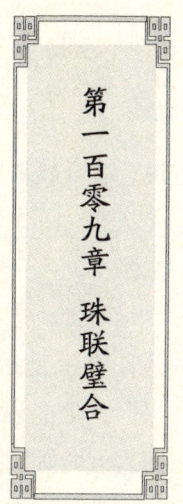

第一百零九章 珠联璧合

一加一大于二

河南的这些农民暴动首领们,最终选择了一种十分理想的状态对抗隋帝国,这种状态非常辩证:既对立又统一。

在各个反贼中间起到穿针引线作用的就是那个前关陇军事贵族核心家族(门阀)的成员之一——李密。

如果说这些反贼是一个一个铜钱的话,李密就是那穿铜钱的细绳,如果没有这根绳子,这些铜钱就会变得十分散乱,而有这根绳子一穿,整吊的铜钱就能完整地拎起来了。

整吊的铜钱比起散乱的铜钱来说,优势就是:短时间内形成了十分强大的购买力。

李密正是起到了这样的作用。

李密在一开始向这些既没文化又没大志的反贼们贡献他"全世界无产者,联合起来"的宏图大志的时候,没几个人相信他。因为这些习惯了吃了上顿没下顿的流氓无产者们,最关心的是如何能有下顿吃,而不是什么解救其他的受苦人。

李密用通俗易懂的话把道理掰开了揉碎了讲,最后说,联合起来,就可以当皇帝,干不干?

这一下大家听懂了,于是欢呼雀跃,一致拥护李密的主张。

而且,这些没文化没见识只知道封建迷信的暴民们相信,李密是达官之后,正符合现在秘密流传的"李代杨兴",他能说会道,识文断字,而且多次死里逃生,莫非此人天命所属?

于是,大家对李密尊敬有加,争着与李密往来。李密在与这些反贼头领打交道的时候,也在观察他们,李密具有非凡的识人本领,是个杰出的人力资源经理,一眼就看出,在反贼中,翟让的能力和水平明显高出这些庄稼汉一筹。

于是,缘分让李密和翟让这对隋末农民暴动的乱世双雄幸福地结合了。

李密替翟让去游说那些农民起义军的首领,说服他们紧密团结在以翟让为首的领袖周围,耐心劝导,给他们灌输星星之火可以燎原的革命道理,终于争取到了这些边缘力量,从而使得翟让的力量扩大了不止十倍。

替翟之后充分发挥了一个战略家的作用,李密让制定了一个宏伟的蓝图,这一蓝图说明,对翟让来说,李密的作用此三国的诸葛亮之于刘备、鲁肃之于孙权更加重要。李密说:

"刘邦、项羽都是平民出身,但最后成为帝王;现在的情况是上梁不正下梁歪,帝国的精锐在辽东折损大半,与突厥的和平局面和优势地位也成过去时;情形如此危险,主上却在忙着南巡,这正是建立刘邦、项羽那样功业的时候,以你的雄才大略,定可使英雄蚁聚,席卷天下,攻克二都,隋王朝将在您的英明领导下陷入覆亡。"

替翟连连摆手,连称不敢当。

现在是翟让和李密的"蜜月期"的开始,但有些因素让翟让不由得有些不爽。那就是,来投奔翟让的人多是因为李密。

李密是名门之后,又顶着未来天命所归的光环,自然光芒更胜翟让一筹,不过,翟让比较宽厚,没怎么往心里去。况且,这时风行一个传说,就是以李密的身世、条件和天命,本应自立为王,但之所以要和翟让结盟,是因为身为蒲山公爵的李密,必须依靠一个沼泽池塘,而翟让的"翟"字,就是沼泽池塘的意思。这下翟让彻底放心了。

在李密的辅佐下,翟让的势力越来越大,不仅让隋帝国的地方政府不敢正视,连周边的割据政权也为之侧目。但恰在此时,李密给翟让泼了一瓢冷水:

"如今天下汹汹,兵荒马乱,农民无法正常耕种,您的势力虽大,兵马虽多,但没有固定的军需供应,全靠抢掠,能抢到就大吃一顿,抢不到就饿肚子。如果强敌压境,又没有粮草供应,您怎么办?"

头脑相对简单的翟让一下子愣了,不知道该怎么回答。其实,这个问题他不是没有想过,只是想不出答案,干脆不想了,能混多久就多久,爱咋咋地。

今天李密一问,马上就蒙了,但一看李密一脸坚定和自信,就知道他已有答案。

李密说:"我们不如先取荥阳,就近取粮,洛口仓就在跟前,然后养精蓄锐,等时机成熟,再争天下!"

妙啊,出拳打人之前,先把拳头收回来,准备好了,用尽全力,给敌人致命一击。

李密这个主意,是高升同志的"高筑墙、广积粮、缓称王"之抢先版。

翟让听了李密的主意,茅塞顿开,立即挥兵去攻荥阳。

但荥阳不好打,因为镇压荥阳的是隋军最凶猛的悍将之一张须陀。

荥阳本来不是老张守,因为荥阳郡守、郇王杨庆(也是杨广的堂兄弟)无力对付翟让和李密的瓦岗军,才急奏朝廷,派了张须陀来,担任杨庆的副手(通守)。

张须陀到荥阳之后,稍事休整,立即向翟让发动猛攻。这下,翟让害怕了,因为他以前不只一次领教过张须陀的厉害,不只一次地被张须陀击败,一听张须陀三个字头皮直发麻,这个人已经给翟让留下了心理阴影。于是,一听张须陀发动猛攻,就想转身逃跑。

关键时刻,李密拦住了他。帮他分析:"张须陀有勇无谋,最近连打胜仗,已经被胜利冲昏头脑,他手下的将士,轻敌骄傲,我们只要瞅个冷子,发动猛攻,定可获胜。你只管严阵以待，我保你大获全胜。"

因为有了李密这个主心骨，翟让才没有退缩，他下令全军集结，准备迎敌。在会战之前，李密事前在密林中埋伏了上千勇士，以备他用。

张须陀一见翟让竟敢来对阵，大怒，他十分瞧不起翟让，用他的"坦克阵"向前推进，这种"坦克阵"无坚不摧，人见人怕，哪是翟让这种"土豹子"出身的暴民所能对付得了的！农民军且战且退，眨眼已经后退十余里，眼看翟让就要支撑不住了。

就在张须陀以为敌军即将崩溃的时候，李密突然挥动红旗，伏兵从密林中杀出，将毫无准备的隋军拦腰斩为两段，这些伏兵以逸待劳，个个都像小老虎一样，奋不顾身冲向敌阵。张须陀的阵脚大乱，顿时溃不成军。

李密、翟让、徐世勣、单雄信、王伯当，这瓦岗军的五虎上将联合起来，像削瓜切菜一样，将隋军冲厚七零八落。

就这样，翟让和李密和瓦岗军取得了荥阳大捷，张须陀好不容易杀出重围，再回头看时，他属下的将领们一个也没有突围出来，于是好汉张须陀做出一个决定，重新杀进重围，解救他这帮生死弟兄！

这是一个慷慨的决定，这是一个大勇的决定，这也是一个以卵击石的决定，张须陀奋尽全身气力，终于带出一部分属下，当他看到，重围中还有他的兄弟时，立即又做了一个比上述决定更以卵击石的决定：再入重围，拯救他的"大兵瑞恩"。这时，他已经基本没有什么气力了。

老张在敌阵中飞马走了三四个来回，砍杀了无数暴民，终于支持不住，他圆睁着双眼，咽下了最后一口气。

张须陀的死，让他的部下昼夜悲号，让杨广目瞪口呆，让亲痛仇快，张须陀一死，代表着大隋朝的精神已经被杀死了。

荥阳大捷之后，翟让分给李密一部分军马，让他相对独立，这样，李密的角色，就从军师变成了能够与翟让分庭抗礼的军事统帅。而且，随着瓦岗军的壮大，李密的威望越来越高，两人之间的关系产生了微妙的变化。

这些变化，翟让比较宽厚，不想计较，但心里肯定不大舒服；李密聪明，但他也没有说破，任这种微妙的变化日益明显。也许，这正是他想要的。

荥阳大捷对瓦岗军来说，有着特殊的意义，不仅仅是击溃隋帝国的王牌军，从此树立了心理上的优势那么简单，这一战，标志着李密和翟让的军队完成了从流寇式的打家劫舍到有固定根据地的、有思想有主张的转变，这是一个质的飞跃，"自发的反抗"成长"自觉的革命"。

张须陀的死（也包括他的副手贾务本的死），对隋帝国的打击是致命的，从此，杨广再无能力围剿这些农民起义军。虽然他立即派了裴仁基取代张须陀担任河南战区司令长官，替代张须陀，并把驻地从荥阳迁到了虎牢。但裴仁基能做的，只能是眼睁睁看着河南农民暴动愈演愈烈。

在山西，隋炀帝杨广任命右骁卫将军、唐国公李渊为太原留守，带领两位副留守王威和高君雅负责山西地区的绥靖事宜。这一安排,为李渊日后在太原起兵埋下了伏笔。在山西剿匪的过程中,李渊的儿子李世民发挥了重要作用,每每能够在其父危急的时候突然出现,挽救战局。

之前隋朝第一不要脸的云定兴率兵计解雁门之围的时候,我们已经见识过了李世民的厉害,当时,他年仅16岁。

说李渊是隋王朝的掘墓人不假,但实际上挖坑葬埋大隋朝的却是李世民。

李渊日后掘了隋王朝的墓,而裴仁基也不是等闲之辈,他后来干脆投靠了反隋大军。

接下来,我们再认识另外一个镇压农民反贼的隋朝大将杨义臣。

杨义臣不姓杨,而姓尉迟。他后来之所以改姓杨不是因为他妈改嫁他后爹姓杨,而是因为功劳太大,被赐姓杨——又是一桩赐姓的美事。

我们现在才隆重推出杨义臣,显然是迟了,现在的杨义臣,已经风烛残年,还剩一年的寿命了。

其实,杨义臣很早就出名了,他和杨素、史万岁一起参加过对突厥的作战,因功授为朔州战区司令长官(朔州总管);参加了平定汉王杨谅的大战,以功晋上大将军;后来又参加了征辽与高句丽的作战,以功晋左光禄大夫;现在,河北出事了,身为太仆的杨义臣,又奉命率兵前往弹压。

这一次,他面对的敌人是以张金称和高士达等人为首的河北暴民,他们没有那么训练有素,但其嚣张程度、勇猛程度和残忍程度，则比过去的敌人更甚十倍。况且，在高士达的手下有一位十分有发展前景的潜力股，此人即将迅速超越地位高于自己的张金称和高士达，成为隋末与翟让和杜伏威齐名的暴民领袖，此人就是窦建德。

张金称与同时代的朱粲同志一样，都属于乱世中的混世魔王，他们最大的喜好不是推翻暴政、建立大同世界，也不是除暴安良，更不是贫苦农民的代言人，他们所喜欢做的是破坏，破坏的最高境界就是杀人，杀人如麻，越多越好。不过，比起明末的后辈张献忠同志，张金称和朱粲只是大巫见小巫。

张金称和高士达们，利用杀人立威，好使那些反抗者在精神上屈服，成为不战而屈人之兵。这一套理论与小日本当年在中国大肆烧杀抢掠的思想基础是一致的，效果也大体类似，张金称的残暴使得隋帝国的镇压节节败退，而日本人的非人性举动则吓破了国民党内第一帅哥兼副总裁的胆，勇敢地沿着汉奸之路走了下去。

于是，杨广派杨义臣来了。

杨义臣率讨伐大军达到临清，靠大运河扎营，他的大营扎得十分坚固，深沟高垒，防卫森严，就是有只蝴蝶飞过去，也要看看是梁山伯还是祝英台。他的大营离张金称只有40里，在他刚到的时候，打惯了胜仗的张金称就前来挑战。

杨义臣毫不示弱，马上和张金称约好了决战时间，双方准备大战一场。

等到了约定的时间,张金称已经气势汹汹等在那里,杨义臣率全体隋军将士装束齐整,严阵以待,但不开营门。

张金称等了半天,不见杨义臣出来,气得大叫,但全副武装的隋军就在营垒里面看着张金称,就像看着一只猴子。

张金称无计可施,骂骂咧咧地走了。

第二天,张金称又来挑战,杨义臣还是不出来。

如是者多次,杨义臣逗张金称整整玩了一个月,把张金称气得跳着脚骂。每挑战一次,就离隋军的大营近一点,反正你又不出来,我怕你做甚?而且,越来越不像当初的时候那样戒备森严了,军士的有把刀枪扔在地上玩的,有把马鞍子解下来枕着睡觉的,有把衣服脱下来找虱子的,就差在杨义臣的大营外摆烧烤摊儿了。

但这些暴民不知道,也许对大多数张金称的士兵来说,今天是他们一生中最后一次放松的机会了。

第一百一十章 千疮百孔

哪里有压迫,
哪里就有反抗

张金称在杨义臣的大营前晒太阳,百般辱骂老杨同志,于是,杨义臣实在忍不住了,就告诉张金称:"那你明天早上来吧,这一次我一定出兵。"

张金称接到"战书"之后,大大咧咧回营去了。

当天晚上,杨义臣秘密派了一队精兵埋伏在张金称大营的左右——这一举动似曾相识,李密就是用这一招儿大破张须陀的。

第二天一早,张金称率军离开自己的大营,去找杨义臣决战。一见张金称走远了,杨义臣的埋兵齐出,一声呐喊,冲进了张金称已经空虚的大营,营中只有一些随军家属和老弱残兵,毫无战斗力可言,于是被训练有素的隋军大军一冲击,顿时崩溃。

正摆好了架势，准备和杨义臣决一死战的张金称，在隋军的大营前等了很久，不见杨义臣出来，正想骂他是缩头乌龟的时候，突然接到消息，说自己的大营被端，后院起火。张金称大惊，立即撇下杨义臣，急急回军。

这样，前有冲击张金称大营得胜的隋军，后有杨义臣的精锐追兵，张金称大败，落荒而逃。

杨义臣的兵法，不见得高明到哪儿去，所有的手段，都是似曾相识的，说围魏救赵也好，说引蛇出洞也好，听起来都像是小儿科。但就是这些"小儿科"的东西，就将猖獗一时的张金称打得落花流水，因为张金称之流的水平，只用"小儿科"的办法对付即可。

这也证明了为什么中国几千年历史上，有无数的农民起义，但最后，只有一个成功了——水平普遍不行啊！掰着手指数一下，推翻一个旧王朝的，多是农民起义，建立一个新王朝的，多是地主官僚，耐人寻味！

张金称逃走之后，势单力孤，很快被官军擒获。他被游街示众，官府让与之有仇的人，一块块生吃他的肉，老张面不改色，一边被割肉，一边大声唱歌，其非凡气度，比身受凌迟而面不改色的太平天国第一人石达开有过而之无不及。

也许会有人为之唱赞歌，说他是条汉子，但其杀人之多不可胜数，而且都是无辜百姓，从这个意义上看，他和同样杀人如麻的官军代表樊子盖同志性质是一样的。

张金称死后，与他并肩作战的高士达就变得非常孤独,趁着这位暴民领袖处在低潮的时候,隋帝国的涿郡通守(副郡长)郭绚率军一万,前来攻打。高士达对这种落井下石的作风十分不爽,立即找来手下得力助手窦建德商量对策。

商量的结果是,让窦建德全权负责军事行动,因为高士达知道,就领导和军事才能而言,窦建德一个能顶高士达十个。对于这种主动让贤的行为,窦建德表示了欣赏、感激,决定要好好报答高士达的知遇之恩。

窦建德决定了要好好报答高士达的知遇之恩后,转身带着一批精锐一溜烟儿投奔了郭绚的政府军,留下傻了眼的高士达领着一帮暴民家属和老弱残兵在后面干瞪眼。

这还不算,投敌的窦建德给郭绚出主意,愿意亲自带兵攻打高士达的大营,因为他知道高士达大营的虚实。

郭绚很高兴,后果很严重,因为窦建德是诈降。

就在郭绚随窦建德一起袭击高士达的大营、走到半路的时候,高士达伏兵四起,郭绚一愣,窦建德突然翻脸,将毫无防备的郭绚一刀砍死,割下首级。

隋军群龙无首,很快被窦建德和高士达联合消灭,他们不仅缴获了海量的军需物资,包括以前追随张金称的人,一听窦建德打了胜仗,纷纷前来依附。一时间,窦建德声威大振。

现在,代表政府军的隋军大将杨义臣,和代表农民军的反贼首领窦建德,不可避免地相遇了。

作为少数头脑清醒的暴民军领袖之一,窦建德深知杨义臣的厉害，他对高士达说："此人在隋朝将领中作战能力数一数二，而且刚刚消灭了张金称，士气正盛，千万不可轻敌。您先带着大部队走，与之周旋，让杨义臣想与我们决战，但找不到人，这样就可能消磨其锐气。等他懈怠的时候，再突然反击，否则，您会支撑不住的。"

高士达听了心里不舒服，心想：你刚打了一场胜仗就开始教训我了，别忘了是我主动让贤你才有机会的，你要知道谁是老大，我可以升你，就可以降你。

为了表示谁才是这支队伍的老大，高士达命令窦建德带领部分兵力，防守大营。这次你不必打仗了，看着我消灭敌人吧！

窦建德苦劝无效，只好悻悻回营，坚守不战，目送着高士达率领这支不可一世的暴民大军浩浩荡荡地开拔，去打杨义臣。

这件事情证明了两点，一是高士达是这支队伍的老大；二是高士达是个白痴。

高士达的自信不是没有道理的，刚与隋军接战，隋军立即后退，高士达随后追击，将杨义臣杀退了十里有余。

高士达笑了，豪迈地命令：大摆酒宴，庆功！于是，整个暴民大营变成了欢乐的海洋。

窦建德在后方听到消息，急得直跺脚："敌军未退就骄傲自满，亡无日矣。"

但他能做的只能是带领手下的这些老弱残兵深沟高垒，严阵以待。

5天之后，战报传来，暴民军大败，高士达被杀，全军崩溃，一败涂地。窦建德大惊，正准备率军迎战的时候，自己的大营已经被杨义臣攻破了，他的这点兵力实在谈不上什么战斗力，在留下来等死和逃出去反攻之间，他聪明地选择了后者。

跟着窦建德跑出来的，只有一百多人。他逃走之后，召集败军和高士达、张金称的旧部，声势才慢慢恢复了一些。他趁守军不备，突袭饶阳，一举攻克，才算重新有了一块根据地。

杨义臣接连战败张金称和高士达之后，率军回师，他觉得窦建德兵不满千，成不了什么气候，因此对窦建德的潜在威胁，忽略不计。

但这一忽略不计带来了十分严重的后果，窦建德在河北招兵买马，不断扩充实力，在找到高士达的尸体之后，为高士达举行了隆重的追悼大会，会上，窦建德声情并茂地回忆了高士达同志革命的一生以及他为全隋朝不安分守己的暴民做出的丰功伟绩，号召大家向高士达同志学习，学习他公而忘私的革命精神和舍生取义的大无畏精神。

在不断收集各地起义失败残余势力的同时，窦建德还十分注意搞好统战工作，别的农民军领袖对待隋军的家属和随员，不是屠杀就是夺去他们赖以生存的衣服粮食，任他们自生自灭。但窦建德就人性得多，他对那些隋军的家属待之以礼，部分有能力的，还对他们委以重任，这样，窦建德不仅获得了暴民的支持，在官军中，也不乏同情者和支持者。

上述事实说明,窦建德是个聪明人,可惜,并非所有暴民领袖都像他这样。他们好像与自己有仇,把能够团结的人拼命往外推,生怕成了自己的盟友。对于这些大脑短路的革命者们,我们只能遗憾地说一句,他们是活得不耐烦了。

杨义臣在河北,算是打了几个胜仗,那全国各地的隋军呢?有几个打胜仗的?每天像雪片一样飞到隋炀帝杨广那里的,全部都是告急文书。全国有多少个地方,一天就有多少份告急文书,毫不夸张。

但杨广看不到,因为虞世基不让他看到;

虞世基不让他看到,是因为杨广自己不想看到。

虞世基是隋朝有名的大臣,他最大的特点就是眼睛好,皇帝喜欢什么,讨厌什么,全看得清清楚楚,由此,他形成了自己的为官之道:皇帝喜欢的,就是我喜欢的,可着劲儿地给他;皇帝不喜欢的,就是我讨厌的,一点也不让他知道。

在这一精神的指引下,虞世基把杨广讨厌的告急文书全都藏了起来,于是杨广最近耳根很清静,没有忧愁,没有烦恼。

偶尔杨广问起来,全国的剿匪战绩如何啊?虞世基就会说:"鸡鸣狗盗之徒,眼看马上全部消灭,不值得您操心。"

杨广对虞世基完全信任,十分高兴。而偶有突破重重围困，到江都来报告暴民消息的，杨广甚至会对他们严刑拷打，厉声喝问他们为什么要蓄意破坏大隋朝来之不易的安定团结的和谐局面。

于是，尽管隋帝国这栋曾经的华厦已经千疮百孔，但杨广住在里面，仍然怡然自得。

但毕竟虞世基不能一手遮天，杨广还是能够听到一些消息的。比如这一次，杨义臣在河北攻打张金称和高士达，斩杀以及招降暴民共计数十万的消息，就上报给杨广了。

在虞世基的严密监控下，在各级秉呈杨广旨意办事的官吏的层层检查下，这份内参居然能够到杨广的手里，我只能说，这是一个奇迹。

杨广傻了眼，问："我最近从来没有听说过有反贼，怎么会一下子成了这个样子？杨义臣屠杀和招降的，怎么会有这么多？"

虞世基反应，那是相当快，而且，他知道杨广在想什么和担心什么，上前一步奏道："就算有些反贼，杨义臣已经把他们全部荡平，没有什么可担心的。倒是杨义臣本人，已经完成了任务，还在外统领重兵，恐怕于国家不利啊。"

这一句话说到了杨广的心坎里，他当即下旨，调杨义臣回军，撤回所有镇压暴民的军队。本来只剩窦建德一个人硕果仅存、苦苦支撑的河北农民军，就像在即将熄灭的余焰上浇了一桶汽油，腾地一下，气焰万丈。

隋末农民军之所以能够在实质上灭亡隋朝，杨广实在是功不可没啊!

虞世基的这种行径,惹恼了一位正人君子,他上书杨广,弹劾虞世基和与虞世基同道的裴蕴,指责他们蒙蔽圣听,恳求皇帝能够正视现实,不要逃避,同时把虞世基和裴蕴送交有关部门法办。

上书的这个人是韦云起,在中央纪委任职。

杨广接到了这桩投诉,高度重视,立即组织相关部门商议此事,商议的结果是:韦云起狂妄自大,以为只有自己是正确的,肆意诋毁国家重臣,他的指控毫无依据,情节是严重的,性质是恶劣的,已经构成了诽谤罪,应予以严惩。

不过,最后杨广还是决定从轻发落这位检察官,只是降职处分,还是留在纪委工作,以观后效。

一个王朝的末期,一般来说,首先与政府对着干的,都是暴民,即所谓的农民起义。从秦末、汉末、隋末、唐末(宋朝例外,因为先有金,后有蒙古)、明末以来,都是这样;暴民搞得天下大乱后,出来收拾残局的,一定是官僚地主阶级。这样,农民的暴动被平息了,原王朝的统治也动摇了,官僚地方中的杰出分子就谋划着建立新王朝了。

这是中国古代历史的一个宿命。

在隋末涌现大量暴民力量的稍后,地方割据武装也开始出头了,前文已经提到了留守太原的唐公李渊,现在,再正式推出一位趁隋末大乱而崛起的乱世枭雄:王世充。

王世充同志是一位标准的懂得察言观色的乱世枭雄,

否则，他只能归到暴民领袖的行列里，因为能够成为官僚地主阶级一员的，首先，肯定不是大字不识一个的文盲；其次，肯定不是一个乐暴好杀的暴民。

杨广这一次到达江都（实际也是最后一次，而且，再也不曾离开）后，王世充为皇帝立了两大功劳。

第一是敬献了一副十分精美的铜镜屏风，让他王世充在所有向皇帝敬献礼物的官员中，十分突出。杨广达到江都后，令所有官员向他献礼，杨广会根据礼物的好坏进行职位的升降，于是，王世充跃升为副郡长（通守）。

第二是帮杨广在个人生活上达到了一个全新的档次。杨广好色，作为一个封建帝王，我们也不好苛求什么。但杨广大部分时间是居住在北方，第一次到南方来是在他老爹还任扬州总管的时候，之后是作为大军元帅率兵灭陈，那时杨广还年轻，有政治前途，所以很检点，唯一的要求是得到倾国倾城的张丽华，结果还是被高颎不识相地杀了。

这一次，杨广已经在任何方面都不再有想法甚至是希望，他也意识到他的生命即将快到终点，所以趁有时间，享受吧！

王世充充分了解皇帝的心思，给他贡献了大量的江南美女以娱其身心。杨广熟悉的多是北方佳丽，如今这么多经过王世充精心挑选的灵秀的江南美女被送到他的行宫，杨广都看傻了。

于是，王世充迅速地成为杨广生命末期的宠臣。

就在杨广纵情声色的时候，普通百姓却吃不饱、穿不暖，不要说家无隔夜粮，就连这一顿吃什么都是问题。甚至，饿死无数，卖儿鬻女的，又有多少！至于易子而食的惨剧，也不知发生了多少！

这样一个导致了上述人间地狱的人，居然有人大谈其文才、能力，甚至与唐太宗李世民比较，试问，你是站在人道的角度上吗？

饿死了人家的父母或子女一个人的，我们把这种人可以称为人渣，那饿死了几百万、几千万父母和子女的，又叫做什么呢？

叫英雄？

第一百一十一章 愈演愈烈

星星之火，
开始燎原

杨广非常宠幸王世充，但他不知道，王世充即将成长为隋末最重要的反隋割据势力之一。除了李渊和王世充之外，还有许多反隋硝烟弥漫在整个中国上空，这些"三十六路反王，七十二路烟尘"（也有说十八路反王、三十六路烟尘的）以及官僚地主阶级浑水摸鱼的，计有如下几支重要力量：

李密、翟让领导的瓦岗军；

窦建德领导的河北农民军；

杜伏威为代表的江淮农民军；

武威（凉州）李轨；

金城薛举；

朔方梁师都；

马邑刘武周；

晋阳李渊；

涿郡罗艺；

洛阳王世充；

任城徐圆朗；

巴陵萧铣；

……（以下略去24行）

大业十三年，即公元617年，隋末三大农民起义军之一的河北农民军正式建立了自己的政权，窦建德在乐寿"登基"，自封为长乐王，这桩大喜事发生在这一年的正月初五。

但窦建德不是第一个称王称帝的，在他之前就有一些，而在他之后，自封为皇帝的则像雨后春笋一样冒了出来，这些在此之前或之后过皇帝瘾的包括以下人员：

魏公李密（公元617年建制）；

皇帝、定扬可汗刘武周（公元617年建制）；

楼罗王、楚帝朱粲（公元615年建制）；

梁帝梁师都（公元617年建制）；

西秦霸王薛举（公元617年建制）；

凉王李轨（公元617年建制）；

无上王卢明月（公元617年建制）；

梁王萧铣（公元617年建制）；

以下再次省略24行……

上述反王们的优异表现和隋帝国的步步败退，说明了一个道理：天下已经基本不再姓杨了。

就在窦建德建国称制的同一个月，那个寒冷无望的正月，暴民领袖杜伏威和隋朝大将、右御卫将军陈棱在江淮展开了激战。

要说陈棱并非小角色，此人已经在江淮一带和老杜多次交锋，胜多败少，但杜伏威群众基础好，今天这里败了，明天人马就能增多十倍，反正天下暴民有的是，只要你不杀光，就不愁有好资源。

但这一次，陈棱同志败了，败得凄惨无比，只身逃出，连一个勤务兵都没带出来。

本来陈棱处于守势——在当时情况下，没有哪支政府军有能力采取攻势了——而他本人也算是老成持重，深沟高垒，坚守不出，而暴民军队最拿手的是攻坚战，他们擅长的是一拥而上、乱拳打死老师傅的战法。

面对陈棱这种打死不出头的缩头乌龟战术，杜伏威采取了一个很损的招数：骂陈棱是一个女人，派人给他送去女人穿的衣服，尊称他为"陈姥姥"。

这一计策似曾相识，当年三国后期蜀、魏对峙的时候，面对司马懿的坚守不出，诸葛亮采取的也是送给老对手女人衣服以羞辱之的策略，不过军事实力和政治智慧都在司马懿之下的诸葛亮并没有占到什么便宜，司马懿笑纳了衣服，还当众穿上，表示对诸葛亮的礼物十分满意，并进而套到了诸葛亮事务忙、管得细、吃得少、命不长等一系列重要军事情报。这一心理上的拉锯战，最终以司马懿的大获全胜而告终。

但陈棱不是司马懿,他看到杜伏威送来的女装火冒三丈,当即下令全力出击(也许认为杜伏威的礼物品牌档次太低——只是"美邦"的而他希望的是"范思哲"的)。于是可怜的陈棱中计,本来实力就不占优,战斗力也差得远,士气低落,大家就为了一件衣服去拼命,于是,隋军的人心散了,队伍也就不好带了。

陈棱大败,只身逃出。

击败陈棱,杜伏威也建立了自己的一套行政管理体系,不过,他既没称王也没称帝,只是自立为历阳军区司令长官(历阳总管),命他的得力助手辅公祏为长史(即秘书长),建制之后,号召力倍增,因为大家都希望将来老杜同志能够"黄袍加身",大家都成为开国元勋。一时间,杜伏威在江淮间一呼百应,在暴民领袖中大出风头。

二月一日,隋帝国的鹰扬郎将梁师都在朔州发动兵变,自任大丞相,反戈一击,加入了反水大军,将矛头对准了昔日给自己发工资的大隋朝。梁师都是个聪明人,知道利用各方面的力量,对他而言,朔州北面的突厥是很值得利用的一股军事势力。

自从上次隋炀帝杨广和裴矩妄图离间突厥内部关系和诱杀突厥重臣史蜀胡悉两件事情发生之后,胡、汉关系就急转直下,一日千里,终于在不久以后,发生了令伟大君主杨广同志抱着爱子赵王杨杲哭肿眼睛的悲剧——雁门之围。

后来虽然在云定兴、李世民和众多勤王大军的共同努力下，雁门围解，但胡汉好和的局面从此被彻底打破，这意味着，终有隋一代，北中国再无宁日。

对突厥来说，并不希望看到一个强大统一的隋王朝，他们无限怀念他们的木杆可汗在位期间的盛世：以无比淡定和放松的心态闲看北周、北齐争王争霸，想帮谁帮谁，想打谁打谁。他们做梦都想回到这一天。

这一天终于来到了，突厥始毕可汗非常欣喜地看到了希望：朔方的梁师都反隋了。

其实，始毕可汗还可以更欣喜一些，因为除了梁师都，凡是山西的这些割据势力，都会打突厥的主意，要知道，现在的突厥，早就与往日他老爹启民可汗在位时不一样了，要兵有兵，要粮要粮，要马有马。为啥？时代不同了嘛，隋朝衰弱了，突厥自然强大。

这正确诠释了为什么哪个国家都不喜欢自己身边有一个强大统一的强邻：你强，我势必弱；你弱，我势必强。

木杆可汗当年只是在北周和北齐之间游刃有余，现在，他的后代始毕可汗却在隋、梁师都、李渊和刘武周等众多势力中间选择：——有选择的日子真好啊！

不懂得借助外力的军阀不是好军阀。秉承这一指导思想，梁师都、李渊和刘武周等今日或明日的割据势力都争先恐后向突厥献媚邀宠。大家谁也别笑话谁，这招儿大家都玩过，从古至今，概莫能外。

刘武周与梁师都一样，都选择了山西作为发祥地或策源地，还有一点，两人都是鹰扬指挥官，不过，梁师都的地位比刘武周高。刘武周实际是当地的黑老大,攀上了马邑当地的最高父母官郡委书记王仁恭,成为马邑地区典型的黑白道相结合的成功典范。

王仁恭同志是一个著名的贪官,最大的政绩是面对饿死无数的饥民,仍然选择了努力增加粮仓的积累而不放一粒粮食给灾民。当然,在下次选民投票时,王大人显然只能获得那些富人区的选票。

王仁恭十分信任刘武周,而刘武周也不负众望,他积极回报王仁恭的方式是送给老王一顶他精心纺织的绿帽子。

尽管老王笑纳了他的礼物,但刘武周表示压力很大,这是一定的。上人家的妞,理所当然担心有一天被人家当街砍死。

于是,刘武周积极地在群众当中散布小道消息:大家都快饿死了,但王大人不肯救济灾民一粒粮食,他想干啥?

本来觉得国家的粮食就应该给灾民的那些灾民一听,对啊,王大人想干啥?于是群情激愤,憋足了劲儿想闹事。

刘武周一看机会成熟,当即采取行动。

他的行动是装病。

他一装病,各黑社会老大们、各社会贤达们、各街道主任们纷纷上门探望,刘武周表示了对局势的担心,他忧心忡忡地说:"时下民不聊生,饿殍遍野,而王大人把粮食都囤积起来,投机倒把,买空卖空,这是父母官该干的事情吗?现在粮食就在仓库中,不想饿死的,敢不敢跟我去抢?"

……

二月八日，可怜的王仁恭正在处理公事，有报说刘武周来见，话音未落，刘武周带着他的一帮人直接进来，王仁恭正想和刘武周打招呼，刘武周向前一步，一刀把王仁恭的脑袋砍了下来，提头直到大厅，郡政府的人，没有一个敢拦。

刘武周杀掉王仁恭之后，宣布继承老王的职位，履行老王的职责，接管老王的权利、财产、人马和老婆，自称"郡委书记"，派人向北去见始毕可汗，表示对突厥的恭敬，希望在必要的时候获得对方的援助。

始毕可汗愉快地接受了刘武周的良好祝愿和合理请求。

刘武周是隋末乱世中一支重要的割据武装，又即将和同为山西同事的李渊发生不正常关系（不是指男女关系，也不是指"基友"关系）。

再说河南的瓦岗军，继这支军队发生了从流寇到割据的本质性变化后，在李密的再次建议下，瓦岗军明确提出了自己的发展方向和政治要求。

李密给翟让分析说：

"隋炀帝杨广南巡，东都空虚，只有刚满14岁的越王杨侗镇压，他年幼无知，辅助他的将领昏庸无能，大小官员相互不服，离心离德，怎是你的对手？我们旌麾所指，即是民心所向。"

"如今，天下汹汹，饿殍盈野，但洛口仓的粮食堆积如山，不肯发给饥民。我建议立即派兵突袭洛口仓，洛阳与洛口仓相距百里，等隋军知道消息，我们早就把粮食抢完了。"

"有了粮食，我们立即赈济灾民，争取民心，有了民心，有了粮食，聚集百万大军易如反掌，到时，我们再在您的统一指挥和英明领导下，覆亡大隋王朝，实现我们的革命理想，岂不是手到擒来！"

翟让听了，竖起大拇指，表示了他对李密如滔滔江水般的景仰，用一番复杂的语言表示了对李密的支持，将我们听不大懂的古代汉语翻译成现代汉语就是："善！"

根据李密这一伟大精神的指导，翟让和李密立即兴兵直指洛口仓。果不出李密所料，攻打洛口仓的任务执行得异常顺利，将仓库里堆积如山的粮食发放给了饥饿的灾民，前来领取粮食的灾民队伍排出多少里地，场面，那是相当壮观，恐怕古往今来只有临近年关的时候排队买火车票的奇观能勉强与之相提并论。

洛口仓这一战略性的举措成功实施以后，瓦岗军立即得到了实际的好处，实力增强，人心归附。在众多来投的人当中，有一个特殊人物：祖君彦。

这位祖君彦同志我们很陌生，是第一次认识他，但是，他父亲却是我们的老朋友。

祖君彦的老爹，在南北朝乃至整个中国历史上，都是一个奇才，他是大才子，能写文章；还是大军事家，能打仗；还是大政治家，能耍阴谋；还是大奸臣，能陷害好人；还是大特异功能持有者，能在双目失明的情况下射箭而百发百中；还是大生活家……

应该说，这是中国历史上一个空前绝后的大人物，如果一定说有一个人能够和他比肩的话，那这个人是孙悟空。

大家已经猜出来了，祖君彦同志的老爹，就是祖珽。

祖君彦继承了老爹的才华，因此，在隋文帝杨坚当皇帝的时候，小祖同志就被当时的吏部侍郎（人事部副部长）、大隋朝第一才子薛道衡推荐上去。

正直的杨坚拒绝录用祖君彦，因为他是陷害北齐柱石斛律光的大奸臣。

到了隋炀帝杨广的时候，仍然拒绝录用小祖，这一次的原因是小祖太有才了——这是杨广的一个特点，你有没有才是你的事，我用不用你是我的事，事实是，"文人相轻"的作风在杨广手里发挥到极致，凡是有才的人，杨广一般不用，如果要用的话，用完也得弄死你，比如薛道衡。

于是，才高八斗的祖君彦，只好委里委屈地在地方上当一个小小的县长。对于自己的能力和才干超级自信的小祖，闷闷不乐，一直希望欣逢乱世，他好趁机出头。

这一天终于被他等到了，而且，等到的是隋末暴民领袖中力量最强、最有政治远见、素质最高、前途最远大的瓦岗军李密。于是，祖君彦成了李密和翟让的座上客、智囊、军师和谋士，深得李密和翟让的信任，让他全面负责文件管理和文化建设。

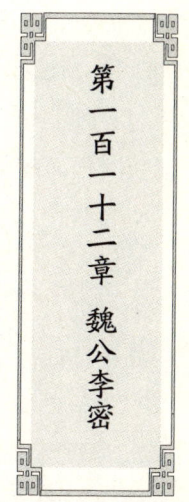

第一百一十二章 魏公李密

媳妇成婆,
助手转正

面对瓦岗军咄咄逼人的攻势,对东都洛阳的严重威胁,东都洛阳的留守政府首长、越王杨侗决定反击。

他组织了两路兵马,前后夹击,以期把李密和翟让的瓦岗军一网打尽。

向敌人全面发动进攻的是刘长恭,时任虎贲郎将。他将率领拱卫洛阳的正规军、临时招募的洛阳市民志愿者、大学生志愿者以及各种自愿参战的如"乞丐请战团"、"妓女请战团"以及"东都文学艺术联合会请战团"之类的志愿军。这次战前动员之所以如此成功,除了对参战者许以高官厚禄外,还大量散布了李密、翟让是暴民军队、乌合之众的假消息。

钱好挣、力少出、官好做,这等好事,傻子才不做。

但事实证明，假消息害死人！

这且慢表，再说从后路打击瓦岗军的人。此人前文略提过，便是镇压暴民起义的悍将张须陀的替代者裴仁基，老裴时任河南剿匪总司令。

当时，越王杨侗的计划是，两支政府军一前一后，夹击农民军，之后在兴洛仓胜利会师。

可惜，瓦岗军的情报工作做得相当出色，政府军的这一作战计划被李密和翟让全盘截获！

刘长恭率军先期抵达战场，在士卒没有吃饭的情况下，对暴民军队发动了暴风骤雨般的进攻。由于李密早知道政府军的这一作战计划，已经事先做了准备，他把兵力分成两部分，一部分用于等待裴仁基，另一部分全力对付刘长恭。

刘长恭之所以敢于不顾瓦岗军连打胜仗、自己的部队不吃早饭等不利条件而悍然动手，是有自己的道理的。他望见李密军队阵容不整，十分散漫，料想这确实是一帮乌合之众，想一鼓作气把李密、翟让的军队打垮。

事实证明他的想法是有一定道理的，他看到的确实是一帮乌合之众，完全没有训练和战术素养。于是，在他的猛攻之下，霎时崩溃。但他没有看到的是李密的伏兵，在乌合之众崩溃之后，隋军大规模展开痛打落水狗行动，完全各行其是，完全谈不上阵形和组织的时候，李密的精兵突然杀出。

这一突袭要了刘长恭的老命，隋军都不知道这支生力军是从哪儿杀出来的,转眼就掉了脑袋。

于是,政府军大败,被杀得尸横遍野,刘长恭只身逃回洛阳城内,再不敢出战。

刘长恭败回洛阳之后,越王杨侗亲自接见了他。刘长恭听到这一噩耗,立即与家长诀别,写下最后一封绝命书,交了最后一笔"党费",参加了最后一次街道活动,慨然入宫。

但越王杨侗并没有说什么,只是告诉他,胜败兵家常事,不要因为一次失败就丧失信心,今后,洛阳城还是你守,兵还是你带,不要有思想负担,我信任你,就像信任我自己。

高啊,这就叫做用人,如果越王杨侗再长大一点,再成熟一点,也许,就能够使爷爷留下的烂摊子起死回生。

动不动就怀疑下属的领导,喜欢否定部下的管理者,你们脸红了吗?

这次杀败刘长恭,瓦岗军声威大振,接下来,这支在隋末暴民起义中最具代表性的军队做了如下几件事情:

一是李密和翟让的位置倒了个儿,翟让把老大的位置让给了李密,因为他认为、事实也确实是李密的水平和能力远高于自己;

二是李密建立了严密的组织,被尊为"魏公",虽然没有称帝,但事实上组成了一支纪律严明、政治纲领明确、组织清晰的反政府势力,和称帝只是一点名义上的差别了;

三是分封了骨干干部，分掌政、军、财诸项大权：

翟让为上柱国（帝国元帅）、司徒（宰相、民政部长）、东郡公爵，同时授予他开府、建立自己一套管理机构的权力；

单雄信为左武侯大将军；

徐世勣为右武侯大将军；

祖君彦为政府秘书长；

……

都有权力任命帝国元帅和宰相了，那不是皇帝是什么？不过李密有话说，反正我没称帝。

李密建制之后，形成了强大的向心力，周围多支割据武装前来投奔，力量一夜之间壮大许多。其中就有被他任命为方面军总司令的孟让同志。

孟让甫一归附李密，立即立了一大功，率军队攻入了东都洛阳的外城，迫使外围的住户全部迁入内城。一时间，洛阳内城挤满了难民，成了一个巨大的难民营，于是投奔李密的，络绎不绝，甚至包括一些洛阳的官军。

李密大胜政府军、建立自己的政权，是在击败刘长恭之后，当时，他一直留了一支队伍，等待着稍远的河南剿匪总司令裴仁基的到来。

但裴仁基一直没有来。

他不是不想来，而是来不了。烽烟遍地，每前进一步都要付出血的代价，况且，他也有自己的烦恼事儿，军队的事情不由自己做主。

他是军队的总司令（讨捕大使）不假，但在他之上还有政委（监军御史），这位政委叫萧怀静。

裴仁基是一个标准的职业军人。所谓职业军人，大概就像战国名将赵奢那样，受命之日，不问家事。所得朝廷赏赐和战利品，全部赐给手下军士，这本是很正常的一件事情，也是一件小事，但就是这样一件小事，却因为萧怀静反对，无法执行。

这说明两个问题：一，总司令的权力没有政委大；二，萧怀静的决定让大家很生气，因此后果很严重。

萧怀静除了努力阻止裴仁基稳定军心外，还用尽一切办法收集裴仁基的闲言碎语，准备上告朝廷。

这一次，在洛阳城外的会战中，裴仁基如期出现在战场上，本身已经很有军事压力，再加上萧政委施加的政治压力，他都感觉快崩溃了。

这一情况被消息灵通的李密得知，于是，李密决定把裴仁基纳入统战对象。

于是，李密给裴仁基写信，晓之以理，动之以情，并威胁如不投降就绳之以法，如若投降就许以高官厚禄。裴仁基见信心理上产生了极大的动摇。

最后，完成裴仁基从将军到奴隶的实质性转变的，是贾闰甫。

贾闰甫是贾务本的儿子，在瓦岗军与张须陀的大战中，作为老张的副司令，贾务本与张须陀一起光荣战死，而儿子贾闰甫则继承了他的遗志。现在，贾闰甫是裴仁基的助手。

贾闰甫也加入了劝老裴投降瓦岗军的队伍，裴仁基问他："萧政委怎么办？"

小贾说："容易啊，如果他不能随我们追求光明，那就让他堕入黑暗。"

李密听说裴仁基准备投奔自己的消息，十分高兴，写信表示热烈欢迎。但这一消息被透露了出去，隋军的政委萧怀静得知以后，准备上报朝廷。

关键时刻，裴仁基抢先出手，斩萧怀静，履行了让他永远堕入黑暗的庄严承诺，之后献出虎牢关，投降了李密。

得到隋军宿将裴仁基的李密大喜过望，当即拜裴仁基为上柱国（帝国元帅）、河东公；而老裴的儿子裴行俨精于军事，也被同时任为上柱国（帝国元帅）、绛郡公。

这是李密的瓦岗军第一次不战而胜地获得省级整编制的正规军，标志着李密政权在军事上的进一步成熟和获得的阶段性成果。

在裴氏父子投降的同时，李密还获得了两位后来名震一时的大英雄：秦叔宝和程知节，这两个人，我们更熟悉的是他们的另一个名字：秦琼和程咬金。

这两人，有以下几个共同特征：

第一，都是山东人；

第二，都出身草莽；

第三，都曾是瓦岗军的主要将领；

第四，都归顺了唐朝；

第五,都站在了李世民的队伍中(与李建成和李元吉对立);

第六,都入选了凌烟阁二十四功臣。

秦叔宝和程知节投奔李密之后,与裴仁基、孟让以及罗士信等,迅速形成李密集团中新的战斗势力,比起早先的暴民势力,战斗力不止增强了十倍。

接下来,李密率军与隋帝国在洛阳城外进行了长时间的拉锯战,双方互有胜负,战事呈胶着状态。这时,李密决定采取攻心术:运用宣传力量,启用无形的武装!这一重任,责无旁贷地落在了大才子祖君彦的身上。

宣传向来都是战场的延伸,中国历史上多次留下千古传名的战斗檄文,前有三国时期治好了曹操偏头痛的陈琳代表袁绍写的《为袁绍檄豫州文》,后有唐朝骆宾王为李敬业写的《讨武曌檄》。

如果说陈琳和骆宾王的两篇檄文能够占据历史上的冠、亚军的话,那铜牌则应该由祖君彦摘取。

该檄文洋洋洒洒,列举杨广的十大罪恶,并写下了千古名句作为总结:

罄南山之竹,书罪未穷;决东海之波,流恶难尽。

意思是,砍尽南山的竹子(做成纸),也写不尽隋炀帝的罪过;用东海水来冲刷,也荡不尽杨广的恶行。

祖君彦的这一篇战斗檄文,起到了两个重要作用:

一是代表广大劳苦的暴民,有力控诉了杨广的罪行,揭露了地主阶级的剥削本质(当然,就算推翻了杨广,李密当皇帝，也一样是剥削阶级）；

二是为中国文化做出了不可磨灭的贡献，留下了留传至今的千古成语：罄竹难书。

在李密为首的瓦岗军的强大压力下，留守洛阳的越王杨侗感到越来越难以支持，他派了太常丞（教育部部长助理）元善达千里迢迢去往爷爷隋炀帝所在的江都，去报告北方的军事危局。

这对于元善达来说，几乎是梦想，因为尽管从洛阳到江都（扬州）的直线距离是782.73公里，但走起来决不像今天乘动车或高铁一样安全快捷，原因很简单，有人不让他过去，这些人是遍布各地的盗贼。

但元善达不是个善于推脱责任的人，他义无反顾地承担起了这个看起来无法完成的任务。这种勇气让我想起来了那个人类历史上最著名的励志传说：把信送给加西亚。

在大智大勇的元善达艰苦卓绝的努力下，最终他奇迹般地达到了江都，当他远远地看到江都的城墙的时候，幸福地晕了过去。

当然，令他感到更幸福的事是，终于见到了隋炀帝杨广，完成了自己的使命。他是这样对皇帝汇报洛阳局势的：

"瓦岗军有百万之众，已经占据洛口仓，而洛阳城内几近绝粮。如果您及早回去的话，李密乌合之众定然星散，否则，东都不保哇！"

说毕，匍匐在地，号啕大哭。杨广听了，心中恻然，也忍不住掉下泪来。

事情发展到这个地步，看样子是朝着符合元善达们期望的方向发展的，接下来如果不出意外的话，隋炀帝杨广就要听从元善达的建议，启程北返了。

但恰在此时，一个人的出现，使整个情形发生了180度的逆转。

这个人是虞世基，那个最善于揣度皇帝圣意的、皇帝的可心人儿。

虞世基说："陛下，不要听信元善达胡说八道。越王年纪尚小，是受了这般人的蛊惑，如果局势真像元善达说的那么严重，遍地盗贼，那么他一个人是怎么安全抵达这里的？"

虞世基一句话，让元善达无言以对，这是一个不可能有答案的问题。虞世基奸佞，是因为他是聪明人，老实人只好作做忠臣，而忠臣的下场往往是很悲惨的。

杨广听了虞世基颇有道理的质疑，也变得聪明起来，对元善达大声咆哮："可恶、大胆、讨厌，居然敢骗我，竟然在金殿之上，当众侮辱我的智商，看我怎么让你好看！"

杨广让元善达好看的办法是命令他前往东阳（浙江金华）去押运粮草。这个任务看起来很轻松，实际上，与到江都送信一样艰险，道理同上。

忠臣元善达没有推辞，他也没有办法推辞，于是他又一次踏出代表着暂时安全的城市，义无反顾地走上了刀口。这一走，元善达没有再回来，这次幸运之神没有再次眷顾他,他死在了暴民的刀下。

从此,杨广再听不到任何一句关于暴民和盗贼的报告,他的耳根彻底清静了。

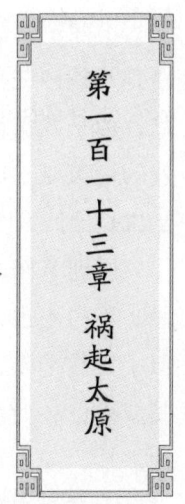

第一百一十三章 祸起太原

对不起表弟,
我睡了你的女人

隋炀帝杨广掩耳盗铃,处分向他说实话的元善达,不准任何人向他通报关于叛党的消息,但他这一主观唯心主义的典型表现救不了他,他听不到不等于就没有。曾经铁板一块的大隋朝的大好河山不几年就分崩离析、四分五裂了。

在这个农民不好好种地而忙着造反(当然他们是因为没法好好种地才造反的)、官僚不好好搜刮也在忙着造反的年代,任何重要人物特别是手握重兵的大人物的一举一动都让杨广觉得心悸,步步惊心。

就在这个时候,杨广遇上了对他本质上进行冲击的一个人,此人并非外人,他妈和杨广他妈是亲姐妹,他的外甥女又是杨广的小老婆。

没错,此人正是唐公、太原留守李渊。

李渊字叔德，是李昺的第四子，爷爷就是威震北朝的西魏八柱国之首的李虎（不算宇文泰和元欣），再往远了数，似乎西汉最具有传奇色彩和最具有悲剧色彩的抗击匈奴的老英雄李广是他的先祖，不知道再往上溯，是不是老子也是他们家的祖先。

说到李渊，不得不说一说他的儿子李世民，说到李世民，不得不也说一说他的哥哥李建成。我们听到的李渊，似乎比较平庸，天下都是靠儿子李世民打下来的，他坐享其成而已；而李建成则更是无能之辈，对唐朝建立没有尺寸之功，完全凭了是长子才得以霸占太子之位，对弟弟李世民则充满了羡慕嫉妒恨。

但是，我要说，李渊不仅不平庸，而是一个雄才大略的战略家和军事家，至少是一个标准的乱世枭雄；而李建成，在削平群雄、建立唐朝过程中发挥了极其重要的作用，功劳也许比不上李世民，但相差不大。

之所以这一对倒霉蛋儿父子背了一千四百年的黑锅，原因只有一个：李世民后来当了皇帝。

当了皇帝，掌权了舆论权，那说谁黑谁就黑、说谁白谁就白，这一手段沿用至今，这道理谁不明白呀！

李渊共有二十二个儿子，分别是李建成、李世民、李玄霸、李元吉、李智云……

其中，鉴于李玄霸同志不再出现，我们就再交代几句。

李玄霸就是李元霸，只不过，他是叫了一千年的李玄霸后才改成李元霸的，那是因为清朝的清圣祖康熙他老人家名字中也有一个"玄"字,为避讳才将这位三公子改了名字的。

另外,从小在我们受的非正规教育中,李元霸在隋唐英雄中排位第一条好汉,手使一对重八百斤的擂鼓瓮金锤,打遍天下无敌手。

最后结果了这位神一般的好汉的是天,李元霸对天不满,把手中的大锤扔到天上去,想把老天爷打死,但由于李元霸扔出去的锤连第一宇宙速度即环绕速度都达不到,因此,不可避免地会回落下来,巧的是,这柄大锤又落回李元霸那里,不巧的是,他接锤的不是手而是脑袋。

于是他就死了。

事实上,真正的李玄霸并没有什么震惊天下的武艺,他没赶上那个瑰丽的群雄割据的场面,他没那个运气,在十六岁的时候他就死了,那是公元614年,那时,全国的局势还没那么乱,那一年,隋炀帝发动了第三次征辽的战事。

李建成、李世民、李玄霸、李元吉以及一个女儿(即后来的平阳公主)都是李渊的元配夫人窦氏所生,女儿嫁给了柴绍。我们以后还会介绍柴绍的英雄事迹,柴绍也是隋末乱世中一位佼佼者,后来也成为太宗皇帝凌烟阁二十四功臣之一。

一般来说,一个官二代的人际关系圈都是官一代和官二代,一个富二代的交际圈也是富一代和富二代,这是为什么他们天生比平民的社会资源丰富、成功几率大的原因,所以,不管是过去还是现在以及将来,"门当户对"

永远是交往的一个前提条件。所以，尽管"孔雀女"和"凤凰男"的结合已经越来越多，但注定无法成为社会的主流。

根据上述原理，李世民的夫人也应该是达官显贵的女儿。不错，他的夫人长孙氏，就是隋帝国的民族关系第一人、隋朝伟大的民族英雄（狭义的）长孙晟的女儿。

长孙氏名字不可考，但据说小名叫观音婢，十三岁就嫁给了李世民。长孙晟老来得女，十分宠爱，但他不久就病逝了，小女儿由舅舅高士廉抚养。他的哥哥长孙行布早年在抵抗汉王杨谅的叛乱中殉国，但他还有一个哥哥，那就是历史上赫赫有名的唐朝三朝元老、凌烟阁二十四功臣之首的长孙无忌。

一家之中，出现四个在各自领域成就登峰造极的历史人物（父：长孙晟，隋朝主持与突厥关系的民族英雄；子：长孙无忌，唐朝重臣；女：长孙皇后，中国史上第一贤皇后；舅舅：高士廉，唐朝重臣，同样位列凌烟阁二十四功臣），还真不多见。

李世民早在隋炀帝杨广遭遇突厥雁门之围的时候就崭露头角，后来跟随父亲镇压山西境内的暴民叛乱，锻炼了多方面的军政才能，逐渐成为李渊的左膀右臂。

不到二十岁的李世民就表现出出色的军政能力，这引起了一个基层干部的注意。

这个人叫刘文静，是晋阳县长。刘文静虽然官职不高，但非常有见识和能力，眼光独到，他从第一眼看到李世民，就觉得这个人身上有一种说不出来的气质，他认定，隋末乱世中，能够成就大业的，就他了！

于是，年近半百的刘文静和不到二十岁的李世民倾心结交，相互倾慕，成为忘年交。

在刘文静正是朝廷基层干部的时候，就是李世民的好朋友，在他被打入大牢的时候，李世民仍然把他当成好朋友。刘文静因为李密的原因，被押入大牢，等待着他的是法律上的连坐，甚至是断头台。原因只有一个，李密谋反，和他有亲戚甚至朋友关系的都得倒霉，而刘文静正好是李密的姻亲，据说是儿女亲家。

李世民到监狱里探望刘文静，刘文静情绪不好，李世民劝他，让他相信清者自清。刘文静说："我不是说这个，如今天下大乱，可惜没有刘邦、刘秀那样雄才大略的人物来安定天下。"

李世民反问："你怎么知道没有？只不过还没有出现而已。我今天来看你，不完全是出于对老友的关心，而是想和你谈谈，看下一步怎么办。"

刘文静说："现在皇上南巡江淮，李密包围东都洛阳，天下动荡，正需要一个英雄人物出来领袖群雄，因势利导，此时夺取天下，岂不易如反掌。"

"目前山西局势不稳，大家都逃入晋阳避难。我当了多年地方官，深知这些人中藏龙卧虎，只要一声号令，必可聚集十万人马。令尊大人手握重兵，不下几万，这些力量汇集起来，兵锋南指，直捣潼关，占据长安，然后向群雄发布号令，天下传檄而定，这样，不出半年，江山可定，此帝王之道也。"

刘文静的这番表述，说明他有着非凡的战略眼光，其战略水平之高，应在他亲家李密之上。

另外，后面的事实表明，再高明的战术执行，都需要战略的指导，战略是什么，就是方向。从这个意义上讲，我们把刘文静同志称为唐朝早期的战略专家、首席军师，应该是实至名归的。

李世民听了刘文静的话，茅塞顿开，他立即着手开始准备，当然，这些准备是悄悄地，打枪地不要——这不完全是怕被隋政府得知，他更忐忑的是，作为国家重臣、皇亲国戚的父亲李渊同志，心里到底是怎么样的？

李世民是刘文静的朋友，刘文静还有一个好朋友是裴寂，任晋阳行宫的宫廷总监，裴寂又是李渊的朋友。

裴寂和李渊算是铁哥们儿，虽然级别和出身相差很大，但他们经常在一起玩乐，两人年纪相差五六岁，算是同龄人，有共同语言，两人的兴趣爱好甚至差不多，喜欢听曲、遛鸟、打牌、洗桑拿等。

在如何看待李世民的问题上，刘文静显示出了十分高超的识人能力，一眼判断出李世民不是池中之物，而裴寂在这方面远不是刘文静的对手，只是和李世民接触久了，才慢慢发现这位年轻的公子哥儿远不是纨绔子弟，再加上李世民对裴寂事之以师，馈赠无数金银珠宝，两人关系才变得奇铁无比。

刘文静在和李世民达成共识之后，就想办法让裴寂说动李渊起事。

正在此时，发生了一件事，李世民决定以此为契机，说动李渊起事。这件事就是突厥起兵，兵犯马邑。

突厥自从与隋帝国翻脸之后，除了那次大规模的雁门之围外，还动不动就派出一些小股兵力骚扰边境。就像几十年前我们和"苏联老大哥"的那些局部流血冲突一样。

于是李渊派副留守高君雅会同马邑"郡委书记"王仁恭同志前去抵御外侮。高君雅是杨广派来看着李渊的，不太会打仗；而王仁恭同志我们前面已经介绍过，有如下几个特点：第一，只顾粮食积累不管赈灾；第二，是个著名的贪官；第三，重用黑社会老大刘武周同志；第四，被老刘戴了一顶绿帽子；第五，后来被刘武周同志所杀，成全了刘武周在马邑起事。

当时，突厥打来的时候王仁恭还没死，所以，他才能够活着与高君雅一起抗击突厥。

这次抗战的结果是，高君雅和王仁恭被打得满地找牙，狼狈逃回。

这个李渊怕了，自己手握重兵，本来皇帝就整天盯着自己，生怕自己不出错。现在可好，担心什么来什么，如果皇上让自己连坐，那是一点办法也没有了。

李世民看出了父亲的忧虑，有一天趁着黄昏，看四下无人，偷偷对父亲讲："现在主上无道，天下乱成一锅粥，到处是战场。如果您一定要坚持愚忠小节的话，下有暴民，中有严刑，上有猜忌，随时可能有祸，只能是战战兢兢过日子。如果您要是顺应潮流和民心，干一番大事，目前正是时机。"

李渊大惊："你怎么说出这种大逆不道的话来？看我现在就抓你入狱。"

说完，义愤填膺地坐下来，拿出文房四宝，声称要给皇帝写奏折，报告此事，准备大义灭亲。

李世民说："我说的都是实话，天下情形确实如此，如果您决定要逮捕我，我愿一死，请您动手吧。"

李渊伸手扶起要跪下的儿子，说："我哪能那么办呢，只不过此事必须谨慎，不可造次。"

第二天，李世民找到李渊，再次进言："如今天下全都乱了，您能把盗贼全部剿灭？最后仍是有罪；就算能，立下这种震主功劳，您会受到赏赐？现在外面都在流传一个谶语，说是姓李的、名字里面又带水的会取代杨氏而有天下，所以李浑一家尽管无罪，却已因此被杀几十口，接下来就该咱们家了。现在动也是死，不动也是死，只有按我昨天的建议，才是万全之计啊！"

李渊长叹道："我昨晚辗转反侧，一夜无眠，都在考虑你的话，也罢，那就听你的吧，或者变家为国，或者家破人亡，都由你，我认了。"

在李渊基本下了决心准备听李世民的建议后，裴寂又烧了一把火，以坚定李渊的信心。

作为老流氓，裴寂用了非常损的一招儿：请李渊喝酒。反正不是第一次,李渊就去了,两人把酒言欢,越喝越高兴,于是,两人都喝高了,李渊最后人事不省。

第二天李渊醒来,睁眼一看,自己身上衣服全没了,旁边躺了俩如花似玉、国色天香的小萝莉。这下李渊吓了一跳,以为是中了"仙人跳"。但仔细一看,不对,这两个年轻女子他认出来了,是当初为隋炀帝杨广选入晋阳行宫作为皇帝妃子的,当时为向皇帝表忠心,还是由他亲自挑选的!

这一下,李渊吓得腿都软了,差点昏过去:居然睡了皇帝的女人,给皇帝戴绿帽子,那还不等着千刀万剐和满门抄斩。

李渊抓起自己的衣服,滚下床去,不顾两个绝色美女千娇百媚的柔声召唤,跌跌撞撞向门口逃去,在门口,一个人拦住了他的去路。

这个人是裴寂。

裴寂说:"你家二公子招兵买马,打算创立大业,准备夺人家的江山,江山还没有夺呢,你先夺了人家的女人。无论哪个,大家都是灭门之罪,现在大家已经统一意见,你意下如何?"

李渊这个气啊,心想我不都答应你们了吗?还给我设套!但嘴上说:"如果你们真有这种计划,也可以。事已至此,我不听你们的,还有别的办法吗?"

就这样,连哄带骗,李世民、刘文静、裴寂和李渊都站在了一条船上。

大家统一认识之后不久,李渊曾经担心到睡不着觉的一件事终于发生了。

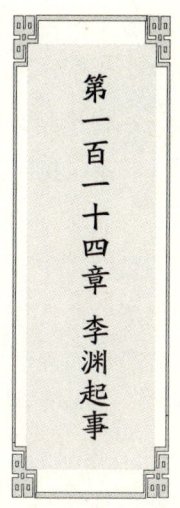

我是一匹来自北方的狼

　　唐公、太原留守李渊紧锣密鼓地准备谋反之事，但他还不能明确对天下宣布，因为两个原因。

　　一是因为准备得不够充分，二是他的家眷还不在太原，特别是李建成、李元吉和李智云。

　　这一天，李渊听到了一个炸雷般的消息：因为他派遣的高君雅和王仁恭对突厥作战失败，隋炀帝杨广大怒，决定将李渊和王仁恭槛送江都。

　　槛送，就是装在囚车里押送。

　　李渊大惊，立即找来李世民、刘文静和裴寂商量对策。其实也没有什么好商量的了，除了起事，就是等死。

　　正当准备停当，准备冒着不要家眷的危险发动兵变时，杨广临时改变主意，他决定再给李渊和王仁恭一次机会。

　　得到这个消息，李渊又决定不造反了，暂时的。因为准备工作还没有最后完成。

这个准备工作，李渊分成三部分来做，首先是把自己的家眷接到太原来；其次是继续招兵买马；再次是理顺内部关系，找出起兵的借口。

其实，以当时的形势，找出借口实在是一件十分容易的事情。事实上也是，聪明的李渊很快就找到一个杀伤力很强、听起来又像是真的、能够引发群情激愤的、能够为我所用的理由——征辽。

那个时代，一听征辽，百分之九十的老百姓听了会晕倒，剩下的百分之十直接被吓死。太恐怖了，还没征够啊？一个小小高句丽，能够掀起多大浪花啊？征辽，对老百姓来说，只意味着一件事：妻离子散以及家破人亡。

所以，李渊一把隋炀帝杨广要第四次征辽的消息散布出去之后，老百姓立即闹起来了，闹得沸反盈天。而李渊这些老流氓们则没事偷着乐。

就在这时，马邑的刘武周又弄出一桩事情来，这可不是一桩小事：他在马邑杀死王仁恭，造反了！刘武周宣布与隋朝脱离隶属关系之后，紧接着攻占了杨广在山西的另一处行宫：汾阳宫。

李世民对老爹说："完了，这下您的麻烦大了，在您的管辖范围内，居然让盗贼占据行宫，如果不采取行动，我们都得玩儿完。"

李渊召集手下的文武大员开会，说："盗贼占据行宫，而我们无力阻止，一旦皇上找我们问责，我们都得玩完,全家屠灭,你们说怎么办?"

大家听了,全都吓得面无人色,包括两个副留守高君雅和王威在内的百官都跪下叩头,请李渊指一条明路。

李渊说:"按国家的法度,我们哪怕调集一个班、一个排的兵力,都必须朝廷批准。现在敌人近在眼前,而皇上远在千里之外的江都,中间又有无数盗贼的重重阻隔,就算能顺利来回,等盼来朝廷回复的时候,黄花菜都凉了。"

王威和高君雅虽然历来和李渊不和,因为他们是杨广派来监视李渊的,但此刻无计可施,一起求李渊:"您是国家重臣,又是皇亲国戚,面对复杂局势,您应该有变通的权力。您给想个办法吧。"

李渊感到十分为难,沉吟许久才说:"那只有先招兵了,然后同时派人向皇上请示。如果这个办法再不行,那我也没有别的办法了。"

王威、高君雅连连点头:"行,行,我看这个办法行,只要能招集人马,不要让皇上怪罪我们,怎么都好办。"

有了代表隋炀帝杨广的王威和高君雅的首肯,李渊派李世民、刘文静、长孙顺德、刘弘基等人到各处招兵买马,扩充实力。

顺便提一下长孙顺德和刘弘基,这两位不必多做介绍了,看看他们以后的成就,就知道记住他们,那是必须的。他们日后都成为了唐朝建立的佐命之臣,位列凌烟阁二十四功臣。

李世民他们的扩军行动取得了圆满成功,不几天,就扩充了数万大军,兵源质量还非常好。这年头,吃不饱饭的青壮年老百姓有的是,你给他饭吃,给他饷拿,甚至让他当个小头目,多点津贴,比什么都现实。如果大家都有吃饭的机会,谁没事去干掉脑袋的盗贼啊?

所以,从来都是官逼民反,个别端起碗来吃肉、放下筷子骂娘的无聊人士也有,但没有大环境,他成不了气候。

但李渊的成功扩军还是引起了王威高君雅的警惕,他们对武士彟说:"长孙顺德和刘弘基都是征辽时的逃兵,早应该处决,这样的人,怎么能够带兵?"

武士彟连忙阻拦说:"他们两人都是唐公的朋友,你处理他们,怕是会激起事变。"

之后又有人建议王威和高君雅去调查一下李渊扩充实力的内幕,看是否有什么不轨的想法。又是武士彟制止了他们:"剿匪的事情都是唐公李渊一力承担,王威和高君雅不过是陪坐一旁,怎么查?"

这样,经过武士彟的努力,才没有把这两件事情变成现实,可以看出,武士彟还是蛮向着李渊的。

事实也是,武士彟同志是李渊的老朋友。他是生意人出身,最初挑着担子走村串巷卖过豆腐,生意有起色之后,开始经营重要的经济资源:木材。

武士彟有着非凡的经济头脑,当然,有经济头脑并不耽误他的政治头脑。他木材生意做得十分出色,不久就成了巨富,之后,他就与权贵李渊扯上了关系。

武士彟作为杰出的生意人和企业家,日后作为杰出的官吏和大臣的历史角色,都被他另一个更加需炫目的历史角色映衬得光芒顿失:

他是中国历史上唯一的女皇帝武则天小姐的老爹。

当然,这是后话,这部《隋家天下》中,武小姐还没有跟大家见面的机会。

这一年,山西各地大旱,庄稼颗粒无收,于是,当地政府决定履行他们的政府职能,为百姓做好事,做实事:祈雨。

说白了,就是装神弄鬼,下了雨,那是我祈来的;不下雨,是你们罪孽太深,连老天爷都不肯帮你们。

但是,这场半政府活动半宗教活动所祈的实际不是雨,而是李渊的血!

王威和高君雅准备在晋祠举行的祈雨仪式上发动突然袭击,逮捕李渊,以聚众谋反的罪名槛送江都。前面已经解释过什么叫槛送了。

李渊不想走那么远的路,不想乘坐这么特殊的交通工具,那么,他就得采取行动。李渊说:那好,那就别怪我不客气了。

公元617年五月十五日,太原的一帮高官们正聚在一起办公,刘文静带着开阳府司马(征兵处处长)刘政会进来,递上一纸资料,说有重要事情上报。

李渊让王威把资料拿过来,刘政会大声说:"我告的就是两个副留守,东西怎么能给他看?我只给唐公看。"

李渊大惊曰:"有这等事?"

于是亲自接过文件,大声朗读:"王威、高君雅勾结突厥,阴谋献出太原城。"

高君雅顿时明白了是怎么回事,于是撸胳膊挽袖子就想冲出去,但一下就被摁在桌子上,他一边反抗高叫:"这是阴谋,这是陷害,你们事先安排好的!"

但没用,他被捆了个结结实实。

王威聪明,他一看这阵势就明白了,再挣扎也没用,实力对比已经十分明显,干脆,也别费劲挣扎了,直接就擒吧。

于是,两个副留守被投入大牢,等待发落。

其实,就算他们跑得出大厅,也逃不出多远,李世民早已秘密安排了精兵,将那儿里里外外围得水泄不通,插翅难飞。

在这场精彩的演出中,刘政会起到了重要作用,他的穿针引线作用很明显,为成功擒获两个皇帝的眼线立下了大功。

刘政会,也不是一般人,他也属于隋末乱世中的一大猛人,最后,也成功地荣登烟凌阁二十四功臣之列。

李渊是在五月十五日逮捕王威和高君雅的,罪名是勾结突厥入侵太原。也活该这两人倒霉,在他们被抓的第三天,突厥大军真的来了。

李渊幸福得不能自已,这是真的吗?

于是立即下令准备迎敌,突厥的骑兵已经在外城穿梭了,李渊命裴寂把内城的各个城门都打开,亮出家底给突厥人看。

这一下突厥人蒙了,把城门打开,又摆空城计?这一下反而吓得突厥兵不敢往前进了。

太原城四门大开,这下可让老百姓全看到了,数万突厥大军就在城外,都是王威和高君雅引来的。

群众一致高呼:"杀了他!杀了他!"这个他,指的是王威和高君雅。

李渊这一次听从了群众的呼声,将王威和高君雅斩首示众。

除去两位副留守后,李渊得考虑如何退敌。突厥骑兵进退倏忽,逮都逮不到,更别说决战了。李渊派出了一千多人的精兵去主动进攻,连骨头渣子都没剩回来。

对付这些野蛮人,不能硬拼啊!最终,李渊还是靠放下包袱、开动脑筋想出了一个办法:他派遣精兵,晚上偷偷出城,白天再大张旗鼓地进城。如是几天,突厥开始头大了,不知道哪里突然来了这么多援兵,而且,越来越多,我们只有几万人马,恐怕要坏事。

突厥人在被李渊骗了的前提下,纵兵在太原郊外大肆抢掠一番后,无可奈何地退兵回大漠老家去了。

这一次对抗突厥,敌人没有占到什么大便宜(己方损失一千多军队,被突厥抢去一些财物),但这对李渊来说是一个非考虑不可的问题:

怎么对付突厥？

突厥实力雄厚，作战能力超强，如果南部面临隋政府军的压力和各路盗贼的竞争，而北面又背靠强大的突厥，这是一个名副其实的死亡小组啊！

李渊明白，如果对付突厥，则多一个强劲的敌手；如果利用突厥，则多一个给力的盟友。想到这里，李渊已经明白要怎么做了。

李渊写了一封信，连带一份厚礼，派人送到了突厥始毕可汗阿史那咄吉的手里。李渊的信写得十分谦恭，大意如下："我打算和您结为姻亲，一如千金公主宇文芳、义成公主等；而我即将率兵南下，去江都把皇上接回长安，如果您打算和我一起去，请您千万别惊扰百姓；如果不愿意和我南下，而只愿意和亲，那也可以，我会筹措金银财宝给您。两种合作方式，您自行选择。"

李渊的这两种合作方式，虽然没有明写，但表达得已经很清楚了。一是跟我进入中原，金银财宝随便抢，只是别对老百姓太过分了；二是坐在家里等我把金银财宝给您送去。

看下来，不管哪种合作方式，本质上都是反动卖国的不平等条约。

对李渊来说，这不重要，重要的是，如何平衡这些让人头痛的国内外势力，以顺利实现自己的"大业"，至于老百姓的利益，对不起，只能靠边站了。

始毕可汗读了李渊的来信，很高兴，把信拿给他的官员们看，说："杨广这个人我已经看透了，他的打算是先害死唐公，然后来打我们。要是唐公打算自己当皇帝呢，不管怎么困难，我们都全力帮助他。"

始毕可汗的思路令人摸不着头脑，不知他是怎么得出杨广是"先害死唐公，然后来打我们"的计划的。

但至少，突厥的态度很明确，支持李渊，希望他称帝。

这一消息传到李渊那里的时候，他手下的官员都想让李渊称帝（大家好做开国元勋），李渊不肯，只说了一句："再想别的办法。"

后来，大家取得了共识，我们还是隋朝的队伍，但因为隋炀帝不在长安或洛阳，无法有效指挥，那我们遥尊杨广为太上皇，立越王杨侗为帝，方便管理。

李渊说："你们可真是掩耳盗铃啊，有什么区别？"

但在当时，也没有别的办法。就把这项会议结果抄送了突厥始毕可汗阿史那咄吉。

这样，太原的李渊势力就成了名义归隋朝统治而事实上是独立的反隋力量，李渊基本算是独立了。

李渊的这一独立来之不易，首先付出了多少辛勤和汗水，做了多少准备，耗费了多少钱粮，担了多少惊受了多少怕，而且，为此，他失去了一个儿子。

当初，李渊迟迟不肯宣布起兵、与隋王朝决裂，就是顾及到了自己的家属尚在河东，后来，决定起事的时候，家属才从河东仓促出逃，长子李建成、四子李元吉总算是与柴绍一起来到了太原与大家聚合，而五子李智云则被隋军捉送长安斩首。

革命肯定要流血的,不管是普通人还是领袖,都免不了要为革命付出牺牲。相比起来,李渊的牺牲算是小的了。

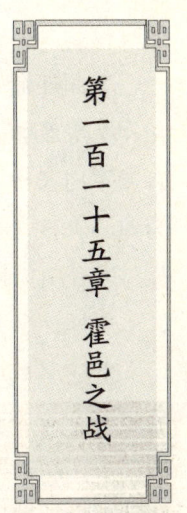

第一百一十五章 霍邑之战

万里长征走完了第一步

唐公李渊在太原起事,等于是与隋朝实际上决裂,但他不敢称王称帝,因为天下割据势力还多,隋王朝还没有死透。因此,他首先要做的是扩充实力,扩充实力,最重要也是最有效的手段是收买民心。在那个乱世,收买民心最有效的手段是让老百姓吃饱饭,于是,李渊命令打开粮仓,赈济灾民。

灾民们一窝蜂地去投奔李渊,原因很简单:投奔李渊,就有吃的,不会被饿死。

不被饿死,是老百姓不造反的最低条件。

李渊起事,既不能称帝,也不能再叫太原留守以号召天下,于是,他的老朋友裴寂给他出了个主意,让他自称"大将军"。

公元617年六月十四日,李渊设大将军府,建立了自己的政权。

李渊任命自己的两个儿子统率大军,任长子李建成为左领军大都督,次子李世民为右领军大都督,女婿柴绍为右领军府长史(秘书长),裴寂为大将军府长史,刘文静为司马,武士彟为后勤装备供应部部长、刘政会为民政部长、殷开山为秘书,其余长孙顺德及刘弘基为军队指挥官。

这样,李渊的政权算是初步建立起来了。

上述名单中,全是那个时代的超级猛人,而除了刘文静之外,全都位列大唐建立过程中立下了不朽功勋的凌烟阁二十四功臣榜。

其中,殷开山的名字是第一次出现。他的名字为史家和"隋唐演义"的"粉丝"们熟知,但大家不知道,他的外孙对中国人来说,则要有名得多——可以说,只要是个中国人,不包括听不懂话的小孩儿和已经糊涂了的老人,都听说过他的外孙。

据说殷开山的女儿叫殷温娇(万恶的旧社会一介女流居然有名字,要知道到现在为止,武则天同志到底叫什么名字我们都还不知道),嫁给了大才子陈光蕊同志,生了一个男孩。后来这个男孩儿辗转入了佛门,后来奉了大唐皇帝之命,去往西天拜佛求经,路上救了一只被压在山下的猴子、收了一只猪精和一个妖怪作徒弟,这四个人同心协力,前往西天取经,《西游记》里有这故事。

没错,殷开山的外孙就是女妖杀手大唐高僧玄奘同志。

李渊刚一当上"大将军",突厥的始毕可汗马上实现他对李渊进行无条件支持的承诺，派人送了一千匹战马。

李渊对始毕可汗的使者十分恭敬，但只买下了五百匹，当手下的将军们想自己出钱，把剩下的五百匹也买回来时，李渊制止了他们。

李渊说："如果我们把这一千匹马全买了，那突厥会送来更多马，这样没完没了，你们的财力很快会枯竭。我们只买一半，表明我们的需要不是很急迫，同时，表示我们很贫穷。"

李渊的话还没有说完，大家都就明白了，李渊这是再向突厥示弱。看来，会装疯卖傻或装孙子是隋唐时期每一个能成大事者的必备素质，李渊完全把他姨夫杨坚和表哥杨广的装孙子本事学到青出于蓝。

突厥的马贩子北返的时候，李渊派刘文静跟着去，面见始毕可汗，要求突厥派遣军队与李渊一起行动，但是，只要求几百人，刘文静对始毕可汗的解释是：不敢劳驾太多突厥斗士，怕给友好邻邦添麻烦。

事实是，李渊不是怕给友好邻邦添麻烦，而是怕给自己添麻烦。

他深知突厥贪得无厌的豺狼本性，也深知请神容易送神难的道理，他所以靠近突厥，一是壮壮自己的声威，二是避免自己的竞争对手（比如隋朝、刘武周、梁师都等）抢先获得突厥的支持，到时自己就被动了。

只要求突厥几百人，既从性质上决定了与突厥的合作本质，又不至于产生意外和消极的影响。

不能不说，李渊是只老狐狸，他的形象之所以后来变得庸碌平凡，要拜他的宝贝儿子李世民所赐，不贬低老爹，怎么突出自己的伟大英武啊！

七月四日，李渊以四子李元吉为太原守将，负责看家，自己带大部分精兵猛将离开太原，率军南上，向着隋王朝的心脏地区（长安）挺进。长安实际位于太原的西南。在路上，他得到了西突厥的小可汗阿史那大奈的帮助。

阿史那大奈，就是我们在"隋唐演义"中熟知的史大奈。然而，历史上的史大奈，并非演义中描写的那样不堪，他为唐王朝的建立也立下了赫赫战功，他是因功被赐姓史的，而非是简单的由"阿史那"简称为"史"。

李渊自太原出兵，十天后，他来到离霍邑五十里的地方，不仅遇到了罕见的暴雨，还遇到了起事以来的第一批难对付的敌人，对方不是一个人在战斗，而是一个联军，联军由虎牙郎将宋老生和左武侯大将军屈突通共同指挥。

李渊在霍邑止步不前，他对于能否战胜屈突通与宋老生并无把握，这时，他想起了目前正在洛阳与隋军缠斗的、反隋力量中最具实力的瓦岗军李密，本着敌人的敌人就是朋友的原则，他给李密写了一封信，表示了希望联合作战的愿望。

李密接信之后高度重视，立即让自己的"文胆"陈布雷——对不起，是祖君彦——写了回信：

"我们虽非一个宗派，但毕竟都姓李。我能力有限，不过是被大家共推为盟主的，希望你能协助我成就大业。"

在信中,李密还表达了希望李渊能带兵来与自己汇合,承认自己的盟主地位的想法。

李渊接信,马上回信:"我已经五十多岁,对功名利禄已经不再关心,我真心拥护老弟您的盟主地位。我只希望成事之后,您还封我为唐国公,我就心满意足了。"

在尚显稚嫩的李密面前,李渊用这一封信宣称了他作为老狐狸兼老流氓的老辣手段:李密狂妄骄傲,想当老大。那我何不顺应你的心思,让你当老大,让你安安心心在洛阳与隋军缠斗,吸引隋军的有生力量,这样我就可以兵不血刃拿下长安。要是现在和你闹翻,又得对付隋军,又得对付你,岂不是太愚蠢!

出身大官僚的李渊,深知统战的重要性,拉拢一切可以拉拢的力量,最大限度地缩小自己的打击对象。用一个物理学的原理作比喻,等于是在加大力量,同时,缩小受力面积,那压强就会大得多,楔入也就顺利得多。

而李密,则在此时表现出了他的短视。他在接到李渊的信后,拿出来洋洋得意地展示给众将并夸耀:"连唐公李渊都向我俯首,成功指日可待了。"

李密那头暂时是安抚住了,但对于李渊来说,更火烧眉毛的是如何应对宋老生和屈突通的隋军。这时,大雨已经下了二十多天,军中的粮食马上就要吃光,军心已经产生了动摇。

这时,一个更加不利的消息传来:割据马邑的刘武周投靠突厥,被封为定扬可汗,两支势力要联合起来攻袭李渊的老巢——太原。

李渊闻讯大惊——当然大惊了,老窝要被人家一锅端了——立即召开军事会议,商量对策。会议上,以裴寂为首的老成持重派主张退军回家,这也有道理,毕竟顾家要紧。家没了,就全完了。

但李世民不同意,坚持不退:"现在正是粮熟季节,不用担心军粮短缺;李密在洛阳已经有效牵制住了隋军的大批有生力量,我们是为了天下苍生,才举义旗兴义兵的,如今遇到一点点小小的困难就退兵,那聚集在我们义旗之下的义士们必会星散,到时我们就算回军太原,也是困守一座孤城,有何意义?到那时,我们就不再是义军,也沦为盗贼了。再说,刘武周既然能够联合突厥攻击我们的后路,那他就不怕别人也联合突厥攻击他?"

李世民的大哥李建成也赞成弟弟的主意,但李渊已经被保守派说服,不肯听这哥俩的。下令退兵。

李世民越想退军的后果越可怕,于是再次要求面见父亲,但天色已晚,李渊已经休息了。李世民无计可施,在李渊的帐外,放声大哭。

李渊其实也刚刚睡着,他是在矛盾中的心情恍惚入睡的,他也在反复权衡裴寂和李世民的意见,想想儿子的意见,也有点后怕。好不容易入睡,忽然一阵大哭传来,把他从噩梦中惊醒。一问,竟然是自己的儿子在帐外大哭,于是叫他回话。

李世民进帐来说:"我们因大义起事,进攻一定克敌,后退一定溃败,前有太原孤城,后有隋兵追击,我们败亡就在眼前,怎能不痛心疾首!"

李渊点点头:"现在我已经下令退兵,大军正在后撤,怎么办?"

李世民胸有成竹:"我负责的右翼还没有走,左翼虽然已经退兵,但没走多远,我去追他们回来。"

就这样,李渊差一点就功亏一篑的危局,被李世民扭转过来了。很难想象,如果李渊这一退军,是否还可以整军回到太原,在精气神都已经散了的情况下,是否还可以东山再起。

什么是成功?成功,就是比别人多走一步。

当李渊继续坚持的时候,坚持的效果明朗化了。

首先七月二十八日,期待已久的粮食运到了,吃饱了有力气,吃饱了不想家,李渊大军斗志高昂。

其次,是下了多日的淫雨,在八月一日这一天停了,天色放晴,李渊立即命令大军在太阳下暴晒铠甲。

饭也吃饱了,铠甲也晒干了,李渊立即指挥大军,向驻守霍邑的隋朝大将宋老生发动进攻。

但李渊作为军事贵族,深知攻坚战即是消耗战,自己顿兵于坚城之下,敌人以逸待劳,这决不是上策。问计李世民,如何能引宋老生出洞。

李世民说:"没关系。我们用小股兵力引诱敌人,宋老生有勇无谋,没有理由不出战。如果他龟缩不出,我们就说他消极抗战，有意投降我们，他最怕这些闲言碎语，一定出战。"

李渊点头："不错，我们前些天进退两难的时候，他不趁机进攻，我就知道他是无能之辈。"

商量好了之后，李建成、李世民带几百人，到霍邑城下，指手画脚，作攻城状，同时对宋老生极尽辱骂攻击之能事，什么难听骂什么，宋老生受不了什么骂什么。

宋老生突然被激怒，率军三万，杀出城来。

李渊和李建成率军与隋军展开鏖战，而殷开山（就是唐僧的老外公）去阵后召集步兵参战。

正当李渊和李建成战事不利，稍稍后退的时候，李世民和大将段志玄率军赶到，从隋军的侧面发动猛攻。宋老生阵形立时乱起来，李世民挥舞双刀，身先士卒，两把刀砍得刀都卷了。

终于，宋老生抵挡不住几支生力军从不同角度的猛攻，慢慢溃退。

这时，对隋军更加不利的情况出现了。

这个情况是：宋老生被活捉了！

李渊大军听到这个消息，军威大振，而隋军顿时兵败如山倒，"被活捉"的宋老生毫无办法，只能眼睁睁地看着自己的大军崩溃。

李渊派生力军狂飙突进，准备抢占城门，攻入城内，城上守军见状，紧急关闭城门。把李渊隔在了外面。

李渊固然无法进城，可宋老生也同样进不了城了。他在惊慌中跳下马来,逃入护城河的壕沟。狼狈的宋老生被眼尖的李渊大将刘弘基看到,赶上去手起一刀,把宋老生的人头砍下!

至此,已经流传了一个多时辰的"宋老生已被活捉"的谣言就此打破,他没有被活捉,他被砍了脑袋!

李渊大军如秋风扫落叶一样,消灭了城外的宋老生残余部队,紧接着,宜将剩勇追穷寇,在没有攻城器具的情况下,硬生生将霍邑攻克。

这是李渊第一次攻坚战;

这是李渊第一次杀死隋军名将;

这是李渊称帝道路上的第一次大战。

所有第一告诉李渊:你开了个好头。

李渊心里直后怕,如果不是儿子李世民的坚持,那自己现在是死是活还不一定呢!

在上文中,我们提到了一个新人的名字,段志玄。

隋末唐初,真是一个英雄辈出的时代,随便翻一页史书,就可能翻出好几个时代猛人来,段志玄就是一个。

只要看看段志玄日后的待遇,我们就知道,他绝对是大唐的开国功臣,也是这个时代的超级猛人之一,因为,他也是凌烟阁二十四功臣之一。

第一百一十六章 攻克长安

走,
进京赶考去

八月三日,霍邑之战。

八月十五日,刘文静才带着突厥的援兵500名和两千匹战马赶来。对于刘文静的迟到,李渊表现得十分高兴,说:"都是你彻底执行政策的功劳啊!"

李渊对突厥是又要依靠,又要防范;又不想把他们推到刘武周那里,又不想让他们祸害太深。

刘文静深知李渊的政策,所以才按李渊的吩咐,只带来500名突厥士兵。这样,突厥坚定地站在了李渊一边,而且,500名士兵也方便管束,不可能无法无天。

这就是李渊对待突厥的如意算盘。

李渊消灭了宋老生,占据霍邑。原来与宋老生联手防范李渊的屈突通现在就一下子由主动变成了被动。

在与屈突通周旋的过程中,李渊的实力得到了极大增强,霍邑之战的大获全胜使得李渊声望大增,前来归附的各路人马每天数以千计。有各路的暴民军队,有残余的隋朝军队,也有先观望再行动的各地小股割据势力。

九月十日,李渊完成了对河东的包围,屈突通登城拒守。

河东城下,李渊在大将军的基础上,又"荣任"太尉一职。

从西汉到隋,大将军、太尉、大司马这三个职位今天你高我低,明天我高你低,始终是一团乱麻。反正只要记住一点,这三个职位有以下共同点:武职、全国最高级别武职、都是一品、都是全国武装部队总司令。

反正大将军也好,太尉也好,李渊如今是中央军委主席、国家军委主席、国防部长、参谋总长,这是没有疑义的。

当了太尉之后,李渊在考虑是硬攻强敌屈突通呢,还是绕过河东直接去打隋帝国的心脏长安城。

李渊犯了愁。

这个抉择颇有点像当年杨玄感黎阳起兵时的困惑,是先打洛阳,还是先打长安?当然,当时李密还给杨玄感出了一个更厉害的主意,直赴涿郡,截断隋炀帝杨广的退路,让他死在高句丽士兵的围追和杨玄感的堵截当中。

李渊手下的将军和谋士们纷纷给他出主意,有的说先打屈突通,有的说先打长安。都有道理,都有利弊,谁也说服不了谁。

保守派裴寂认为:"屈突通兵力强大,我们应该先攻下河东,再去占长安。否则,我们过河东而不打,径直去打长安。如果长安无法攻克,背后屈突通再进行突袭,我们腹背受敌,那可是死地。如果我们打下河东,再打长安,则长安会好打得多。"

裴寂考虑的不无道理,但李世民不同意,他说:"不然,兵贵神速,我们突袭长安,打他个措手不及,定会一鼓而下。如果顿兵坚城之下,久而无功,必然军心涣散,人心一散,队伍势必不好带了,则大势去矣。我们径去长安,则关中豪杰必然争相归附,屈突通固守之贼,何足道哉!"

李世民担心的,是陷入类似当年杨玄感曾陷进的泥淖,被一座坚城吸引大量有生力量,从而既没有力量,也没有军心再指向长安。

不争一城一地之得失,这是辩证的兵家的最高境界啊!

李渊听了保守派裴寂和激进派李世民的不同意见,觉得他们的说法都有道理,于是决定两种方案都采纳:留下各路将领对付河东屈突通,自己亲率大军直指长安。

在李渊兵锋的强大压力下,长安附近郡县都争相归附,李渊的军队,像滚雪球一样,起滚越大。

因此,李渊就在理论上拥有了扩充实力的"加速度",他的"加速度"核心价值,就是民心。得民心者得天下,现在的李渊,虽然只是地方割据者之一,但他非凡的眼光、能力、口号、号召力和政治纲领，已经远远超越了同时代的那帮赳赳武夫们，也包括那位以眼光和战略见长的瓦岗蒲山公李密。

这一年的九月十二日，李渊率军西渡黄河，派长子李建成带领刘文静、王长谐等人驻守潼关，严防洛阳的隋军西援长安。

同时，派次子李世民带领刘弘基和殷开山等人，前往渭水以北开拓地盘。

在关中，李渊又得到了两个时代级的猛人，一个是于志宁，一个是长孙无忌。

时代级的猛人，在某种程度上就等同唐太宗后来的凌烟阁二十四功臣，当然也不完全是，比如刘文静，他实际对李唐王朝的贡献比某些凌烟阁功臣还要大，只不过，他是被李渊冤杀的。

长孙无忌这个人，在历史上大大有名，他的出身十分高贵，父亲长孙晟是隋朝首屈一指的民族问题专家，强大到可怕的突厥就是败在长孙晟的谋略之下，母亲是北齐的皇族，哥哥长孙行布在杨谅叛乱时为国捐躯，他的妹妹则是李世民的太太——即后来历史上有名的太宗长孙皇后，中国历史上第一贤后。

于志宁在本书中第一次出现，他的名字将贯穿整个唐初的历史。要论出身，则是大多数的唐初贵族所比不了的，他的曾祖，就是大名鼎鼎的西魏八柱国之一的于谨。

镇压河东的屈突通，得知李渊已经去打长安，大惊，亲自率军去救长安。结果，在潼关被预先就驻防在那里的刘文静挡住，一筹莫展。

在李建成和李世民的默契配合之下，李渊大军顺利地抵达了长安城下。此时，镇压长安城的是隋炀帝杨广的孙子、代王杨侑，而实际上防卫工作的负责人则是隋帝国的良将卫文升，他时任刑部尚书领京兆内史（司法部长兼首都行政长官）。

卫文升是隋帝国少有的有文才、有武略、有胆识、有忠心的四有将领，可惜，现在的卫文升，一天当中有不少于二十四个小时躺在床上——他已经病入膏肓。

其实，以现在隋朝的局势，就是健康时期的卫文升，也未必能有什么作为。隋朝已经丧失民心，由新的王朝取代已经是大势所趋。

李世民率军扫荡渭水以北，有效剪除长安北翼的隋军力量，在这个过程中，李世民非常重视人才，各地投奔他的人络绎不绝，凡是有才能的李世民都量才录用，为他以后的独立势力打下了坚实的基础。

这个过程中，李世民得到了一个超级猛人中的超级猛人。

这个人是房玄龄。

李世民曾经说过："我在即位为帝之前，功劳最大的是房玄龄；称帝之后，功劳最大的是魏征。"

对于房玄龄，我们在此不做过多介绍，只是提以下三点：

第一,房玄龄在凌烟阁二十四功臣当中,唐太宗评价第一;

第二,房玄龄在玄武门之变中,其功劳与杜如晦、长孙无忌、尉迟敬德和侯君集一样,名列第一;

第三,唐太宗征辽(远征高句丽)、带兵远行时,留房玄龄镇守长安。

这一年的九月二十八日,李渊和他的两个儿子汇合一起,抵达长安的近郊。行军过程中,李渊命令把隋炀帝杨广兴建的华美园林一律拆除,把被掳掠入宫的宫女全部给资遣散。十月四日,李渊兵临长安城下。

李渊虽然兵围长安,但名义上(至少他自己认为)还是隋朝的大臣,于是,他为自己的这一定位再三向长安城内的卫文升解释。

卫文升虽然起不了床,又老又病,但还没有糊涂到相信李渊那套鬼话的程度。任你李渊磨破了嘴皮子大谈其合法性和对隋王朝的忠诚,卫文升拿棉花塞起耳朵不听,不仅如此,他还让代王杨侑也塞住耳朵不听。

李渊毫无办法,只有攻城。十月十四日,李渊开始了对长安的包围。

围了长安城十三天之后,李渊见卫文升没有投降的意思,下令攻城。命令,攻城可以,但不能毁坏隋朝的宗庙。

这又是一招政治棋,就像20世纪40年代末炮口下的北平城一样。所以,傅宜生将军顺应历史潮流,也保全了古城文明,才被史书大讲特讲。

其实,现在的长安比起当年的洛阳,攻克程序和难度大大降低。

首先,杨玄感叛乱时期的洛阳,有樊子盖这个杀人魔头镇守,而现在的长安,有经验的没冲劲儿,卫文升整天躺在床上等死;有冲劲儿的没经验,代王杨侑别说打仗,恐怕连刀都拿不起来。

其次,洛阳的防御体系特别复杂、特别成熟,是一个天然的大堡垒;而长安,在这方面比起洛阳要差好几个档次。

还有,杨玄感叛乱虽然得到了很多支持,但毕竟那时隋帝国的国家机器运转还基本正常,能调兵,能征粮,有劳力;现在的长安状况,已经完全不同,代王杨侑和卫文升的政令不出长安,城外全是李渊的势力,城内却未必全是隋朝的势力。

因此,李渊围城也只是做做样子,他根本用不着怎么打。

恰在此时,噩耗传来,卫文升病逝。

卫文升活着的时候,尽管不能亲自布置御敌,但至少那是一个心理和精神上的依靠。现在,这道心理上的屏障垮了。于是,长安城被李渊一鼓而下。

城破之后,代王杨侑身在东宫,身边的卫士全部逃散,只剩他的老师姚思廉。看到李渊的大兵密密麻麻涌进东宫,杨侑吓得面无人色,姚思廉扶住代王,厉声说:"唐公起兵是辅佐皇家还是要谋反?你们不得无礼!"

一句话镇住了这帮老粗,大家依次向代王杨侑行礼,隋王朝最后的一丝面子算是保住了。

这一幕,让人想起了当初梁武帝萧衍见侯景以及南陈太子见隋军的情景,面子是保住了,可是,里子全丢了。

李渊代替隋王朝下令,将之前隋炀帝杨广制定的苛刻的法律条文全部废除,代之以约法十二条。

这个行动也颇为熟悉,刘邦进入咸阳之后,也是废除秦王朝留下来的苛刻法律,约法三章:杀人者死,伤人及盗抵罪。

八百年过去了,李渊的规定也更为复杂些,从约法三章变成了十二章。

历史是惊人的相似,凡是不给老百姓一丝活路的,老百姓一定会起来造反,这就是一个王朝的末日;凡是给老百姓哪怕一丝活路的,老百姓一定乖乖干活,这就是一个王朝的兴起。

我们不由得感叹一句:多好的百姓啊!

而对于那些真命天子来说,也是一样,所有的"明君"都是一样的,而"暴君"或"昏君"则各有各的暴法,各有各的昏法。

这个时候,李渊又得到一个超级猛人——李靖。

总结规律,我们说的超级猛人,一般都是凌烟阁二十四功臣之一。根据这一规律,李靖也应该属于这二十四功臣之一,这个结论是没错的。

作为乱世英雄,李靖并非出身草莽,他的祖、父都是刺史或太守一类的地方大员,他的舅舅更是了不得,是隋朝灭陈主将、敢与贺若弼争功、死后成为阎罗王的韩擒虎。

李靖自幼就表现出异于常人的战略眼光和战术素养,对此我们不必过多评价,只要听听隋朝三个最有代表性的人物对他的评价,就可大概推断他是什么人了。

舅舅韩擒虎说:"可与论孙、吴之术者,惟此人矣。"——可以与孙武、吴起这些大军事家比肩的,就这小子了。

吏部尚书、隋朝名臣牛弘说他有王佐之才。

隋初第一宰相杨素拍着自己坐的床(古代的床不完全是用来睡觉的)说:"卿终当坐此。"

在攻下长安之后,李渊做了一件事,虽然这件事没有、也不会对处在上升期的李渊集团造成什么不良影响,但也绝不是什么好事。这也暴露了李渊作为封建统治者的残忍性(这话说的好像阶级立场十分坚定)。

李渊在刚一从太原起兵之后,隋政府的长安留守就掘了李渊的祖坟,毁了李家的五庙(皇帝追封七代祖先,李渊是公爵,追封五代祖先),这一卑劣行径让我们想起了伟大领袖的祖坟也被那些万恶的封建军阀刨过。

李渊听了这个噩耗,顿足捶胸,差点背过气去。为了革命,他已经失去了一个儿子李智云,现在连祖宗都没了。革命也好,起义也好,为什么?都为光宗耀祖啊,现在祖宗都没了,你显摆给谁看啊?

所以,李渊对万恶的长安留守政府充满了仇恨。现在,长安拿下了,可以报他的血海深仇了。

可是，长安留守卫文升已经病死，何况，老卫的官声还是相当不错的。

死了就算了，但活着的，一个也跑不了。

十一月十一日，就是在"光棍节"这天，李渊逮捕了长安副留守阴世师和骨仪，宣布他们贪赃枉法、罪大恶极，要镇压。

可是，全长安人都知道，这两个人，为官清正，十分刚直。

但没办法，李渊说他们是黑的，就是黑的，谁说也没用。

于是，这两个白人就被李渊以黑人的名义处斩，他们用自己的性命，承担了隋政府对李渊的刨祖宗之仇和杀儿子之恨。

李渊和他姨夫杨坚一样，尽管统一全国，给了老百姓活路，但从本质上讲，乌鸦落在猪身上，谁也别说谁黑，都不是好东西。

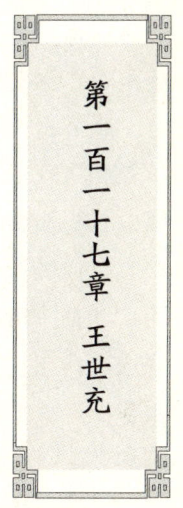

第一百一十七章 王世充

隋唐第一恶人正式出场

李渊攻占长安,开始了他短暂的权臣生涯,因为不久之后他就自己当皇帝了。

和历史上所有的权臣包括曹操、高欢、杨坚这些人一样,李渊一方面享受自己的"婊子"生活,另一方面还忙着给自己立牌坊。

公元617年十一月十五日,李渊遥尊隋炀帝杨广为太上皇,奉隋帝国代王杨侑登基为帝,是为隋恭帝。这一年,杨侑只有十三岁。

两天之后,李渊就任大都督内外诸军事(全国军队最高司令长官、军事委员会委员长)、尚书令(全国最高行政首长)、大丞相,晋爵唐王(之前是唐公),假节钺,从而掌握了隋王朝的实际权力。

我们之前说过,假节和假钺都是皇帝锡给权臣的重要身份象征和实际权力，但实际上，节和钺是两个截然不同的东西，权力和身份也有差别。

假节，可以在授权范围内部分行使皇帝的权力，但假黄钺则可代表皇帝对违抗命令的高级官员进行严惩，包括杀头。简单说，假钺的权力比假节要大得多。

新任的隋恭帝还下令，全国大小事情，不管是行政的，还是军事的，是司法的，还是立法的，或是人事的，通通由唐王一个人说了算，皇帝只保留关于祭祀的最终决策权——这个恭帝，真够"恭"的，还不如当今君主立宪制的小国国王，如英国女王或日本天皇。

当然，这个"恭"是在杨侑同志不幸去世之后，由后人根据他生前的表现，综合给出的一个谥号。在他活着的时候，断然无法叫自己一声"隋恭帝"的。

李渊志得意满，但他深知，现在远不到躺床上睡大觉的时候，且不要说小皇帝杨侑与自己同床异梦，河南的李密、山西的刘武周、湖北的萧铣、武威的李轨、金城的薛举及薛仁杲、河北的窦建德、幽州的罗艺、江淮的杜伏威以及朔方的梁师都，这些割据势力，哪个是好惹的？

他令长子李建成为世子，次子李世民为京兆尹（首都地区军政长官）、秦公，四子李元吉为齐公（三子李玄霸早死，五子李智云在太原起兵的时候被隋军捉送长安斩首），开始以长安为中心，向全国渗透和辐射。

就在李渊紧锣密鼓地开展夺取革命领导权的斗争时，瓦岗军的李密也没闲着。他与隋军在洛阳城下展开了殊死搏斗，把隋朝大将刘长恭打得灰头土脸，到越王杨侗处去请罪；河南剿总司令长官裴仁基干脆携子裴行俨（即"隋唐演义"中勇猛无敌、位列隋唐第三条好汉的裴元庆）投降，占据了兴洛、回洛仓两大粮库，势头猛得很。

当然事物总是螺旋式上升、波浪式前进的，期间，瓦岗军也有挫折，最有代表性的就是回洛仓的得而复失。裴仁基投降之后，李密派他去占领了洛阳的粮库回洛仓。此时的洛阳，有完备的防守工事，有整仓整库的金银珠宝，有堆积如山的绫罗绸缎，但就是缺乏粮食，城内军民大眼瞪小眼，看谁都像大饼。为了抢粮食，隋军都疯了，不要命地出来与裴仁基玩命，老裴一个大意，大败而归，刚到手的回洛仓丢了。隋军立马倾巢出动，把粮食全部运回了城里。

李密不觉得有什么损失，安抚了一下败回的裴仁基，亲率秦叔宝、程知节、罗士信和裴行俨四员猛将，又将回洛仓夺了回来。

回洛仓失而复得，这个小战役对李密来说固然是小菜一碟，但李密没有想到，回洛仓的短暂丢失给自己的攻取洛阳战事带来了十分不利的后果，甚至，李密一生的兴衰也在此拐了一个U形弯。

因为，在洛阳吃了上顿没下顿的时候，就是困死洛阳守军，也用不了多长时间；而现在，洛阳城有粮食了，军队＋粮食＝战斗力，洛阳守军完全可以跟李密死扛，拼给养，拼消耗，同时等着江都的隋炀帝杨广给他们派来援军。

越王杨侗时常喃喃自语：爷爷不会忘记我们的。

杨侗是对的，隋炀帝杨广确实没有忘记他亲自命宇文恺督建的东都洛阳城，他派了他最信任的人来洛阳解救杨侗的危局，并且已经走在路上了。

这个人注定将成为李密的克星。

他的名字叫王世充。

王世充其实不姓王，就像史大奈不姓史一样。他原姓支，是西域的少数民族兄弟，估计样子也和现在的新疆人一样，长得充满了异域风情。只因为他的爷爷早死，奶奶带着他爹改嫁了一位姓王的老先生，所以，他爹就跟着这位后爹姓王，所以，支世充也就跟着姓王了。

这样，支先生的父亲王老爷子，就不再是郭德纲相声里的笑话了。

王世充不是个好东西，不是好东西的程度可与云兴定相提并论，所以，这二位隋末缺了大德的代表人物才会在不久后有过一段君臣情缘。不过，论起狡猾和阴毒的程度，王世充可比云定兴强了无数倍。

王世充谄佞，最符合隋炀帝杨广的口味，说话做事让杨广感觉整天泡在蜜罐子里，都要得糖尿病了。于是，杨广认为老王很老实，也很干练，能力出众，还忠诚，这样的绝世人才不用，那用谁啊？于是，王世充就被派来援救洛阳了。

实际，王世充不想来，谁不知道李密不好惹啊。不过，没办法，硬着头皮也得来啊。不想，这一来，居然成就了自己的一番"帝王大业"。

就在王世充走在征伐李密的路上的时候，李密也在考虑一个问题，一个战略问题：是在这里与敌人缠斗，拿下洛阳，还是径取长安？

这是个艰难的抉择，也是一场赌博，赌赢了，称霸天下，青史留名；赌输了，身败名裂，屠戮满门。

帮李密提出这个战略规划的人是柴孝和同志。

柴孝和不是一般人物，如果说拿李密比作刘邦的话，那在他的阵营中，秦叔宝和程知节他们是韩信，祖君彦是萧何，则柴孝和就是张良，他运筹帷幄，决胜千里。从他给李密指定的这个战略规划来看，柴孝和的战略眼光在李密之上。

李密仔细考虑柴孝和的意见，最终的结果是不忙决定，先看看形势。

其实，李密不是不知道，径取长安，从战略上讲是唯一正确的路。当然他作为杨玄感的首席谋士，就为杨玄感出过类似的主意，只是愣头青杨玄感看不到那么远，没有听从而已。

但是，李密担心两个问题。

一个是外部问题，敌人势力还很强大。一旦自己率军西进，那留守的诸将能否镇得住局面，而且，自己的部下都是关东人，会不会愿意跟着李密去打长安？连洛阳都打不下来，打长安有把握吗？

另一个问题是内部问题，这是李密长期以来的心病，他从来没有对任何人说过。那就是瓦岗军内部的山头问题。

瓦岗军的山头问题有点类似于"水浒传"中梁山的山头问题，只不过相对简单一些。瓦岗的将领们，从参加革命（上瓦岗入伙）的早晚分成三个山头，一是翟让创业期间的元老们，如单雄信、徐世勣等人；二是李密来了之后入伙的秦叔宝、罗士信、程知节等人；三是陆陆续续归顺的各山大王们。

如果自己带兵到长安，谁能保证这支队伍还是完整的，还能拧成一股绳，或者还是他李密的？

所以，李密犹豫不决，正在他进行痛苦的思想斗争的时候，王世充到了，从此，他便再无暇考虑这个对瓦岗军来说至为重要的战略问题。于是，一个千载难逢的机会就这样从李密的手边溜走了。

假设李密挟连胜之威，率军直奔长安，必有无数反隋势力像江河归海一样归附到他的队伍中，长安空虚，代王杨侑年少，卫文升病入膏肓，首都可一鼓而下，到那时，再号召天下的"十八路反王，三十六路烟尘"西入长安，天下可传檄而定。

如果这样的话，在太原起事的唐公李渊还处在进军长安的路上，长安已经归李密，李渊还有染指的机会吗？

当然，以上都是假设，历史不容假设，这，是历史最大的魅力。

李密在经略河南河北各地的时候，召降了武阳郡丞（市政府秘书长）元宝藏，元宝藏命自己的手下一个文职人员写信给李密,一是表忠心,二是提建议。

李密看信之后十分高兴,因为这个写信人的文采、谋略都十分出众,李密虽然生在乱世,各种各样的奇人见了一箩筐,但像这样出众的人物,还没有见到过。于是,人还没有见面,李密就决定任此人为文学参军(部队文艺参谋)。

后来的事实表明,李密作为反隋割据力量第一人,确实有他识人方面的独到眼光,他看上的这个人,日后成为唐帝国的宰相,为大唐的建立和繁荣立下了汗马功劳。

这个人是魏征。

魏征也是隋末唐初的超级猛人,因为他也是凌烟阁二十四功臣之一。

王世充是这一年的秋天到达洛阳的,他带来的共有五万左右的江淮精锐——这充分说明隋炀帝杨广对洛阳战事的重视、对孙子杨侗的牵挂和他毫不利己专门利人的高尚情操——因为他自己所在的江都都要被盗贼占据了,还想着北方,实在难得。

王世充与洛阳守将刘长恭胜利会师,隋军士气大振,与李密的瓦岗军隔洛水对峙。

对峙了一段时间之后,王世充决定先给李密一个下马威,让他知道自己隋军统帅的地位不是只靠谗佞得来的。

但是,王世充得到的是李密的当头一棒。

王世充趁着冬天的严寒和茫茫的夜色,悄悄渡过洛水,在黑石扎营。在瓦岗军乱哄哄刚上岸的时候,突然冲出，将李密军打得大败，军士纷纷落水淹死，其中包括瓦岗军的大战略家柴孝和同志。

情急之中，李密只是派了一小部分人回到自己的大营固守，自己亲率精兵直扑王世充的黑石大营。驻防黑石大营的隋军兵力单薄，顿时慌了，一连燃起六支狼烟告急。

这下王世充急了，这是什么打法？跟我玩命？我攻你的大营，你居然不顾，反而跑来拼死攻我的大营。对不起，我不玩了，我得回援。

就在王世充匆匆忙忙回援大营的路上，李密的军队毫不意外地出现了，这是一场教科书一样的战斗，典型的围魏救赵。

在李密不要脸兼不要命的王八组合拳的打击下，王世充典型大败，伤亡惨重，败回了洛阳城。

王世充逃回洛阳城之后，整天提心吊胆，生怕小王爷杨侗同志砍他的人头。但之前刘长恭战败的时候，是杨侗及时安抚了他；今天王世充战败，杨侗自然不会怪他，像对待刘长恭一样，对败军之将王世充进行了安抚。当然，安抚是有的，老人精王仁充也能从中读出杨侗的另一个意思，别待着了，休息休息，再出城打吧！

如果越王杨侗能够穿越到后世的话，他会毫不犹豫趁此机会将王世充捆绑起来，推出门去，一刀砍死。这样，他以后就不会受这个极品人渣的气，还乖乖把帝位让给他，最后死在他的手里。

可惜，小杨侗不仅不会穿越，他连水晶球也没有。

在政府的强大压力和自身的愧疚恐惧之下，王世充再次出城，向李密发出战争威胁。这时距离上次他的洛水惨败，相隔了整整两个星期。

这次战斗很快就分出了胜败，王世充继上次大败之后，再次大败。我已经不愿意再叙述战争经过，因为简直是瓦岗军的战斗模板：翟让诈败，隋军追赶，李密率王伯当和裴仁基的伏兵突然杀出，将王世充又一顿胖揍，这位混世魔王被打得鼻青脸肿地逃回了洛阳，从此再不敢与李密叫板。

回到洛阳，王世充又惊又怕，既不敢再与李密对垒，又不敢去面见越王杨侗，度日如年，只盼着哪天老天开眼，赶走自己的冤家李密。

王世充不知道，他所祈求的事情将马上发生，但这一次，帮助他的人不是老天爷，而是李密阵营里的人。

此人是翟让手下的作战指挥官，名叫王儒信。

第一百一十八章 瓦岗军内讧

生死兄弟忽反目，
同室操戈为哪般

瓦岗军作战指挥官（司马）、翟让的亲信王儒信给翟让出了个主意，让他自任大冢宰（宰相）。

这一主意遭到了翟让的拒绝。

王儒信同志作为翟让的亲信，这一主意完全是站在翟让的立场说话的。他希望翟让能够借任大冢宰的机会夺回被李密蚕食的权力。

现在的瓦岗军，并不是铁板一块。

瓦岗军就像《水浒传》中的梁山军一样，翟让代表着创业的企业家们，其中单雄信和徐世勣是中坚力量；而李密为代表的职业经理人们则是空降兵，代表人物有裴氏父子、秦叔宝、罗士信、王伯当等。

当初翟让让位给李密是真诚的，就象当初李密投靠翟让也是真诚的一样。但蜜月的激情终将过去，继之而来的要么是柴米油盐的平淡生活,要么是夫妻反目、恩断义绝。不幸的是,李密和翟让属于后者。

李密的能力和层次以及人格魅力远在翟让之上,于是,翟让的空间被李密压缩得越来越小。本质上讲,翟让还算是个宽厚大度的人,但他的手下不一定这么想,而且,看着李密越来越红,翟让的内心深处也有点儿不是滋味。于是,随着革命形势的越来越好,两个派别的摩擦也越来越频繁、越来越激烈。

翟让的哥哥翟弘,因为弟弟的缘故,得以晋封帝国大将(柱国),晋爵荥阳公,如果说翟让是个大老粗的话,那这位翟弘比翟让要粗多了,不仅粗,还鄙,还劣,还下流,总之,不是什么好"鸟"。

翟弘对自己的弟弟说:"皇帝又不是礼物,怎么能够送来送去?就应该是你当,如果你不当,给我当得了。"

翟让听了,笑笑而已,没有当回事。但翟让不当回事不代表李密也不当回事,翟弘的话不可避免地传到了李密的耳朵里,李密内心一震,他本身出身豪门,看了实在太多的尔虞我诈和钩心斗角,听到翟弘的话,他下意识地心头一凛,感觉到脖子上的一丝凉意。

李密不由想起了崔世枢和邢义期两人,这两人都是他的心腹。在崔世枢刚刚投奔到瓦岗军的时候,他便被翟让抓去,先被蒙住眼睛一顿皮鞭,再逼问能交多少金银来,老崔苦苦哀求,翟让就是不放,管你是谁的亲信呢!至于抓邢义期的理由,则更简单,是因为邢义期对参加翟让主持的大型赌博活动不太积极，于是被翟让按倒在地痛殴，打了八十军棍，直打得皮开肉绽，血肉横飞。

不过，这两件事情毕竟只是翟让不给李密面子，在性质上属于打狗不看主人，还算不得什么大不了的矛盾！于是李密忍了：我不是那种小肚鸡肠的人！

不久之后，又发生一件事，让李密十分窝火，这件事让素来有着礼贤下士令名的李密背负了沉重的道义包袱——杀贤。

瓦岗军曾经抓住了隋朝当时首屈一指的国学大师冯慈明博士，尽管李密再三表示对他的尊敬并希望他能够弃暗投明，但冯博士就是对李密不感冒，不是骂不绝口，就是侮辱讽刺，但这时李密显示了博大的胸怀，令人放走这位冯老先生。被释放了的老冯走到营门口又遇到了翟让同志，老冯岂能不骂他两句，只是形式和内容都比刚才骂李密要轻得多，但这仍然让翟让感觉受不了，挥刀将老冯的人头一刀砍下。

这下，可把李密气个半死，你翟让说我什么也就算了，现在居然杀死了这样一位全国有名的、拿"国务院专家津贴"的、能说七八国外语的老同志，以后谁还敢来投奔我？

如果说以上这些李密还能颇有风度地置之不理的话，那接下来发生的这一件事情却让他无法淡定了，他无法再"hold住"，决定采取行动。

这件事情出在房彦藻身上。老房时任左秘书长。

这一天,翟让吃饱了撑的,没事干在军营中乱逛,正撞见房彦藻,不知哪根神经搭错了,居然对房彦藻说:"前些时候你攻破汝南,抢得不少财宝,全都分给了魏公,一点儿也没给我剩。你要小心点,魏公是我封给他的,以后怎么样,还不一定呢。"

房彦藻听了,两个眼睛瞪得大大地看着翟让,简直不敢相信身为瓦岗军主要领导之一的翟让何以说出这样没有水平的话来。

于是,他派人来见李密,说:"翟让飞扬跋扈,我们迟早会为其所害,他既无谋略,也不知何为感恩,眼里根本没有您这个主人,我们应该早做打算。"

李密摇摇头:"现在局势远未稳定,在这个时候我们自相残杀,那给外界一个什么印象?人家会怎么说我们?团队还有什么向心力?瓦岗还有什么吸引力?"

房彦藻听了,抓住李密的手说:"毒蛇啮手,壮士断腕。如果不下决心,等翟让占得先机,我们就完了!"

李密沉默了,房彦藻说的道理,他不是不知,但他在想,翟让的所作所为,是否构成"毒蛇啮手",需不需要"断腕"以自全。最后,是瓦岗生死存亡以外的因素使他下定了决心,那就是,权力的归属。

半响,李密抬起头来,缓缓说道:"事已至此,只能出此下策了。"

这一天,翟让带着哥哥翟弘、侄子翟摩侯(时任司徒府长史,即翟让的秘书长)应李密之邀,来赴李密的宴会。

翟让不知道，这是他一生中的最后一餐了。

李密对翟让一行进行了热情款待，命瓦岗的重要人物裴仁基、房彦藻等人作陪，宾主双方进行了愉快的会晤，共同回忆起当年大家一起闹革命的光荣历史。当时，李密、翟让、翟弘、翟摩侯、裴仁基以及小山头投奔而来的代表人物郝孝德共坐一席，房彦藻跑进跑出忙乎着，准备上菜，整个会场的气氛十分融洽和谐。

这个时候，翟让带来的两员大将徐世勣和单雄信像两座铁塔一样侍立在翟让的后面，如同刘备身后的关羽张飞，李密看着就心里直发虚。

李密说："大家相谈甚欢，都不要什么侍卫了，你们都下去吧。"

李密的侍卫们都很听话，都站到堂下去了，而翟让的侍卫们没动，因为他们的主人还没有发话。特别是徐世勣和单雄信两人，更是纹丝没动。也许，这两个嗅觉灵敏的人已经预感到了今天要发生什么事情，自从八百多年前大老粗项羽同志大搞鸿门宴以款待刘邦之后，大家全学会了，杀人在宴会上杀，鸿门宴从而成为政客们血腥角力的战场。

房彦藻看李密的命令对翟让的侍卫们无效，于是站了起来，对李密说："天气这么冷，是不是我们也人性化一些，请翟司徒带来的侍卫们喝两杯？"

李密脸上尴尬的笑脸这才褪去，变成真正的笑容："好啊，我没问题，你问问司徒的意见。"李密心里冷汗直淌，心说幸亏房彦藻这小子反应快，不然还不知道怎么收场。

同时李密在庆幸，杀翟让的决定看来是对的，我是瓦岗之主，对他的侍卫说话居然不管用，可见，我的命令也并非放之瓦岗皆准。

这使我们想起了《雍正王朝》电视剧里的一个场景，年羹尧从西北回来，立下大功，雍正亲自接出北京城，当他客气地命令年羹尧手下的侍卫们卸去甲胄时，这些卫兵居然没有动，只有老年命令卸甲，他们才卸甲。对于猜忌心极重的雍正，这简直就是对他皇权的一种公然蔑视。活该老年最后被赐死，不懂事啊！

李密正想着，翟让已经发话了："好啊，那你们就去吧。"——翟让还是翟让，你可以说他是愣头青，也可以说他性情中人，还可以说他没有政治头脑——都是对的，不然就不会有今天了。

翟让的侍卫在房彦藻的引导下都走出了大堂。这时，李密拿出一张大弓来，递给翟让，请他看看。翟让接过弓来，一边连声称赞，一边把弓拉满。他不知道，其实李密的侍卫并没有全部退下，还留了一个人，此人名叫蔡建德，手中拎着一柄沉重的大砍刀。他之所以留下来，就是为了让这柄刀派上用场。

就在翟让把弓拉满的时候，蔡建德走到了翟让的身后，举起大砍刀来对着翟让的脖子使尽全身的力气劈了下去。

这个场景与多八十多年前贺拔岳的被杀十分相似，都是被骗,都是身后,都是大刀。所不同的是,贺拔岳被元景洪一刀,斜肩铲背劈成两半;而久经点阵的翟让则是听到了背后大刀砍下来的风声,本能地往旁边一躲,刀没有砍正。

但这没有砍正的一刀,对翟让来说,已经足够要命,因为这一刀基本砍断了翟让的脖子。临死前的翟让,发出牛吼般的巨响,之后,沉重的身躯轰然倒地。

隋末的乱世枭雄、暴民运动第一人翟让,就这样死在了自己人的火并中。

翟让既死,他带来的翟弘、翟摩侯、王儒信等人,无人漏网,通通被大刀砍死,乱刃分尸。

翟让最信任的两个人徐世勣和单雄信,则在面对危局的时候有着不同的表现,虽然他们最终都活了下来。

徐世勣在逃走的时候,脖子上被砍了一刀,但没有翟让那么重,还能挣扎着继续跑,如果不是王伯当喝退了砍杀徐世勣的武士们,那就算有十个徐世勣,也跑不了。如果那样的话,不仅大唐朝少了一位开国元勋,而且,凌烟阁上的英雄榜也会少了一人。

至于单雄信,一见自己的故主被杀,立即以趴在地上、叩头求饶的实际行动宣告了自己的明智和机敏。对于他,李密也表示既往不咎。

李密的这一密谋执行得十分成功,翟让集团的主要人物或杀或叛,已经全部瓦解。至于那些不明真相的、跟着起哄的人,李密简短发表了"电视讲话":

"大家共同起事,就是为了除暴安良,如今司徒不仁,破坏团结,今天我们只杀司徒一家,与别人无涉。"

于是大家欢声雷动,只杀翟让一伙,与自己无关,自己又可以该干什么干什么了。再说,翟让粗鄙,惹人厌、招人烦,他的死无人表示哀悼。

安抚众人之后,李密单骑直入翟让大营,进行劝说和解释,做思想工作,最后宣布,翟让的旧部仍然由徐世勣、单雄信和王伯当等人统领。李密还亲自为伤了脖子的徐世勣换药,表面功夫做得十分彻底。

最后,一场内讧就这样毫无声息地平息下来,没有牵连任何人,也没有任何人因为这次政变叛变投敌。应该说,李密的大智大勇在这次政变和随后的安抚工作中得到了淋漓尽致的体现。

至此,瓦岗军的内讧圆满、完美、胜利地落下了帷幕。

但是,没有人知道这次政变给瓦岗军的兄弟们带来了怎样的心理创伤,翟让并非罪大恶极,尚且获罪,接下来会发生什么事呢?

很多人都在惶恐不安中等待。

瓦岗军内讧的消息传到了洛阳,已经被打得穷途末路的王世充闻讯大喜,真是仇痛亲快啊!但一听最终李密杀掉翟让执掌大权,王世充泄气了,李密聪颖过人,杀伐决断,是虫是龙还不一定,有这样的劲敌,实在是天亡我也!

李密肃清内部,开始向河南各地扫荡,兵锋所向,隋军无不望风归降,整个河南,几乎全部落入瓦岗军的手中，除了一个地方——荥阳。

荥阳的守将是郇王杨庆。

不久前，就是因为瓦岗军兵犯荥阳，杨庆抵敌不住，才奏请朝廷，派了大将张须陀来。结果，荥阳一战，英雄无敌的张须陀战死，从此，杨庆只好又过起了有今天没明天的守城生涯。好在翟让和李密忙着进行扩充实力和战略决策，没空理他，才让杨庆多活了几天。

现在，李密决定对付杨庆了。

但李密对付杨庆的办法不是直接派兵去攻打，而是给杨庆写了一封信。信上说：

"大王您本姓郭，并不姓杨。"

杨庆一听，大为赞叹，觉得自己没有必要为杨氏的隋帝国卖命。于是卸甲归降。

李密惊呆了，没有想到一封胡搅蛮缠的信居然有这么大的威力，也没想到杨庆作为堂堂大隋朝的王爷居然有一颗如假包换的糨糊脑袋。

杨庆确实姓杨，只不过，当年北魏乱世，杨忠随宇文泰在关西起兵的时候，尚在邺城的杨庆的爷爷怕被株连，才临时随了老妈姓郭。后来杨坚成功当上皇帝，杨庆又把爷爷的姓改了回来。

杨庆这孙子投降李密，把姓氏又改了回去，再次姓郭。

我怀疑杨庆改姓上了瘾，这还不是他最后一次改姓，也不是他最后一次改变政治立场。

后来李密被王世充击败，杨庆重归隋朝的队伍，又由郭改为姓杨，对于他之前的荒悖行为，一贯宽怀大度的越王杨侗也没有责备他，还封他为宗正。

后来王世充逼迫杨侗禅位，杨庆是重要参与者。

要说王世充，对杨庆也不错，把哥哥的闺女嫁给了他。被封了官、赏了美女的杨庆，再度改姓为郭。

再后来，王世充兵败，杨庆又一次改换门庭，恢复姓杨，侍奉的主人也由郑（王世充）改为了唐。这种行径，连他的老婆都看不惯，对他说，你去吧，你去了我就去死。

但杨庆不为所动，大义凛然地叛变，投入唐营，之后，他老婆、王世充的侄女就实践了她去死的诺言，"仰药自杀"。

杨庆入唐之后，封宜州刺史、郇国公。对杨庆这样的识时务者来说，改换部门算什么，改换姓氏算什么，死个老婆算什么，连老娘被王世充所害也不为所动，因为他的娘多了，只要有奶。

第一百一十九章 屈突通降唐

投降的不一定是贰臣,
坚守的不一定是忠臣

尽管李密和翟让的瓦岗军发生了内讧,在"光棍节"那天,李密诱杀了瓦岗军的创建人翟让,从两人坐庄制的领导模式变成了光棍式坐庄模式,但困守洛阳的王世充仍然无机可乘;而李密也暂时不能攻克洛阳。攻守两强就这样在洛阳坚城下耗着,谁也不敢率先动手。

鹬蚌相争,渔翁得利。王世充和李密两个人被洛阳捆住了手脚,没有精力顾及别的,这时,有一个人就趁着这个机会,扩充实力,镇压暴民,扩大自己的战斗成果。

这个人是李渊。

自从占领长安,立代王杨侑为帝之后,李渊在政治上取得了极大的优势,他现在已经能够完全明白当年曹操为什么宁可把位极人臣的大将军一职让给袁绍,也不肯把有名无实的汉献帝交出去了。挟天子以令诸侯（再说得文言点，叫奉天子以令不臣）就是用皇帝的名义打你，让你还不得手，既挨了打，又留下骂名，最后只有乖乖归顺一条路可走。

各地的暴民领袖们、隋朝旧政权的割据势力们、各地方实力派们，就像百川归海一样，投奔李渊，不为别的，就为李渊正统。其实，大家都不是傻子，以李渊的实力和发展方向，迟早会把皇帝一脚踢开，自己过皇帝瘾，投奔他，等于投奔大好前程。傻子才不来呢！

李渊的招抚工作做得十分顺利，但有一个人，让他怎么也无法安下心来，此人在他刚从太原出兵的时候，就与宋老生一起联合起来反对他，如今自己已经贵为唐王、大丞相、隋王朝的实际主宰者，这个人还是不服。

这个人就是屈突通。

李渊当初西向长安的时候，对屈突通实施围而不打的战略决策，让刘文静派兵牵制他，自己径取长安。如果长安到手，事业进行得顺风顺水，李渊决定收拾屈突通了。

屈突通命手下大将桑显和夜袭唐军大营，不想遭到了刘文静和段志玄（凌烟阁二十四功臣之一）的拼死抵抗，不仅隋军大败，基本全军覆没，而且桑显和孤身逃回。

如今的屈突通，已经毫无还手之力，面对李渊强大的军事、政治和心理压力，他几乎崩溃。有人建议他投降李渊，被他严词拒绝，这位大隋朝的忠志之士流着眼泪说："我受先帝和当今圣上厚恩，无以为报，拿人钱财却不替人消灾,这样的事情我不干。"

他还经常在营中四处巡游,激励将士,慷慨激昂,以至泪下,他摸着自己的脖子,说:"这脖子迟早要为国家挨一刀。"手下将士听了,无不感动呜咽。

长安陷落,屈突通的家属全部被李渊所擒,李渊派屈突通的家仆来劝降他,对此,屈突通最直接的回答是将这些自己的前任服务员们通通杀头,从此无人再敢劝其投降。但李渊占据长安,屈突通无计可施,只好留桑显和镇守潼关,自己率大军前往洛阳,与越王杨侗会师。

出乎屈突通意料的是,他前脚刚走,桑显和同志就投降了刘文静大军。

屈突通还不知道,还在率军向洛阳突进。突然,他的儿子屈突寿来见他,说是自己已经投降了李渊,要他为天下苍生着想,不要再执迷不悟。

屈突通大怒,大骂屈突寿:"昔与汝为父子,今与汝为仇雠。"意思是,我们昔日是父子,现在是敌人。他绝不投降,还命人向儿子射箭。

这时,桑显和站了出来,他对屈突通的部下们说:"长安已丢,你们都是关中人,能走到哪里去?"

大家一听,家都丢了,还打什么劲儿啊,于是全部放下武器投降。

屈突通万般无奈,只能下马,向着东西方向(江都)叩拜,哭道:"臣力屈兵败,不负陛下,天地神祇,实所鉴察。"

大意是，我已经尽力了，没有对不起您，天地可为我作证。

于是对李渊采取了非暴力不合作的态度，任你怎么说，我就是不言语。后来，被执送长安。

李渊一见屈突通，大笑道："何故来迟啊？"

屈突通再次大哭，我严重怀疑他得了刘备的真传："我不能尽人臣之道，力尽被俘，实在是本朝之辱，有愧于代王（杨侑）啊！"

李渊一听，挑起大拇指感叹道："真乃大隋之忠臣也！"

李渊任命屈突通为兵部尚书（国防部长），赐爵蒋国公，兼任李世民元帅府秘书长。

从此，大隋的忠臣成了大唐的忠臣。

屈突通降唐以后，李渊派他到河东去招降尧君素（当初屈突通为救长安，留尧君素守河东，自己亲率大军回援长安）。两人一见，都哭了。哭归哭，尧君素同志却不因为屈突通是自己的老上级就全听他的。

屈突通对自己降唐一事做了十分有说服力的辩解，最后说："我降唐是因为力量衰竭，所以至此。"尧君素说："我的力量还没有衰竭，何必多说！"

屈突通听后，狼狈退走。

就在屈突通降唐、李渊军威大振的时候，李密和王世充在洛阳城下，再次混战一场。

有一天，李密在接待一个王世充方面的降兵时，不经意听到一个消息,王世充在招募新兵,还三天两头以慰劳士兵为名大摆筵席,让士兵们大吃大喝。

军事触角敏锐的李密一下子就明白了,王世充想干什么:他这是要偷袭我们呀!

做好了准备的李密就这么以逸待劳等着王世充前来偷袭——这还叫什么偷袭啊!

王世充选择偷袭的日子很妙,正是大年三十的晚上——除夕夜。他骑在高头大马上,气宇轩昂,只等李密被杀的好消息。

事情就像王世充预料的那样,虽然在外围的接触战中遇到了瓦岗军大将王伯当,但没费什么劲儿就把王伯当杀退,王世充乐了。

但在他的嘴还没有合上的时候,王伯当的身后,出现了无数精兵,接着,无数令王世充心惊胆战的老朋友们出现,这都是王世充做梦都不敢见的人物,秦叔宝、罗士信、程知节、徐世勣、单雄信、裴行俨等。

一见这一干人的出现,王世充马上浮现出两个字:完了。

他的预感是正确的,接下来他能做的,就是调转马头,没命地逃跑。这场战斗给了王世充一个好消息,一个坏消息。

坏消息是,他偷鸡不成反蚀把米,大败而还,士兵损失十有七八;好消息是,他跑回来了,还活着。

不过,有了这次大败,王世充在心理上已经不再害怕越王杨侗对他进行惩罚了。因为杨侗从来不敢、也不打算惩罚他，目前掰着手指头算算，整个洛阳城中，除了王世充，谁还能派出去跟李密交手？

他的预料再次正确，杨侗不仅没有怪他，还把洛阳城中仅有的七万人，全部交给他了。

加上新增的精兵，王世充手里一共有近十万人马，他的腰杆再一次挺了起来，这一次，他打算主动去找李密的麻烦。

公元618年的元月十五日元宵节那天，趁着明亮的月色，王世充率军出城，在洛水上搭建了十八座浮桥，他下动员令，谁先完成浮桥的搭建谁就先冲锋，让各路人马充分发挥自己的主观能动性。

最先完成任务冲向对岸的是隋军中的河南兵王辩所部，这是隋军中最为凶悍顽强的一部，他们冲上对岸之后，立即对瓦岗军猛冲猛杀，瓦岗军被敌人冲得乱了阵形，大败而逃。这时的李密，都已经打算上自己的预备队了，可见战事的惨烈。

本来，战斗的结果有可能是王世充一举扭转自己千年老二形象，但这时，他做了一个决定：撤退。

他并不知道王辩的隋军已经占得了先机，只听见洛水对岸喊杀声震天，于是，王世充已经形成了思维定式的心里咯噔一下子："完了，又中人家的圈套了！"

于是，王世充急急下令撤军，本来已经占据上风的隋军一听鸣金，一窝蜂地向后逃命，秦叔宝这些瓦岗大将趁机把十八座浮桥全部点燃，没有退到洛水对岸的隋军一个个全部跌进冰冷刺骨的河水中,随波逐流,不久就沉入了布满流冰的河底。

这其中,包括两个重量级的人物。

一个是隋军最具战斗力的河南兵将领王辩;

另一个是在洛阳与李密缠斗许久的王仁恭。

这一下,王世充的地位更加突出,因为能够与李密掰一掰手腕的将领基本都在这次大战中死光了,洛水北岸的隋军阵营全部瓦解。他的十万精兵,只剩了两三万逃回洛阳。

不过,这其中不包括王世充。

他没有回到洛阳,而是向北一路狂奔,一直逃到河阳才停下来。

到了河阳,他给自己选了一处特殊的住处:监狱。同时,给越王杨侗上表,请求处置。其实,这个时候,王世充已经学会了挟李密自重,就是拿李密当工具,用来要挟越王和隋政府。

听到王世充再次惨败的消息,越王杨侗对王世充做了如下的惩罚:

第一,派使节对王世充进行特赦;

第二,命王世充回东都洛阳;

第三,送给王世充金银珠宝、绫罗绸缎和多名美女。

王世充接受了越王的惩罚,聚集了一万多残兵败将,驻守洛阳城外,不敢再战。

李密再败王世充后,乘胜占据了洛阳城外的金墉城(不是金庸他们家的),又再次击败了洛阳城内的隋军,阵斩隋政府的民政部长（民部尚书）韦津，然后，洛阳附近的隋军基本都归附到了李密的大旗之下，此时的李密，已经发展至顶峰，带甲三十多万。

一时间，李密在洛阳、李渊在长安，形成了两股能够左右时局的、非常类似的势力。所不同的是，李密是在洛阳城下，而李渊则是舒舒服服地躺在长安城里。

李密在洛阳城取得的数次大捷，对各地的割据势力构成了强大的压力，这些人纷纷表示对李密的景仰"如滔滔江水连绵不绝"，他们不希望李密一生的事业付诸东流，他们愿意团结在以李密为首的革命领袖的周围，为隋末的革命事业再立新功。

河北窦建德、河南朱粲、山东孟海公和徐圆朗，一并上书李密，希望他能顺天应民，早日即皇帝位。

而瓦岗军内部，以裴仁基为代表的劝进派也希望李密能够早日登基为帝。

当然，虽然都是拥戴，却各有各的小算盘，不一定都是光明磊落的支持。

裴仁基的用心，我们相信他是真心的，他希望自己选择的明主能够成其霸业；而别的人诸如河北暴民领袖窦建造和河南的杀人魔王朱粲先生，则希望李密称帝后，能够暂时享受一下纸醉金迷的生活，不再对自己构成威胁，同时，树大招风，隋王朝的镇压大军势必朝发夕至，这样，自己的生存空间岂不就大得多了？

所以，劝你当皇帝的，未必就是什么好人。

就像当年孙权劝曹操称帝,结果,他的用心被老流氓兼大奸臣曹操一眼看穿,这才留下了那句著名的"是儿欲使吾居炉火上耶?"

这小子是想把我架在炉子上烤啊!

李密听了这些劝进的话,一概不许,说:"洛阳还没有拿下,还不到谈论这事儿的时候。"

要说李密,确实是人精,这话说得相当有讲究。

第一,表达了自己现在不想称帝的想法。因为确实不是时候,隋王朝死而未僵,李渊在关中虎视眈眈,坚城洛阳近在咫尺,各股投机势力犬牙交错,情势不明,不能贸然称帝;

第二,对称帝一事并没有一口拒绝。因为他知道,有多少人,包括他手下的这些文臣武将,为什么跟着他出生入死啊?不就想有朝一日看李密登基为帝,他们好做开国元勋吗?这一点,李密门儿清,所以,他不可以"冷了兄弟们的心"。

正月二十二,李密得到了一个他十分不想听到的消息:据守长安的李渊李叔德同志,派他的世子李建成为左翼元帅、秦公李世民为右翼元帅,率精兵十万,来救洛阳。

李密心说,来了,我就知道,迟早有这一天!

然而,紧接着李密又得到一个消息,这个消息就像晴天霹雳一样,不仅让李密呆了半晌,整个大隋朝所有的大人物们,包括暴民领袖、地方实力派,也包括李渊,都呆住了。

这个晴天霹雳来自江都：伟大的、光荣的、正确的国家元首、优秀的最高领导人、久经考验的统治者隋炀帝杨广同志，死了。

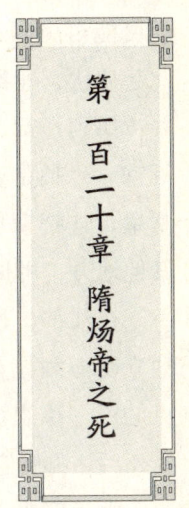

第一百二十章 隋炀帝之死

才子皇帝驾鹤西游，
大隋王朝名存实亡

公元616年七月盛夏，隋炀帝杨广自东都洛阳动身，乘龙舟前往江都。自那时起，他终生再未回到过两京（西京长安、东京洛阳）。

杨广是个闲不住的人，从公元604年害死老爹隋文帝杨坚自己登基，到公元618年自己在江都被害，满打满算在位十四年。这十四年中，他只有两年在两京乖乖待着，其余时间都在四处游逛。

他的游逛范围十分广，西到甘肃张掖（巡视西域风土人情），南到江都，北到榆林（呼和浩特，巡视突厥），东北到辽东城（辽宁省辽阳市）。这种大范围的巡游，在历代的皇帝中，少有人及。

他从洛阳动身第三次南下江都的时候，已经感觉到自己可能再也回不来了。那时全国已经遍地烽烟,民变势力此起彼伏,他到江都,名曰视察,实则避难。

他到江都,住在王世充专门为他修造的行宫内。这座行宫,恐怕是全国行宫之冠,其中有一百多个房间,富丽堂皇,连把奢华当饭吃的杨广看了都惊叹不已,不肯再去其他地方,可见王世充用心之专。

在江都,杨广已经两耳不闻窗外事,捂着耳朵和眼睛猛享受醇酒佳人,至于外面的动荡,只要没听见的、没看见的,一律当没有。用法国前国王路易十五同志的话说:我死后,哪管它洪水滔天。

而杨广更上一层楼:只要江都是安全的,别的地方,哪管它洪水滔天。

行宫里的一百多套房间里,各住着一个美女,一百多套房间,就是一百多个美女,包括杨广从北方带来一部分,王世充又从江南物色了另一部分,环肥燕瘦,有"萝莉",有"熟女",有知性的,有野性的,凡是美女,这里都能找出代表类型。

这些美女,一人一天,轮流招待杨广、萧皇后和他宠爱的几位美女,最常见的情形就是,一百多号美女,个个喝得酩酊大醉,不省人事。看到这一场景,我们一齐发出感叹:这孙子不过了!

杨广自知来日无多,经常在下朝之后,换上便装,没完没了地欣赏宫里的别致景色,看了又看,唯恐再没有机会回来看。

杨广三下江都，在江都住过很久，非常喜欢长江下游一带的吴侬软语，学得一口流利地道的嗲得发腻的当地话，他操着这口地方话对萧后说："外间大有人图侬，然侬不失为长城公，卿不失为沈后，且共乐饮耳！"

杨广还挺乐观，还想做长城公。看来，杨广不仅喜欢陈后主陈叔宝的女人，还羡慕陈叔宝的结局。只是他不知道，陈叔宝作为亡国之君，虽然丢了女人，总是保全了性命，而杨广则是既没保住女人，还丢了老命。

杨广用做长城公和沈后（陈叔宝的皇后沈婺华小姐）的待遇来安慰自己和萧后，但他也自知可能比不了陈后主，经常拿着镜子照，边照边叹："好头颈，谁当斫之！"

上好的头啊，谁来砍啊！

萧后听了这种不吉利的话一愣，惊问其故，杨广故作轻松地说："没什么，贵贱苦乐，更迭为之，亦复何伤？"

杨广不愧是一个大思想家，即使是他最饱含悲痛和绝望的最后时刻，还能说出这种充满辩证哲理的话来，不容小觑。

杨广从洛阳南下的时候，带了数万勇武精卒保卫他的安全，谓之"骁果"，充当他的禁卫军。其实，骁勇从大业九年的时候就开始募集了，"九年春正月丁丑，徵天下兵，募民为"骁果"，集于涿郡"。用来保护他的这些"骁果"，现在却要造反了。

起因只有一个,他们回不了家。这些"骁果"都是关中人,上有老下有小,在江都待了好几年,一个个归心似箭。正在此时,传来一个爆炸性的消息,杨广要迁都丹阳(南京)!迁都丹阳就意味着这些"骁果"们得陪着他们的皇帝永远地留在南方,到时老母亲还在不在人世,孩子跟谁姓都不一定啊!

于是"骁果"们人心惶惶,有想逃走的(既成事实的都被捉回来杀掉了),也有想造反的。后来,杨广也觉得不是这么回事,他觉得,"骁果"们之所以想逃走,是因为没有家,没有温暖,没有归属感。于是,仁慈的皇帝决定,给这些"骁果"们娶妻,娶妻的办法既不需要父母之命和媒妁之言,也不需要自由恋爱,甚至连"非诚勿扰"也不用上,只要找到江都城内的处女或寡妇,就可成就天仙配。

处女这个名词,在隋朝和现代是不一样的,那时的处女,是未嫁的女子,不管你是"小萝莉"还是老太太。

于是江都城翻了天,鸡飞狗跳。这样一来,虽然"骁果"们有了老婆,但还是人心不稳,你想啊,老婆就算有了,孩子还在家没有人管呢,老娘还在家没有人养呢,能待得住吗?

于是大面积逃亡,更为甚者,"骁果"的头儿,已经在密谋造反了!

虎贲郎将司马德戡统领"骁果",部下逃亡越来越多,他愁得头发都白了,与另一虎贲郎将元礼和直阁将军裴虔通商量怎么办:"部下的'骁果'逃亡得越来越多,报告不报告呢?不报告吧,皇上怪罪下来弄不好要掉脑袋;报告皇上吧,有可能先被这些'骁果'砍了!怎么都是死,要不,咱也逃吧?"

于是这些不安分的人结交同党,包括虎牙郎将赵行枢一起密谋逃亡大计。不过,他们的密谋其实不算是密谋,因为他们几乎是在光天化日之下进行的。这个时候,他们周围所有的人,除了逃亡,几乎没有别的什么可谈的。

这个消息当然被隋炀帝杨广知道了,是一个宫女告诉他的。这个宫女先告诉了萧后,萧后指点她:"你告诉皇上去。"

这位有点缺心眼的美女真就把有人叛乱的事跟皇帝说了,皇帝对她的奖赏是把她的尊头砍掉。从此,凡是萧皇后听到宫女们再报告有人谋反,就劝告她们:"天下事弄成这个样子,没人能管得了,报告皇上也没用,如果你们活得不耐烦了,可以再去试试。"

当然,试是不会有人再试,杨广从此耳朵里听到的只是和谐的声音,再没有让他烦的声音。

被司马德戡和裴虔通引为知己的赵行枢和将作大匠宇文智及是好朋友,就把他们的逃亡计划告诉了宇文智及。宇文智及果然不愧叫"智",他一眼就看出了这个逃亡计划的天大漏洞:之前已经有过前车之鉴,凡是逃跑的,均会被追回来,人头落地,全家抄斩。

宇文智及的建议是:"如果逃亡,你们是死路一条。

而现在逃亡的人数以万计,天灭大隋,把这些力量利用起来,岂不是可做大事?"

大家听了宇文智及的建议,鼓掌称善,但万事俱备,只欠一个革命的领路人,大家想破了头,没有想到一个合适的。最后,矬子里拔了个将军,此人按说并非外人,正是宇文智及的老兄、隋炀帝杨广最为信任的老朋友宇文述的儿子、右屯卫将军、许国公宇文化及!

我十分怀疑这些人是存心想陷害宇文化及这个纨绔子弟兼愣头青,不幸的是,在哆哆嗦嗦前思后想了一大阵子后,宇文化及居然答应了!

革命领袖确定,万众归心,这些反贼散布流言,说是隋炀帝杨广要杀尽所有的"骁果",方法是比较仁慈的毒药。大家听了,由惧变恨,更加团结在宇文化及、司马德戡和裴虔通这些反贼首领周围。

这天,寒风瑟瑟,红轮西坠,玉兔东升。而伟大的隋炀帝杨广还不知道,这是他一生当中的最后一个夜晚,他将再看不到明晚的月亮。叛乱的时机完全成熟,叛军已经磨刀霍霍,准备起事。

当晚三更,司马德戡在东城聚集几万人马,燃起火把,与宫内遥相呼应。近十万人马人喊马嘶,江都城大乱。

当时正是凌晨一点左右,杨广被震天的喧哗声惊起,看到外面火光冲天,惊问出了什么事。裴虔通"正好"当晚在皇宫值班(直阁将军正是负责皇宫宿卫的将领),回答说:"草料库失火,已经打了119。"

乱了一夜之后，到天亮时，整个皇宫的守卫部队已经在不知不觉间悄悄换上了宇文化及一党的人马，原来守卫皇宫的禁卫军被全部驱逐出宫，右屯卫将军独孤盛一见不对，立即跳出，大喝道："奇怪，哪里来的军队？"

裴虔通说："情势所迫，我们也是迫不利己，此事与你无关，别激动，别乱动，淡定！"

独孤盛大怒："老贼，你说的是什么话，看我灭贼！"

但独孤盛不是独孤信，他来不及披挂就率几个人投入战斗，很快兵败被杀，做了伟大的昏君隋炀帝的殉葬品。

但这时，对宇文化及这些叛党来说，打进内宫，活捉皇帝杨广，仍然是一件不可能的事情。因为隋炀帝还有最后的一道守卫线：给使。

这些给使数量不多，只有几百人，是精锐中的精锐。杨广对这些人比对亲儿子还要亲，甚至把自己的宫女赐给他们。这些人头脑简单，四肢发达，认为他们之所以生下来就是为保卫皇帝的。

可是，这一天晚上，这些以一当十的给使并没有发挥作用。

因为他们不在宫内。

宇文化及买通了一位宫内的司官（宫中的女管理员）魏小姐，这位美女深受皇帝信任。她给给使们传达了一道假圣旨，让所有勇士们出宫。于是，在宇文化及发动政变的当晚，这些管用的人都不在！

没有给使的守卫，司马德戡带人进入内宫，隋炀帝杨广闻讯，化装潜逃。裴虔通和元礼率军直入，魏小姐打开宫门，叛军直入内宫，挥刀逼问皇帝的下落。一位美女落落大方地出来，遥指杨广藏身的地方（看来这位小姐与杨广有仇），令狐行达拔出刀来，闯入皇帝藏身的地方，准备将他揪出来。

杨广哆里哆嗦出来，问令狐行达："你要杀我？"

令狐行达垂首侍立："不敢，我们想请您西还大兴。"于是"扶"住皇帝，搀他下楼。杨广一边走一边问裴虔通："我没登基之前你就是我的亲信，我视你为老友，为什么你一定要谋反？"

令狐行达恭敬地说："陛下，我们不敢谋反，只是如今将士们归心似箭，我们想请您西返长安。"

杨广高兴地说："是啊是啊，我是准备回长安的，不过因为运粮船还没有到，所以耽搁了，我现在就随你们西返。"

裴虔通不想再与杨广啰唆，派军队把他看管起来。

这时，天已大亮，众人迎接革命领袖进入皇宫。这位被临时拥戴的大人物在马上抖成一团，双手合十，连称罪过，好像他不是去当皇帝而是要拉去砍掉尊头。最后，当他听说政变成功，杨广已经就擒，这才挺起腰杆，变得威风凛凛，一副吃了"万艾可"的样子。

裴虔通看到宇文化及入宫，这才对杨广说："现在文武百官都已经聚集到了大殿上，您必须亲自前去慰劳。"

说毕不由分说牵过一匹马,请杨广上马。

杨广看一看马,摇摇头,不肯上马,裴虔通一看,明白了,这位过惯了锦衣玉食生活的伟人是嫌鞍辔太旧,不由对皇帝顿生敬意:马上命都不保了,还讲究这个,真是有层次有品位啊!

换了马鞍之后,杨广才肯上马。裴虔通一手牵马,一手持刀,带着杨广走了出来。已经归心宇文化及的叛贼们一见皇帝,欢声雷动——他们不是为皇帝欢呼,而是为擒获皇帝欢呼。

宇文化及看到隋炀帝,嘴唇发抖,半天说不出话来。最后,运了半天气,壮了半天胆,叫道:"把他弄出来干啥?还不快做了他?"

于是杨广又被拉回偏殿,他不停叹息:"我犯何罪,以至如此?"

叛军将领马文举说:"陛下背弃祖训,巡游无度,对内骄奢淫逸,对外穷兵黩武,青壮年死于刀箭之下,妇孺尸体遍布沟壑,人民啼饥号寒,权贵充耳不闻,天下苍生不幸,逢此乱世,你还说你没罪?"

杨广叹道:"对于人民,我实在是有罪,但对你们呢?一个个高官厚禄、荣华富贵,我有什么对不起你们的?今天的事,谁是领头的?"

司马德戡说:"如今天下人民恨你入骨,岂止是一两个人!"

这时,来了一个文化人,这个人是隋末唐初有名的大人物封德彝。这位隋唐时期的冯道以其特有的为官之道和为人之道历经两个朝代四朝皇帝而屹立不倒，有兴趣的话可以翻翻史书，学习学习这位情商极高的成功人士的高升秘籍。

封德彝是奉主子宇文化及之命来宣读杨广罪状的，但他还没开口，杨广就发话了："你是读书人，怎么也做这种事？"

封德彝一听，夹着未泯的良心与尾巴，狼狈退下。

其实，从封德彝到冯道直到清朝的"水晶球"大学士马齐以至"拼命做官"的李鸿章，就算他们坏一万倍，良心始终是有一些的。

杨广最喜爱的儿子，年方十二岁的幼子杨杲，封赵王，杨广随时会把他带在身边（雁门之围的时候，杨广被困在城里，没事就抱着杨杲哭，把眼睛都哭肿了）。现在，眼看着一帮赳赳武夫们拿刀动枪，围着老父亲吵吵嚷嚷，吓得大哭。这一哭，哭得裴虔通心烦意乱，挥起一刀，将小孩的人头一刀砍下，鲜血喷了杨广一身。紧接着，就像对杨广动手。

此时的杨广，倒也有点末代皇帝的气度，爱子被杀，他痛则痛矣，但并没有失去方寸和气度。他平静地说："天子自有天子的死法，怎么能够死于刀下？拿我的毒药来！"

杨广早知会有这一天，他随身带着毒药，专门等着末日的到来。可惜，因为换了一身平民衣服，毒药没带着。

但裴虔通和令狐行达他们没有耐心等什么毒药，临死仍然保持了气度的隋炀帝，拿出自己的丝巾，交给令狐行达，令狐行达把丝巾套在这位伟大君主的脖子上，用力勒紧……

公元618年三月十一日，历史上最著名的皇帝之一、最有才华、最有能力、最具传奇色彩、最富有理想和抱负的杰出昏君隋炀帝杨广同志，走完了他一生的道路，属于他的时代，谢幕了！

这一年，他只有五十岁。

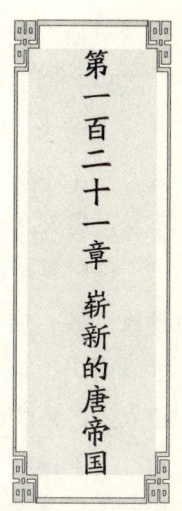

第一百二十一章 崭新的唐帝国

初生的太阳光芒万丈

公元618年三月,隋炀帝杨广在江都被弑,不过,并没有像他以前预计的那样,被人"斫"去他的好头颅,而是被白练勒死,好歹留了个全尸。

新寡的苦命人萧后,和宫女、宦官们拆了床,用木板做了一个棺材,草草把丈夫杨广和儿子杨杲葬在了一个院子里。

萧后确实命苦,虽然贵为公主,但从小就没人疼没人爱,好容易结婚嫁了个好丈夫(其实对萧后来说,杨广也确实算个好丈夫,尽管身边美女如云,但杨广从来都对萧后不离不弃),中年之际,丈夫和幼子被杀,现在,三个儿子中已经死了一对半,除了杨杲,还有就是前太子杨昭同志,另外一个就是我们曾经提到的齐王杨暕。

但杨暕也死了,杨广被弑后,宇文化及这个天杀的对曾经对他恩重如山的杨氏一族采取了灭族的报答方式，杨广之弟、蜀王杨秀一家被杀，齐王杨暕一家被杀，燕王杨倓一家被杀，除了秦王杨浩，其余杨氏宗族，从婴儿到老人，一个不留，斩尽杀绝。凄惨程度比起高洋屠灭元氏、宇文邕屠灭高氏、杨坚屠灭宇文氏来有过之而无不及。

杨坚篡位，屠灭宇文皇族，而宇文化及弑君，又屠灭杨氏全族，这是报应？应该说不是报应，因为宇文化及本姓破野头，与宇文邕沾不上边儿；但也可以说是报应，凡杀人者，必被杀。

秦王杨浩之所以能够在屠刀下苟活，是因为他和政变叛贼的军师宇文智及关系很好，而且，他还有一个庄严的政治使命：做临时的傀儡皇帝。

这里还有一个关于齐王杨暕的插曲，宇文化及派人杀他的时候，他还以为是老爹杨广派的人，一边被往外拖，一边嚎叫："且慢动手，孩儿实不负陛下。"他的人头被一刀剁下的时候，都不知道杀他的人不是他老爹，而是宇文化及。

除了这些皇亲国戚，凡是忠于隋室的大臣这一次一并被杀了个精光。如隋炀帝的宠臣裴蕴、虞世基、梁国公萧钜等，也包括大隋名将来护儿。倒是两位聪明人保全了性命，一个是虞世基的弟弟虞世南，一个是隋朝的民族问题专家裴矩，都活到了唐朝，成为大唐的佐命元勋。

我们没有用过多的篇幅描述虞世南为唐朝作出的杰出贡献，作为跨时代的超级猛人，他也名列凌烟阁二十四功臣。

曾经与高颎、杨素同为大隋贤相的苏威，如今暮气沉沉，被隋炀帝杨广黜退在家，因为不得杨广宠幸，被饶过一命。

在将忠于隋炀帝的大臣一网打尽之后，宇文化及沐猴而冠，像模像样地开始执政。当然，他不敢明目张胆地当皇帝，他立秦王杨浩为帝，继承隋炀帝杨广的衣钵，但继承大隋四分五裂江山、金银财富和如花美眷的，是他宇文化及。

其实，杨浩只是个橡皮图章，帮宇文化及签字、盖章，是个名副其实的挂名国家元首。而宇文化及这种权臣，也确实以他的行为证明了他的身份，部下和他商量军国大事的时候，连话都说不出，生怕露馅儿。

现在，江都已经"平定"了，宇文化及的新生政权，该何去何从呢？

如果宇文化及聪明，他就该待在江都别动，完全继承隋炀帝杨广的地盘、园林和美女，撒着欢地玩儿乐，因为他应该知道，他的日子也没几天了，及时行乐吧！

其实宇文化及也确实是这样做的，但这种花天酒地的日子惹恼了一个人：司马德戡。政变成功之后，司马德戡被立即卸去军权，明升暗降，本来就心怀不满的他，一见宇文化及先生实在是烂泥扶不上墙，十分后悔自己当初的选择，对自己当初的眼光产生了严重怀疑。懊悔之下，决定推翻宇文化及，不想宇文化及抢先动手，将司马德戡一刀杀死。

而司马德戡在被杀之前,曾机敏地侦破过一起谋反案,并杀掉了谋反的主持人沈光和麦孟才。这两个人,都和当年隋炀帝杨广征辽有关,沈光就是第二次远征高句丽时作战勇敢正好被皇帝看到,被立即提升的那个普通一兵;麦孟才是第一次征辽时死在辽阳城下的麦铁杖的儿子。

杀死司马德戡同志之后,宇文化及继续享受。但他还想用自己的糨糊脑子思考点事情,他想来个大动作,这个动作就是,率江都的隋朝残余势力回长安。按说,这并非没有道理,因为他一直是打着"打回老家去,建设新隋朝"的口号蛊惑"骁果"们的,如果在江都待长了,难保这帮大老粗不会闹什么幺蛾子。

三月二十七日,宇文化及命陈棱(就是与杜伏威等江淮盗贼交锋,屡次战胜的将军)镇守江都,亲率十万大军向中原进军。他们的目标是东都洛阳。

其实,尽管在"骁果"们的压力下他宣布回军,实际上,他也知道,回归洛阳之路绝不是一片坦途,洛阳的隋政府(越王杨侗)恨他入骨,因为他杀死了隋炀帝;围攻洛阳的瓦岗军李密不会是他的朋友,因为宇文化及自诩是隋朝的正统;长安的隋政府也不会承认他的合法地位,代王杨侑(即被李渊扶持上台的傀儡皇帝隋恭帝)要找他报杀爷爷之仇,李渊也不会老老实实等他来夺地盘。更不要说遍布各地的暴民军队,这些人,没有一个是好对付的。

综上所述,留在江都花天酒地、吃喝玩乐、混吃等死对宇文化及这等人来说,是一条康庄大道,虽然最后仍免不了脖子上咔嚓一刀。

可他偏偏还是回中原来了。在他十万大军的压力下，镇守黎阳的只有几千人的瓦岗军大将徐世勣为保存实力，弃城而逃，这样，宇文化及就开始了直面李密和洛阳隋军的三巨头生涯，他的到来，使洛阳城下的力量对比顿时发生了翻天覆地的变化。

而此时的李密，前有洛阳坚城内的数万大隋精兵，后有宇文化及的十万江淮精锐，他将何去何从呢？是同时对付两支隋军，还是联合一个打另一个？

就在李密纠结如何应对洛阳城下一前一后两只老虎时，从关中的长安传来一个消息，李渊将只有十三岁的隋恭帝杨侑一脚踢开，自己登上了皇帝的宝座，改国号为唐，李渊就是唐朝第一个皇帝，唐高祖。

从最近的表现来看，李渊同志是一个十分优秀的表演艺术家：

隋炀帝杨广刚刚被杀的时候，李渊为之恸哭："我为大隋忠臣，道路隔绝，不能相救，又怎么敢忘记悲哀！"

三月二十三，长安隋政府拨出十个郡增加李渊的封地，在唐王国中设百官，并加唐王李渊九锡（加九锡就基本意味着这个权臣快要取代皇帝了）。但这一崇高礼仪被大公无私的李渊同志谢绝！

而到了五月十四日，隋恭帝杨侑将帝位禅让给唐王李渊，自己退居藩邸（代王府）。

一周之后，即五月二十日，李渊在首都大兴太极殿登基为帝，是为唐高祖。

不久，李渊任命长子李建成为皇太子，次子李世民为秦王，四子李元吉为齐王。

唐王朝的建立意味着中国封建社会即将迎来其巅峰时刻，中国成为那个时代当之无愧的世界一极，而且是如假包换的超级大国。那时候，欧洲还处在异常黑暗的中世纪，至于美国，那时连影子都没有。

可惜本书的任务是叙述隋亡唐兴，唐朝本身的辉煌却不会涉及太多。

李渊称帝的四天以后，洛阳方面也出现了一个皇帝，这个皇帝，你不能说他不正宗，因为他是被君臣拥戴的，而且，他是根正苗红的皇帝苗裔：隋炀帝杨广的长子长孙、前元德太子杨昭之子、越王杨侗同志。

杨侗即位，是为隋恭帝，年号皇泰，所以我们一般称之为"皇泰主"。

十天前自己的亲弟弟代王杨侑同志刚刚"被逊位"，成就了一个"隋恭帝"，如今这位二哥杨侗又成了隋恭帝。不过，由于杨侗身后是强盛的唐朝，所以，他们只承认杨侗的"隋恭帝"角色，而且，隋朝的历史是唐朝人写的，所以，只能有一个隋恭帝，那就是杨侑。至于杨侗，只好老老实实当他的皇泰主。

所谓没有成事才叫皇泰主，绝对是掩耳盗铃，试问，杨侑成事了吗？为什么他可以被叫作隋恭帝？

不管怎么样，越王杨侗是当皇帝了，他任命了三位顾命大臣：大将段达为纳言（国会议长）、陈国公；王世充也任纳言（国会议长），郑国公；元文都为内史令（全国人大常委会委员长），共同执掌朝政。

王世充之所以能够成为辅政大臣，全凭了他对阵瓦岗军的数次惨败，尽管一次比一次败得惨，但实力和信任却一次比一次增强：他好歹还能和李密这些瓦岗贼寇打上几仗，其他人完全指望不上。

本来王世充带领洛阳守军与瓦岗军李密在洛阳城下打得不可开交，虽然吃了不少败仗，但李密到底也没有把洛阳拿下来。正当这一狼一虎打算一鼓作气把对方吃掉的时候，突然又从江都又来了一只豺，这只豺就是宇文化及。

然后，老虎李密与豺宇文化及在洛阳城下大打出手，洛阳城中的狼王世充冷眼旁观，随时准备冲上去痛打落水狗；其他势力如唐高祖李渊、夏王窦建德、秦帝薛举、湖北萧铣这些大型的猫科动物围观，也随时准备在落败者的身上撕下一块肉来。

面对如此复杂的局势，洛阳方面的顾命大臣元文都同志做出战略决策，联合李密，共同对付宇文化及。

应该说，这是个完全可以理解的决策。因为宇文化及虽然号称是隋臣，奉秦王杨浩为帝，但他缢杀隋炀帝，罪恶滔天，所以无论如何洛阳方面也不会与之联合；而皇泰主杨侗和元文都都没有傻到同时对付李密和宇文化及。

不止是杨侗和元文都这样想，李密也这样想，于是联合顺利达成，昨天还在洛阳城下打得鼻青脸肿的李密和杨侗，今天就联合了。可见，没有永远的朋友，只有永远的利益，此言得之。

李密被洛阳隋政府任命为一品高官：太尉（国家军委主席、中央军委主席）、尚书令（国务院总理）、东南道大行台行军元帅（东南战区司令长官）、魏国公。而且，他被洛阳政府非正式地承诺：打败宇文化及，你就是辅政大臣。

李密听了之后，立即笑逐颜开，带兵两万，去救黎阳。当时的黎阳由瓦岗军大将徐世勣镇守，是宇文化及攻击的重点，徐世勣快要钉不住了。

李密放心地离开洛阳，去打宇文化及，但不料洛阳政府又变卦了。这个变故缘于王世充。

王世充对于元文都不跟他商量就私自怂恿"皇帝"杨侗同志与李密和解十分不满，他大叫："执政大臣把朝廷的官爵拿去跟盗贼李密交易，是何居心？不同意！"

元文都也大怒，怀疑王世充与宇文化及有勾结。

于是，为了联合李密还是联合宇文化及，洛阳城里先打起来了。当两个顾命大臣的意见相左时，第三方的势力就显得十分重要。就像中原大战时候，蒋先生和冯焕章先生+李德邻先生+白健生先生+阎百川先生正打得热闹，突然斜刺里张汉卿先生奋勇冲出，向着后者连踹飞脚，于是，老阎回了山西，老冯上了泰山，老李和老白逃到了香港。

所以，王世充和元文都都把眼光瞄向了另一辅政大臣段达。

这个时候，李密已经和宇文化及开火了。

李密抵达黎阳的时候，黎阳大城已经被宇文化及攻克！原来宇文化及军队的战斗力这么强啊！要知道，镇压黎阳的是瓦岗军首屈一指的大将军徐世勣！

宇文化及是傻子，但不代表他的军队没有战斗力。

当初，隋炀帝杨广带到江都的"骁果"，都是千里挑一的，如果不是他们闹着回家，宇文化及也没有机会发动政变，缢死杨广。这些"骁果"，在宇文化及同志"打回老家去，建设新隋朝"光辉旗帜的指引下，终于来到了离家不远的地方，已经可以遥遥看到快乐老家了！

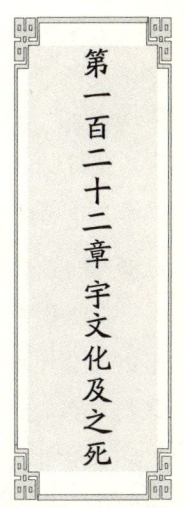

第一百二十二章 宇文化及之死

史上最搞笑的权臣

从江都回来的宇文化及,带劲旅十万,把驻守黎阳的瓦岗军大将徐世勣打得毫无还手之力,徐大将为保存实力,只好弃黎阳城,退守黎阳仓城(黎阳仓的守卫城)。

为救黎阳,李密在与洛阳隋政府达成暂时和解之后,率精兵两万,带瓦岗军猛将裴氏父子、秦叔宝、程知节、罗士信、单雄信、王伯当等,援救徐世勣。这样,宇文化及反而被包围起来,前有黎阳仓城的徐世勣,后有李密的瓦岗大军。

宇文化及有点紧张,想速战速决,但李密不和他打,深沟高垒,而等宇文化及去攻黎阳仓城时,李密就从后面袭击,搞得宇文化及在攻打黎阳仓城时,不得不腾出一只手保护着屁股。

有一次,李密与宇文化及在两军阵前相遇。李密充分发挥了他军事家、谋略家、文学家、雄辩家的才能,把宇文化及骂了一个狗血喷头:"你们家本是匈奴人的奴才,姓破野头,跟主子姓,才改姓宇文。你们几世受皇上的厚恩,不知报效,反而弑君叛乱,诸葛瞻不学,偏学霍禹,如今天下虽大,怎会有你的容身之处?如果早降,让我一刀将你的人头砍下,还可以保全你的家小。"

宇文化及气得口吐白沫,差点以头抢地,想反驳李密几句,又找不出话来,只能大声嚎叫:"你放马过来,我们上阵决斗,为什么净捡我听不懂的说?"

李密对自己左右说:"宇文化及这种傻子,蠢如牛,笨似猪,也想做皇帝梦,看我用一根树枝就打得他找不着北!"

李密恨宇文化及,但更恨宇文化及的老爹宇文述。当年,正是宇文述亲手毁了李密的前程,不只如此,宇文述还将当时的愣头青兼书呆子李密哄得团团转。想到这里,李密焉能不恨?

宇文化及继承隋炀帝杨广的所有家当,实力雄厚,其中攻城野战的大型器械十分齐备,但徐世勣的瓦岗军只想了一个招数就让这些先进设备派不上用场:挖沟。

第一个挖沟是让这些大型的攻城设备近不了黎阳仓城的身,你贴不上身,那这些东西还有个屁用啊!

紧接着,徐世勣又挖了另外一条沟,这条沟直接通到了宇文化及的军营底下,一声呐喊,瓦岗勇士从地里长出,将宇文化及打了个措手不及,这时,李密趁机进攻,大放其火,把宇文化及同志从杨广同志那里继承来的那些先进设备一把火烧了个精光。

宇文化及除了在战场上被李密胖揍一顿之外,还被这位前书生狠狠戏耍了一把。李密知道宇文化及劳师袭远,粮食快吃完了,于是决定与宇文化及讲和。

这一招儿太损了,宇文化及正过着吃了这顿愁下顿的困苦生活,饿得眼睛都绿了,一听李密要和自己讲和,据说还会供应粮食,高兴坏了。下令部下大军,放开肚皮吃,能吃多饱算多饱。这个吃法导致大军在连吃两顿饱饭之后,断炊了。

恰在此时,一个从李密军中叛逃的士卒把李密的毒计告诉了宇文化及:李密并不是真要和您讲和,他是想让你军粮耗尽。

宇文化及听了差点没背过气去,大怒之下,他决定不中李密的奸计。可他的部下们托着沉甸甸的肚子告诉他,已经晚了,咱们已经断粮了!

宇文化及同志听后,暴跳如雷,立即发出将令:趁着刚吃饱,还有劲儿,立即向李密大军发动进攻。弄死这狗日的,晚上到他家去吃饭!

宇文化及恼羞成怒,这是一;宇文化及草包,但他的军队无不以一当十,这是二;刚吃饱了肚子,这是三。所以,宇文化及军队的战斗力在这个时候到达了顶峰,大军像火星一样,朝着李密的童山大营撞了过去。

这场大战,打得地动山摇,从上午七点,一直打到下午七点，整整十二个小时，宇文化及的铁军将李密的瓦岗军冲得七零八落，就连主帅李密都被一箭射中，栽下马来，人事不省，而他的侍从，早已经被杀散，只剩李密孤家寡人了。

这个时候，不要说敌人一拥而上将李密乱刃分尸，就是人踩马踏也把李密直接踩成优质肉馅。就在这一历史有可能改写的关键时刻，一位顶天立地的大英雄出现了。

此人先是以一己之力将敌人逼退，他挥舞长槊，在万马军中如入无人之境，槊扎一条线，槊扫一大片（这是跟评书学的，不过能扎能砍能劈能刺，这是槊的特点）；之后将李密救了起来。

这位大英雄，就是无论在小说演义中，还是正经史书中，都威震四海的秦叔宝。

李密也不是个善茬儿，苏醒之后，立即会同秦叔宝，率部反击。

狭路相逢，勇者胜；成功，只属于那些能多坚持一步的人。

终于，战场上的局势逆转了，宇文化及兵败如山倒，李密挥师奋进，将宇文化及打得抱头鼠窜。

这一战，宇文化及基本丧失了战斗能力，虽然还在苟延残喘，但已经没有几天可蹦跶了。更为重要的是，宇文化及这十万大军，属于流动作战，没有根据地，没有粮食供应，没有大后方，一旦粮食吃光，就立即成了乌合之众。

宇文化及每天愁得直哭，直埋怨弟弟宇文智及给自己出主意谋反，结果把自己架在了火上。

宇文化及治下的各势力，争相投奔李密。其中包括大隋朝三位名相之一的苏威，但现在的苏威，已经完全没有当初意气风发进行改革的锐气和朝气，反而对李密低三下四，看到他，李密就明白了，他的生命还没有结束，但他的政治生命已经死去了。

除了苏威，还有个年轻后生也投奔了李密。此人名叫许敬宗，是随隋炀帝杨广在江都遇害的大忠臣许善心的儿子。这位许敬宗，日后投奔李世民，成为赫赫有名的唐太宗文学馆十八学士之一；不仅如此，还成为大唐高宗的宰相，唯一女皇帝武则天同志的亲信。

宇文化及在军事上一败涂地，在政治上众叛亲离，现在是要什么没什么，带着剩下的两万人马逃到了魏县（河北大名），关起门来不是喝酒，就是骂弟弟宇文智及。当他意识到自己的末日行将来临的时候，做了一件事情以证明他在临死前也可以潇洒走一回。

宇文化及决定称帝！

像李渊、薛举、萧铣等人，都是势力膨胀后，野心也跟着膨胀，才悍然登基为帝的。他宇文化及算什么，手里只剩两万人马，占据一个小小的魏县，也敢称帝！傻子用傻子行为诠释他是傻子。

于是，宇文化及毒死名义上的国家元首、前秦王杨浩，自立为帝，国号为许，改元天寿。这是毫无创意的一招，因为他和他老爹宇文述之前被封许国公。杨坚之前是随公,所以称帝后建立隋朝;李渊之前是唐公,称帝后建立唐朝;那以后皇帝分封这些诸侯的时候要小心点,说不定这一封就定了人家以后的国号呢!

宇文化及称帝,屁股在皇帝的椅子上还没坐热呢,"首都"魏县就丢了,攻占许国首都的是唐军,宇文化及是强弩之末,不敢与之争衡,狼狈逃到山东,占据聊城。要说宇文化及还真有号召力,他以穷途末路来到聊城,居然也吸引了一位大英雄前来投奔。

这个人是王薄,就是天下暴民中第一个举起反隋大旗,并成功创作励志歌曲《无向辽东浪死歌》的那位王铁匠。

有了王薄的加盟,宇文化及打起精神,准备与唐军过几招儿。

但唐军没有给他这个机会,因为他们退兵了。唐军退兵,原因不是不想吃宇文化及这块上好的红烧肉,而是来了一位更猛的人。

这位猛人是真猛,唐军一见他的十万大军,就识相地退缩了。

这个人,就是河北暴民领袖、著名的道德完人窦建德。

说窦建德是道德完人,并不夸张,他不残忍好杀,他作风严谨,他艰苦朴素,他尊老爱幼……总之,如果不是后来他在军事上最终失败,也许会当一个比李渊还好的皇帝。

现在的窦建德,士气高昂,兵精粮足,连新兴的大唐朝都不敢与之争锋,何况穷途末路的宇文化及!大英雄王薄再次改换门庭,偷偷打开城门,把聊城送给了窦建德,附带着，还把大许朝的皇帝和王公亲贵一同奉上。

原本是反隋英雄的窦建德，一见到隋炀帝杨广的遗孀萧后（萧后和杨广皇宫的美女们，在杨广被弑后，一直作为宇文化及的继承对象，不管转战到哪里，不管情况多么困难，没有被抛弃。这种不离不弃的行为，充分体现了宇文化及的骑士精神和尊重妇女的高贵品质），立即实现了角色转换，速度之快令人瞠目结舌。窦建德以臣礼参见萧后，随后令全军缟素，为隋炀帝杨广发丧。

接下来，他要处置反贼宇文化及了。

窦建德以大隋忠臣的身份，将宇文化及装入囚车，押赴刑场，一声枪响，大快人心。随着宇文化及共同踏上黄泉路的，还有他的两个儿子宇文承基和宇文承趾（请注意，没有天宝大将宇文成都，他和李元霸一样，都是虚构的大英雄）。当然，这爷仨走得并不孤独，好些位当日一同建立许朝大业的有志之士被同日问斩，缥缈的帝王梦随着这些孤魂野鬼一同星散。

这位历史上首屈一指的傻子皇帝，满打满算在龙椅上也不过坐了半年，天寿的年号成为笑柄。

宇文化及缢杀隋炀帝，但他没有想到，自己的下场，比隋炀帝还不如。

隋炀帝死后，好歹有萧后把他和爱子赵王杨杲的遗体草草掩埋了一下，后来，被宇文化及任命为江都父母官的陈棱，又重新把这位先皇帝入土为安，他费了大力气拼凑了皇帝葬礼专门的仪仗和设备，将杨广"风光大葬"。杨广最终葬身之所是在江都西郊吴公台（具体位置在现在扬州西北郊）。

而他宇文化及，作为反贼、逆臣、弑君者，是真的死无葬身之地，他被杀后，他的头颅被送到了突厥。突厥跟宇文化及没关系，但突厥国家元首兼政府首脑兼武装部队总司令始毕可汗的可贺敦义成公主，则与宇文化及有着刻骨的仇恨，因为义成公主姓杨，是隋炀帝杨广的堂妹。

宇文化及的人头，被悬挂在突厥王庭，这下，连尸体带名声，全臭了，这一臭就是一千四百多年。宇文化及有句"名言"：人生故当死，岂不一日为帝乎！

这句话说得还算是有气势，相当于"王侯将相，宁有种乎"！

跟随着宇文化及的人头一起远赴突厥的，还有隋炀帝杨广老婆萧后。她的小姑子义成公主很惦记她，决定带她远离遍地烽烟的中原，到突厥过几天舒心日子。从此，萧后开始了她为期十二年的突厥生涯，直至后来唐朝大将李勣（就是徐世勣）北伐突厥，杀义成公主，接回了萧后。萧后这才回到故土，受到了当时的皇帝唐太宗李世民的热烈欢迎。十七年后，萧后去世，享年约为八十二岁。

至于那些归心似箭的"骁果"，现在也剩不了几个了，到底是窦建德仁慈，给他们发放了回家路费，将他们遣散回家了。

宇文化及和他的帝王大业消散，真是几家欢乐几家愁。窦建德吞并宇文化及的部众及其从江都带回来的物资财富，使他实力大增，兵士个个吃得脑满肠肥；李密与宇文化及的硬碰硬虽然以自己的胜利告终，但损失极大，属于"惨胜"；洛阳方面坐山观虎斗，看到宇文化及与李密两败俱伤，捂嘴偷笑。

接下来，一场大战已经无法避免，在复杂的三角战中保存了实力的洛阳王世充与刚刚战胜宇文化及而风头正盛的瓦岗军李密，从盟友又做回敌人，再次走向战场。

公元618年秋九月，李密与王世充双方在洛阳城外的邙山摆开阵势，大战一触即发。

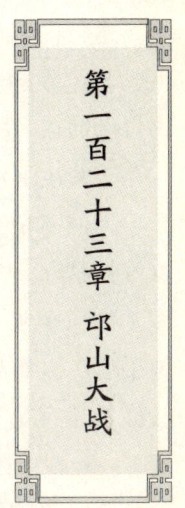

第一百二十三章 邙山大战

李密棋失一着,
一失足成千古恨

邙山大战拉开大幕,对阵双方的王世充已经不是原来的王世充,李密也不再是原来的李密。

目前王世充,已经完全取得了洛阳的控制权,与他不和的顾命大臣之一的元文都被他从皇泰主杨侗的身边生生拉走,一刀两断,另一顾命大臣段达则完全站在了王世充这边。取得了内部绝对权力的王世充,已经成为实际上的洛阳之主,年仅十五岁的皇泰主杨侗则成为了名副其实的象征性的国家元首。

李密也不一样了,成功摆平翟让一党、多次击败王世充、硬碰硬战胜宇文化及,已经让曾经雄才大略的李密变得迟钝和平庸了。

投奔李密的人海了去了,但越是后投奔的,赏赐越多，这种内部不公平造成李密阵营一片不和谐的声音。徐世勣曾经提醒过李密，但李密反觉得徐世勣碍眼，想赶他离自己远点，所以才派他去守黎阳。

李密攻下洛口仓之后，开仓放粮，但他显然没有把这个重大的事情当成一个项目来做，没有人牵头，没有人负责维护秩序，没有标准（谁可以来领，领多少），没有程序（如何来领），没有跟踪（这些粮食是否都到了穷苦百姓手里）。结果，大家一哄而入，能搬多少算多少，也不管你是达官亲贵还是王侯将相，只要来，就可以搬粮食；搬多少也没有限制，搬到哪去也没有限制。

最后的结果是，贪婪者、强梁者放开了搬，家里的粮仓堆积如山，而那些真正需要粮食的老弱病残却没有多少实惠。有些人搬着搬着搬不动了，就随便把粮食扔在路边，在搬运过程中漏下的粮食，没有人珍惜，都随便堆在了道边。以至于在洛水两岸，稻米像白沙一样到处都是，甚至有的地方厚达数寸。

这个景象现在想起来都令人肝儿颤，这些粮食在饥荒的时候能够救多少人的命啊，就这样被他们糟蹋了！浪费粮食是要遭天谴的，敢情这粮食不是他们种的啊，这是真正的"崽卖爷田不心疼"！

李密由一个农民起义的山大王，彻底蜕变成了封建割据势力的领袖。他热衷权势，远离人民，头脑发热，利令智昏。现在他和王世充的对垒，已经无所谓谁正义谁邪恶了。

李密在邙山摆下大阵，但连他都不曾意识到，瓦岗军现在已经是强弩之末。七月份的童山大战，已经极大消耗了瓦岗军的有生力量，超过一半的精兵战死沙场，良马的损失也在一半以上。

对王世充来说，这是最后的尝试了，如果这次仍然不能得手，那洛阳就活该守不住。

他精心挑选了两万士卒，准备主动挑战，向李密发起最后一击，或成功，或成仁。

就在他紧锣密鼓准备发动进攻的时候，有一个禁卫军士兵叫张永通，对王世充说："昨天晚上我梦到姬旦了。"

王世充心里正烦，本想呵斥他两句，梦到"鸡蛋""鸭蛋"跟我有什么相关！但他心里一动，与张永通策划了一个心理暗示项目：伟大的周朝执政者周公姬旦同志，接连三次给普通一兵张永通同志降梦，要洛阳守军主动出击瓦岗军，他会保佑洛阳取胜。如果不听他的，会降灾祸于洛阳城。

王世充给周公姬旦盖了一座庙，以示尊敬。又找了个神汉，大跳其大神儿。最终神汉告诉大家，姬旦要王世充立即发动对李密的攻击，否则，洛阳会有瘟疫降临。

大家一听都怕了，有姬旦同志的光辉指引，肯定能取胜！于是，原来低迷的士气被姬旦一激，突然高昂起来。

心理作用的力量是无穷的，有时候，封建迷信也不是完全一无是处。

做好了心理上的铺垫，王世充率两万大军出城，进抵偃师，在运河南岸扎营，与瓦岗军李密隔河对峙。

李密召开军事会议，商议对付王世充的办法。老将裴仁基率先发言："王世充倾巢而出，城内必然空虚，我们可派兵守其险阻，让他无法进兵，同时我们派精锐三万，沿洛水西上，逼近洛阳，迫使他回救。这样反复进逼，使敌人疲于奔命，一定可以将其一举击破。"

李密高度评价了裴仁基的作战方案，同时强调了自己的看法："敌人战力强大，武器精良，决心攻入我们内部，而且为夺粮而战，锐气正盛。我们应该深沟高垒，消磨敌人锐气，到时，让他战不能战，退不能退，不出十天，王世充的人头一定自动送入我们大营。"

应该说，李密的策略和裴仁基的基本一致，都是避其锋芒，打消耗战，充分调动敌人，最终打垮敌人。这不是什么高难度的策略，因为凡是有点脑子的人都这样想。

但偏在这时，有一个人跳将出来，表示反对。

这个人是单雄信。单雄信之所以跳出来，是因为他没有脑子。

单雄信主张进攻，他的主张是，我军连战连胜，王世充已经被我们吓破胆，现在我们军力超过敌人好几倍。江淮间新归附我们的勇士，都憋足了劲儿要打个大仗，我们应该趁热打铁，一劳永逸地解决王世充。

下面群情激愤，大呼小叫，都支持单雄信的意见，请李密下令，即将向王世充发动进攻。

听了这些人的吵吵，李密决定发扬民主精神，顺应大家的意见,于是,他改变主意了,准备进攻。

贸然进攻的结果是,瓦岗军没有一劳永逸地解决王世充,反而一劳永逸地把自己解决了。

裴仁基满腔愤怒,咆哮着表示了他对李密的祝福:"你就等着后悔吧!"

有一个人也赞成裴仁基的意见,他说:"魏公上次与宇文化及作战,虽然战胜,但损失极大,活着的士卒也士气低落,在这两个问题没有解决之前,是不能发动进攻的。王世充军队粮食缺乏,想拼死一战,我们只有深沟高垒,让敌人粮尽退兵,再发动猛攻,王世充必可授首。"

这番闪烁着真理光芒的话出自一位地位一般的作战参谋,他的名字叫魏征。

但李密主意已定,于是不理这个人的正确意见,率军向死亡境地奋勇冲去。

这一次,真理掌握在了少数人的手里,却断送了多数人的命。

李密的分兵是这样的,由程知节随自己率内翼骑兵在邙山扎营,单雄信率外翼骑兵在偃师扎营。营寨刚刚立好,王世充就派一股精锐部队发动了猛攻,李密派程知节、裴行俨援助单雄信。

裴行俨一马当先,奋勇冲入敌阵,但不幸被一支流矢射中,翻身落马,不省人事。敌人嗥叫着冲上前来,想割裴行俨的人头,关键时刻,程知节在马上大喝一声,持长槊连劈带挑,送了冲在前面的敌兵身上几个大窟窿。在敌人稍稍后退的一瞬间，程知节将裴行俨抱上马来，他一手抱着裴行俨，一手挥舞长槊，与敌人厮杀在一处。

一名精悍的敌人骑兵趁程知节不备，猛然一矛将程知节的铠甲刺穿，长矛从程知节的腹腔穿过，程知节大喝一声，猛然转过脸来，这一声大喝，如霹雷震响，敌人一愣，程知节奋全身气力，猛叫一声，生生将敌人的槊杆挑断，顺手一槊，将敌人直接钉死在马上，再补一刀，将敌人的人头砍下！

一连串的动作不让李连杰和甄子丹，敌人都看傻了，再也不敢靠近程知节和裴行俨，他们才得以从容离开战场。

双方一番混战，从白天打到天黑，各自回营。李密手下众多大将都挂了彩。但李密毫不紧张，只是吩咐大家好好休息，养好伤口，"化悲痛为饭量"，早日康复，早日上阵杀敌。

李密淡定得有理。上次童山之战对阵宇文化及，也是在战局不利的情况下反败为胜，他坚信，这一次，也一定是这样，况且，这次自己的实力远在王世充之上。白天的这些小小挫折算什么！

李密瞧不起王世充，我们也无话可说，谁让王世充之前被李密胖揍过好几次呢！但是，你可以从战略上藐视敌人，但战术上一定要重视，如果你连战术上也藐视人家，那就等于是送头给人家砍。

李密就是这样，所以他的大营入夜之后，不设壁垒，不设防卫，所有人都在营里面睡大觉。

王世充不敢相信自己的眼睛,他偷偷率一支精锐小分队,趁着茫茫夜色,潜伏在了邙山的山谷之中——这一招,李密之前是经常用的!

天亮之后,两军再次一场混战!这一战,王世充派的是他从江淮带来的最精锐的部队,瞬时间就将瓦岗军冲了个七零八落。

江淮军队的战力不可小觑,这倒不是说隋朝江淮的军队有多剽悍,而是王世充的江淮军队是隋炀帝杨广给他的,那并不是江淮的兵源,而是来自关中的"骁果"。这批人,和宇文化及从江都带回来的是同一批人。

李密一见自己的军队乱了,并不着急,因为他手里还有禁卫军没有派上用场呢!但正在这个时候,只听王世充大军一阵欢呼,"李密捉到了,李密捉到了!"紧接着人喊马嘶,瓦岗军一听自己的头儿被人家抓住了,那还打什么劲儿啊,转头就跑,顿时,瓦岗军兵败如山倒,溃不成军。

李密蒙了,心想我在这儿好好站着呢,怎么成被你们捉到了?但远远眺望,只见王世充大军中,遥遥是有一个人,被绑在马背上,个子不高,面色黢黑,不是自己是谁!

李密差点没背过气去,好你王世充啊,竟然弄了个假李密糊弄我们!他想高喊:"打假!真李密在这儿呢!"可没有听他的呀!

正在李密慌了手脚的时候,从邙山背后冲出一支人马来,在瓦岗军垂死的躯体上重重地砍了一刀!这支军队就是昨夜王世充偷偷埋伏地邙山山涧里的小分队。

这支小分队的出现,基本宣告了李密的翻盘希望,他现在能做的只有一件事:像理想一样,有多远逃多远。

李密的十万大军全盘崩溃,他只带着不到一万人逃到洛口仓。

李密逃走之后,大营陷落,大将裴仁基,文胆祖君彦落入了王世充之手。

李密在洛口,汇集残兵败将,只有不到一万人,李密沉静的脸上看不到表情,只是淡淡表示:"我们还有机会!"

李密确实有机会,有翻盘的机会,这个机会很快就来了!

王世充准备充分发扬痛打落水狗精神,听说李密逃到洛口仓了,立即也马不停蹄赶了过来。

这就是李密一直在等的机会,他的打算是,等王世充赶来洛口仓,渡洛水的时候,给他来个渡半而击之。李密很老辣,知道这是将王世充打翻在地的最后一次机会,所以,他不动声色地等着王世充渡河的消息。

李密等啊等啊,终于消息来了,但不是王世充渡河,而是王世充军队已经全部渡过洛水,马上就到眼前了!

李密眼前一黑,叹了一口气,心想天绝我也!命人抵抗,但已经无法组织了,大军崩溃,军无战心,还怎么打呀!

其实,李密的打算本没有问题,但倒霉就倒霉在他的侦察兵身上,他这些侦察兵不知道干什么去了,王世充渡河的消息居然他们一点都不知道,等看到王世充的大军时,人家已经到了李密眼皮底下了!

到现在,李密的一切老本都已经赔光,他举目四望,无计可施。正在这时,一个毁灭性的打击使他的帝王大业彻底化为了泡影,他派去驻守偃师的大将单雄信拥兵自重,不肯听他号令,宣布独立!

李密平静地听完了这个消息,之后说了句:"走吧。"然后朝黎阳的方向撒马而去,他几乎是孤身前去的,因为他的身边,只有少数几个亲兵。

李密一走,单雄信就投靠了王世充。

李密走在半路上,有人和他说:"我们现在去投黎阳,您要知道,黎阳是徐世勣镇守。去年杀翟让的时候,因为他是翟让的人,脖子上被砍一刀,差点被砍死。现在去投他,您知道他做出什么事来?另一个翟让的人的表现您已经看到了。再说,他和您的矛盾前两天还爆发过,所以您才派他守黎阳啊!"

另一个翟让的人,是指单雄信,李密一败,他立即降王世充,翻脸比翻书还快。

李密一听,后背开始冒凉气,不敢再投徐世勣,于是率领手下这几个败兵,直奔河阳。

现在,河阳在瓦岗大将王伯当的手里,他本来镇守金墉城,李密洛阳惨败之后,他知道金墉城也守不住了,干脆弃城来到河阳。

两人在河阳汇合,李密还打算聚集人马,东山再起,大家都跪下来说:"现在已经打不动啦,大军刚刚惨败,人心思变,要是在这里待两天,人就都跑光了。"

这下李密"hold不住"了，拔出剑来，准备自杀以谢大家，被大家抱住，夺下剑来。李密与王伯当抱头痛哭，大家纷纷落泪。

没想到，席卷天下的瓦岗军，短短一两天的时间，就因为李密的大意和骄傲，被狡猾的王世充钻了空子，一失足成千古恨。不仅李密个人从此跌入万劫不复的深渊，连带着瓦岗军好几年辛辛苦苦、流血流汗创建的基业，也毁于一旦。

李密跟大家商量的结果，是西向投唐。

这个决定是基于以下几个原因做出的：

第一，李渊能成大器；

第二，李渊仁义；

第三，李渊现在正需要人才；

第四，李渊和李密都姓李，是本家，祖上还都是关陇军事贵族（门阀）的核心家族；

第五，李密在洛阳与隋军缠斗，牵制住了大量隋军的有生力量、李渊才得以顺利取下长安，建都称帝；

第六，其他。

根据这一战略思想的引导，李密收集残兵败将，短时间内聚集了两三万人，向西投奔了刚刚建制称帝的李渊。

李密在邙山大战中的惨败，一举改变了中原战局：曾经叱咤风云、呼风唤雨的瓦岗军就此在历史上失去足迹，灰飞烟灭；王世充挟此大胜，收罗李密残部，从此称霸中原；此外，西有薛举、李轨，南有萧铣，北有罗艺，东有窦建德和刘黑闼，天下大势，仍是一大锅粥。

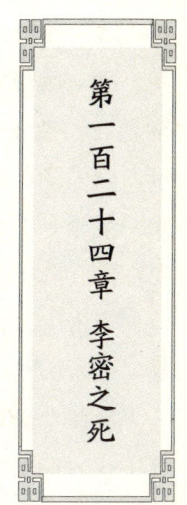

第一百二十四章 李密之死

虎落平阳，
英雄末路

李密在洛阳城下，被王世充连锅端，瓦岗军的一世英名就此毁于一旦。李密无路可走，觉得李渊是个值得依赖的人，于是与王伯当等率残兵败将西投李渊。

李渊听说这个消息，非常高兴，这不是一个一般的归顺，也不完全意味着得到多少器械、多少军马、多少粮草，更重要的是李密归附带来的人心。要知道，李密当年也曾经威震中原，连李渊都得好言好语巴结他。就像当年的曹操，明知道刘备世之枭雄，也还得客客气气假装尊重人才，这是做给天下的人看的。李渊也这样想，况且，李密现在是一只拔了牙的老虎，已经无法撼动李渊的根基了。

为表示对李密的欢迎和求贤若渴，李渊派来迎接他的使者一拨又一拨，前后相继，后面的都可以看到前面的项背，这个急呀，生怕李密来得晚了。

这一热情举动使李密十分高兴，感觉倍儿有面子。他得意洋洋对王伯当说："我曾有百万大军，如今一旦解甲，归顺朝廷（唐朝），山东各州，只要知道我在这里，我一纸号令，就可前来投降，这个功劳，封个宰相不过分吧？"

李密于公元618年九月十三日被王世充击败，十月八日，进入长安，正式归附唐高祖李渊。

李渊十分高兴，拉着李密的手，称兄道弟。不过，热情不代表能给李密当宰相，李密得到的职位，是光禄勋、上柱国、邢国公。李密听了，有点不敢相信自己的耳朵，自己这么大的功劳，这么大的影响，投靠你算是给你面子了，才给这么一个芝麻官！

光禄勋即之前的光禄卿，是掌管宫廷内部杂务的官员，可以理解为大内总管（不是太监）；上柱国简单理解为帝国元帅（荣誉头衔，不意味着同时兼任中央军委副主席），至于封爵邢国公，则完全与权力无关。

这还不算，李密所带的这些部下，自到长安以后，人家的供应和礼节越来越差，甚至有时候连饭都不给吃饱。很简单，你末路来投的，能收留你就不错了，还指望捧在手心里当宝贝，没门儿！

李密每天在郁闷中度日，自己不但被瞧不起，还有不少的唐朝官员，趁机向李密索要贿赂，以为他之前是诸侯之首，一定有不少的灰色收入，都想在他身上榨点油水。李密心里有苦说不出,但又不能表现出来,别提多难受了。

不过,李渊对他还不错,每次见面都称他为"兄弟",热情寒暄,问长问短,还把表妹独孤小姐嫁给他。这位独孤小姐,就是李渊老妈的外甥女,而李渊的外公(姥爷),就是大名鼎鼎的西魏八柱国之一的大帅哥独孤信。

按说老婆也有了,官职也有了,军衔也有了,爵位也有了,你就消停一点,老老实实跟着李渊干吧。职位也算不错了,新老婆独孤小姐既是独孤信之后,不说花容月貌至少也是个大家闺秀啊,总比他的前夫人、王秀才的女儿强多了吧?但李密不这样想,这心理落差也太大了。

李密的失落,裴老板在《断密涧》里有十分精彩的演绎:在瓦岗多侥幸,称孤道寡亚赛过朝廷。到如今屈膝来归顺,时衰运败跪其人;罢、罢、罢,暂记着孤的心头恨,叮咛言语我记在孤心……

李密归降唐朝之后,中原地区原属李密的部属,争先恐后都投降了王世充——这也不能怪这些墙头草们,因为他们的使命就是谁强跟谁,乱世里,这样的人多了去了。但只有一个人,至今不降。

这个人是徐世勣,他还坚守在他的岗位上。上次自从和李密有过一些分歧之后,就被李密安排去守黎阳。

唐高祖李渊欣赏徐世勣的为人和胆略,派了一个随李密投降过来的人去劝降徐世勣。此人人微言轻,但不管是当初的李密,还是现在的李渊,都一眼就看出,这个人有着非同一般的眼光和政治洞察力。李渊相信他能说服徐世勣来降。

被李渊看中的这个人，就是目前仍是一个普通作战参谋的魏征，只是在去往黎阳劝降徐世勣前，才被李渊任命为秘书丞（国家图书馆馆长）。

徐世勣见到了魏征，看了李渊写来的劝降信，思考之后决定投降，但他说了一番话，这番话表明他和同属翟让旧人的单雄信不是一个层次的人。

"黎阳军民，都是魏公李密的。我现在就直接投降唐朝，那等于是利用魏公失败的机会，出卖他的土地和人民以换取个人荣华富贵，这是可耻的行径！我现在要做的，就是开列黎阳所属各地的户籍、人口、军队、财物等，呈报给魏公，由他自己呈献。"

李渊一开始听说徐世勣只肯降李密，不降唐朝，十分奇怪，等了解内情之后，大为感叹："徐世勣不忘旧恩，不贪新功，真忠臣也！"

于是派人会同徐世勣，共同谋划攻取虎牢关，这一决定说明，李渊已经完全把徐世勣看成了自己人，而且委以重任。另外一件事情更能说明李渊把徐世勣看成自己人，因为他决定赐徐世勣姓"李"。

这是又一个南北朝乱世和隋唐之际改姓的人，从此，徐世勣改名李世勣，当然，这并不是他最后一次改名字（后来，李世民登基为帝，为避讳，李世勣再次改名，把"世"字去掉，成了李勣）。

李密听了李世勣的故事，十分感慨，当初自己兵败洛阳,曾经一度想去黎阳去投李世勣,但人家劝他:"徐世勣与单雄信同为翟让旧部,去年我们杀翟让,他能不恨吗?而且他自己也被我们在脖子上砍了一刀。现在单雄信拥兵自重,不听调遣,谁能保证徐世勣不是又一个单雄信?"

李密听了害怕,才打消去黎阳汇合徐世勣的念头,到河阳叫上王伯当,这才一同投唐。

联想到自己在关键时刻对李世勣的不信任,李密脸上直发烫。

李密在长安过得十分郁闷,他开始后悔不该来投李渊,他无时无刻不想着逃出樊笼。这一境遇,与三国时期在许都种菜的刘备差不多。

这时,发生了一件事,这件事促使李密下决心离开李渊,再次投身到打家劫舍的时代洪流当中。

这件事跟他的职责有关,他是光禄勋,主要的工作任务之一就是操持宫廷宴会,而在宴会上,他要向当朝皇上跪献酒食。这对曾经威风八面的诸侯之首李密来说,完全不可以接受!向一个曾经给自己写信、百般讨好的人下跪,亏他们想得出。

但事实是,这件事不仅他们想得出,而且还做得出。

可以想见,李密本来就黑的脸庞,这下变得可以与猪肝媲美了。

出宫之后,李密找到王伯当,商议对策。

王伯当跟李密降唐之后,被封为左武卫大将军,这个官职虽然十分显赫,但王伯当不是李渊的人,不会被重用,因此,他和李密的感觉一样,既失望又郁闷。

两个失意人互倒苦水,商量以后的动向之后,一拍即合,决定离开李渊,另谋高就。

李密第二天去见李渊,说:"山东各地都是我从前的部属,我愿前去招抚,这样的话,天下可定,而王世充可擒。"

李渊听了大喜,不顾百官的劝阻,立即派李密东行。百官之所以劝阻李渊,是因为他们了解李密的本性,而李渊之所以放行李密,也是因为了解李密的本性。同为老谋深算,李渊比李密显然更老辣些。

十二月一日,李密正式启程前往山东(并非现在的山东省,而是指崤山以东的大片土地),临行,李渊特地宴请李密和他的助手贾闰甫,李渊拉着二人的手,三人一起坐在御座之上,李渊双目泪光闪烁,说:"来,让我们共饮这杯酒,喝了之后,三人同一心。你们此去,好自为之,不要让我失望。确实,有人怀疑你李密,有人中伤你李密,但我一片赤诚对你,老弟,任何人也无法挑拨我们之间的相互信任。"

李密和贾闰甫以头抢地,誓死报答李渊。之后,两人及王伯当率领李密之前的部属出城东行。

然而,十天之后,大约是十二月十二日(即张学良和杨虎城发动西安事变的日子),那时李密他们正走在路上,已近弘农,李渊突然下旨,要李密的部属继续东进,而宣李密回朝，另有要事委任。

李密找贾闰甫商量："看来李渊已经在怀疑我们了，不如反了吧。"

贾闰甫还记着李渊临行前的表演，中毒太深，不肯同意，劝说李密："皇帝对你十分优厚，而李渊这两个字，正符合谶语里说的，是天意，您既已投降，就不应再生二心。况且，如果我们反叛，朝廷大军朝发夕至，如果抵御？如果怕别人说闲话，那最好的办法说是向皇上尽忠。"

李密大怒，拔刀要杀贾闰甫，被王伯当等人苦苦劝住。王伯当也劝李密，现在不是时候，先观察一下时局如何。李密不肯。

李密确实已经不是当初的李密，他从一个深谋远虑、雄才大略的大英雄堕落成一个目光如豆的世俗凡人，不过用了两个月时间。也许，他本是凡夫俗子，只不过，是王世充把他还原了而已。

李密不听贾闰甫和王伯当的话，决定造反，贾闰甫逃亡，王伯当流着泪说："您既决心已定，我尽管不同意，也不敢离您而去，我们就死在一起吧，只怕我的死对您也没什么帮助。"

李密既下决心，就斩了李渊的来使，表示与唐王朝的决裂（实际上，唐朝还真没亏待李密，从头到尾，都是李密对不起唐朝，这个结果，就是李渊要的）。

李密突袭桃林县，算是有了一块小小的根据地，接下来，他的计划是这样的：先是飞檄传书，号令昔日的部下共同起事，说是要取洛阳，而自己率部属东进，去投自己的旧部、襄城的张善相。

这时，唐王朝已经回过味儿来，意识到李密真反了，老流氓李渊作痛苦万分状，令右翊卫将军史万宝带领行军总管盛彦师组成第一路讨逆军。

盛彦师对史万宝说："请给我数千人马，看我砍下李密的人头。"

史万宝道："李密悍匪，传檄旧部，几天之内就能集结百万之众，你这么有把握？"

盛彦师不肯明说："兵者，诡道也，先不告诉您。"

于是命令自己的部属，离开大路，在山涧中埋伏下数行精兵。史万宝看了差点晕过去："李密要去洛阳，你不在大路上设伏，却把军队埋伏在山涧里，你旅游呢？"

盛彦师笑道："李密狡诈，他说去取洛阳，是声东击西之计，他真正的意图是到襄城去投张善相。要去襄城，这里是最近的道路，李密欺我们不知兵，此处必不设防，我们偏偏在此布下重兵，等他钻入口袋。如果李密先入山涧，里面山高林密，地形复杂，真打起来，我们占不了便宜。所以，我们先入山涧，此战必擒李密。"

盛彦师布下口袋阵，专等李密上钩。李密还真配合，他的行动和盛彦师想象得一模一样。等李密的部队已经进入了山涧，盛彦师突然发动攻击，一下子将李密的人马斩为两段，李密根本没有想到此处有埋伏，阵脚大乱，首尾不能相顾。

就这样,隋末暴民中的第一领袖、魏国公李密死于乱军之中,与他同死的,还有侠肝义胆的王伯当。

李密的死,仿佛三国中的关羽,一世英雄,死于无名之辈手中(李密和王伯当的人头被送到长安之后,无名之辈盛彦师被封为葛国公)。

据说,李密丧生的地方,叫"断密涧",就像孔子死于孔休庭、庞统死于落凤坡、黄巢死于黄林,冥冥之中,自有天意,生死有命,富贵在天,看来,这就是李密的劫数啊,在劫,就难逃。

李密死后,李渊将他传首给李世勣看,李世勣看后,痛叫一声,晕厥于地,醒来之后令全军挂孝,并请示李渊,以君礼安葬李密。李密出殡那天,聚集了无数旧部,这些人感念李密的礼贤下士和爱护军民,都再送了李密最后一程,很多人哭得泪尽,继之以血。

李密,你有这样的下属,也算没有在人间白走一遭!

李密之死,标志着在隋末横行一时的瓦岗军的彻底覆灭,他的部众分别为王世充和李渊所得,洛阳城下仍不太平,接下来,唐王朝的优秀代表、秦王李世民和洛阳城的王世充,即将在中原再次展开大战,群雄逐鹿,究竟鹿死谁手?

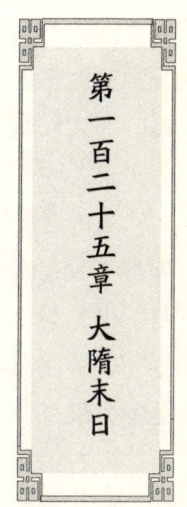

第一百二十五章 大隋末日

苟延残喘,
隋王朝丧钟终敲响

邙山一战,王世充大败李密,一雪被李密数次击败的前耻。李密这一败,再也没有翻身的机会,这下,王世充大发其财,李密的十万瓦岗军基本全被王世充窃为己有,李密多年积攒的以及从宇文化及那里得到的无数金银珠宝,现在全改姓王了。

据史书记载,癸未,王世充收李密美人珍宝及将卒十余万人还东都,陈于阙下。

就是说,王世充举办了一个盛大的战利品"巡回展",露足了脸。

更关键的是,李密帐下的大将,除了王伯当和徐世勣,剩下的几乎全部归了王世充,如裴仁基、裴行俨、秦叔宝、程咬金、罗士信。公元七世纪,最重要的是什么?

人才！

王世充也深谙这个道理，他立马展现出求贤若渴的姿态，拜裴仁基为礼部尚书，裴行俨为左辅大将军，秦叔宝为龙骧大将军。

王世充战败李密，独孤求败，他现在连欣欣向荣的唐朝都不放在眼里，更何况捏在手心里的皇泰主杨侗！杨侗封王世充为太尉（国家军委主席、中央军委主席）、尚书令（国务院总理）。如果没有记错的话，这两个职位本来是预备留给李密的。

现在的王世充，不可一世，但偏偏就有人不买他的账，而且不是一个人。

这些人是裴仁基、裴行俨、秦叔宝、程知节、罗士信……以下略去七十几人的名字。

几乎李密帐下的大将们，没有一个服气王世充。原因不是因为李密的影响太深，而是王世充品质太差，如果一定要找一个名词来比喻王世充，那我觉得"人渣"比较合适，如果这个词不以侮辱了它为由而表示反对的话。

王世充獐头鼠目，先以谄媚隋炀帝杨广获得信任，后又凭借军力逼迫皇泰主交出实权，人品卑劣，是个如假包换的小人，像大英雄秦叔宝、程知节等人，岂肯在这等人手下做事。

在执掌洛阳的实际权力之后，王世充人模狗样地竖起三块牌子，一曰征求有胆识，能负责任的人；二曰征求有勇略，能打仗的人；三曰征求有冤无处申的人。

三块牌子一立，立即有无数人前来应征，王世充亲自接见，一一听取大家的意见，并郑重其事把这些意见写在报告中，之后，将这些报告带回家点炉子，该欺压百姓还是欺压百姓，该凌辱群臣还凌辱群臣。

王世充的这些卑劣行径让秦叔宝他们实在看不下去了，在第二年初，趁与唐军交战的时候，就在两军阵前，秦叔宝和程知节做了一件令所有人，包括那些写历史的史家都瞠目结舌的事：当众投敌。

那是早春二月，春寒料峭，当王世充的人马和唐军两阵对圆，正准备厮杀，秦叔宝和程知节率亲兵数十人，站在队伍的最前列，还没等王世充下令进军，两人率亲兵们一阵狂奔，脱离了大部队，看去得远了，两人才下马，向王世充行跪拜礼，说："我们受您重用，一心想知恩图报。但您性情猜忌，不纳忠言，非吾主也！如今不能再做同事，从此别过！"

说毕，两人一溜烟逃到了唐军阵上，当众投敌！

王世充鼻子差点气歪了，想追已经来不及，况且，秦叔宝和程知节都有万夫不挡之勇，他们要投唐，谁敢拦？谁能拦？

秦叔宝和程知节历尽坎坷，终于算是找到明主了。他们从隋朝的官军到李密的暴民军，从王世充的亲信大将再到唐王朝的股肱之臣，人生历经了一个大大的U形弯，不过，最终他们总算是成功了。在那个乱世，弱肉强食，能生存下来已属不易，成为强者更是难上加难，在这个时候,难道还要苛责他们是"四姓家奴"吗?

唐高祖李渊几乎是白捡了两个大将,简直乐疯了,他把两人分派到儿子李世民的帐下,任秦叔宝为马军总管(马军总司令),程知节为左三统军(左翼第三方面军总司令)。

秦、程二人的叛逃并不足以引起王世充的警惕,或者说,他本性不是什么好东西,是无法改变的。于是,他手下的人不断逃亡,去投新生的唐王朝。这些人无非两个命运,或投唐成功,从此遭遇明主;或投诚失败,被王世充屠戮全族。

现在,位极人臣、身为郑王和政府首脑的王世充,又想要另外一个荣誉:加九锡。他派他的亲信段达(就是当初顾命三大臣之一的,出卖另一顾命大臣元文都的那位)入宫向皇泰主说明他的愿望。

皇泰主一听就明白王世充想要什么了(这是任何权臣在篡位前要求的最后一项荣誉或权力),他淡淡地说:"郑国公上次击败李密,已经受封为太尉,到现在不过半年,他又没有什么新功劳,等等再说吧。"

段达看着这个小孩子,面无表情地说:"郑国公想要。"

杨侗知道他已经无力与王世充抗争,于是也回盯着段达,说:"随你们的便。"

公元619年三月,王世充被任命为相国,假黄钺,总领朝政,统率文武百官,封爵郑王,加九锡。

就这样，王世充离篡夺皇位只差最后一步了，而这一步，迟早会完成。王世充很清楚，这只是个时间问题，皇泰主杨侗也清楚。

令杨侗没有想到的是，王世充的动作这么快，他只消停了半个月，紧接着，他又导演了一个鬼把戏，捉了大量的鸟，在鸟腿上写上祥瑞（如"郑王当有天下"之类鬼话）后放生，这些鸟儿有被捉住的，人们看到鸟腿上的字样，都大惊，争相汇报（惊个鬼啊！这些汇报都是事先安排好的）。

于是，王世充的爪牙们都忙着劝进，为了拉虎皮壮军威，他们找了一个重量级的人物来引导此事，每次劝进表都由这个人领衔。

此人就是位列大隋朝三大名相之一的苏威。

男人，一般都是越老越有魅力，苏威倒好，他的魅力全用在帮逆臣称帝上了。如果他的老爹苏绰同志知道这件事，一定气得从"八宝山"跳起来。

不几天，段达和我们的另外一个老熟人云定兴同志入宫，劝说皇泰主杨侗禅位于郑王王世充，杨侗拍案大怒："天下，乃是高祖文皇帝（杨坚）的天下，如果大隋的气数未尽，那你们用不着说这种话；如果大隋气数已尽，那我的皇位你们只管来夺，还要什么禅让！你们有的位极人臣，有的是高祖文皇帝的部属，今天居然做出这种事来，你们还让我说什么呢！"

在场的所有人，包括武夫段达和极品坏人云定兴，都被这个少年的气场所吓倒，无人敢言。

回到后宫，杨侗面见皇太后，泣不成声，他心里很清楚，批判的武器不能替代武器的批判，这个皇位，迟早是王世充的。

王世充听说杨侗发火了，连忙派人入宫安慰，说："现在天下大乱，必须得是年纪大、有阅历的人才能弹压得住。你放心，等天下太平了，我再把皇位还给你。我绝不食言，说话不算数，我全家死光光！"

杨侗自然不会相信他那一套哄鬼的话，不过，我倒是相信王世充同志发这个誓的时候是认真的，因为后来的结果证明，王世充不仅仅是全家死光光，而且是全族死光光。

四月五日，王世充宣布，皇泰主有诏，将禅位于自己，自己诚惶诚恐，表示不敢担负如重担，三次上书推辞，皇泰主再三不肯，无奈之下，人民的好公仆王世充同志只好勉为其难，考虑到人民的利益，他才不得已答应。

公元619年，皇泰主杨侗禅位给王世充，王世充于四月七日入主皇宫，登基称帝，国号郑。之后，大赦天下，改元"开明"。

王世充即位之后，封大隋宰相苏威为太师，段达为司徒，云定兴为太尉（上述三个一品大员，谓之"三公"）。

王世充这个新皇帝，为表示开明，每次出宫巡察，都不要百姓回避，要他们把治国的建设性意见呈上来。老百姓大大惊奇，以为遇到了千载不遇的好皇帝，于是争着上书。王世充看了几篇,看得头晕眼花,从此再不出宫。

而前任的皇帝、皇泰主杨侗,被封为潞公,算是王世充对他的优待。其实,登基闹剧,都是王世充一个人自编自导自演的,杨侗被软禁在深宫里,每日以泪洗面。他那三篇禅位诏书,连自己都不知道是谁人所做,是彻彻底底的被"下诏"。

本来,杨侗已经成为了一个被历史遗忘的人,但不久之后,他还是被王世充想了起来。王世充想起前任皇帝杨侗,是因为裴仁基和裴行俨父子。

王世充称帝之后,重待裴氏父子,但裴氏父子并不领情,在他们谦恭的外表下,是两颗反抗的心。他们都是隋室旧臣,又与李密是亲密战友,现在不得已归顺到王世充帐下,看看王世充一副瘪三样,两人深以为耻。他们在洛阳城树大根深,手眼通天,于是联络各路隋朝旧臣和英雄豪杰,准备反对王世充。

本来这事可以做得轰轰烈烈,但事情坏就坏在"不慎"上。就在裴氏父子起事前,这个消息被王世充知道了,他一把撕下脸上的伪装,派兵将裴氏父子及其一家老小擒到面前,将老英雄一家悉数屠戮。

就这样,名震一时的老将军裴仁基和小将军裴行俨,死在了小人王世充之手!

杀死裴氏父子,将裴家灭门之后,王世充准备对皇泰主杨侗下手了,因为裴仁基的谋反,就是以拥立杨侗重新复辟为前提的。

这一天，王世充派自己的侄子王仁则入宫来看望被他软禁在含凉殿里的杨侗，他随身携带的礼物是绳子和毒酒。

这个王仁则就是少林寺里由于承惠饰演的那个大反派，实际上，王仁则也是这么一个一肚子坏水的大坏蛋——肯跟着王世充做坏事的，一定不是好人——当然，跟着谁做坏事，都不是好人。

王仁则简单说明了来意，说："你去死吧。"

美少年说："当初太尉说过，不杀我的。"

王仁则说："这怪你，我叔叔说的话，什么时候算过数呀！"

杨侗请求让自己再见母亲最后一面，王仁则不肯，最后，万般无奈之下，少年杨侗转身走进佛堂，许下了一生当中的最后一个愿望：如果有来生的话，千万不要再生在帝王家了。

说毕，转过身来，将王仁则带来的毒酒一饮而尽。

我们严重怀疑王仁则带来的毒酒是大兴货，因为杨侗喝了之后，尽管痛苦难当，七窍流血，满地打滚，却一时死不了。

这个时候，王仁则显示了他反应迅捷、干练高效的作风，拿起绳子来，套入美少年的脖子，用力勒紧，不一刻，这位风度翩翩、仁慈友爱的小皇帝就死在了王仁则的手中。

杨侗最后一刻的愿望，是他作为一个人，一个孩子对生命的一种渴求。正因为如此，他现在解脱了，他脱离了苦海。我们相信,他的来生必会是幸福的、快乐的,因为这辈子生在隋朝,生在帝王家,他们欠他的。

杨侗的死,标志着一件事:隋朝正式灭亡了!

中国历史上最伟大的朝代之一,大隋帝国,从此消失在了历史的漫漫长河中。

隋朝,自杨坚于公元581年篡周称帝,到619年杨侗禅位给王世充,这个伟大的短暂的王朝一共存在了38年。

在这波澜壮阔的38年中,一共有五位皇帝,他们是:

大隋高祖文皇帝杨坚(隋文帝);

大隋世祖明皇帝杨广(隋炀帝);

大隋世宗恭皇帝杨侑(隋恭帝);

大隋泰皇帝杨侗(隋恭帝);

大隋皇帝杨浩。

其中,隋文帝杨坚被他的儿子杨广发动宫廷政变杀死;

隋炀帝杨广是被他的大臣宇文化及发动兵变缢死;

隋恭帝杨侑是在禅位之后被唐高祖李渊害死(虽然史书上没有写,因为隋朝的史书是唐朝人写的,自然不肯写是本朝皇帝害死的);

另一隋恭帝杨侗是在禅位后被王世充连毒药带麻绳给弄死的;

无名无分的杨浩则是被宇文化及毒死。

也就是说,一朝五帝当中,没有一个是善终的,早知这样,你们打得头破血流争什么呢?群雄逐鹿,争霸中原,"禹、汤罪己,其兴也悖(勃)焉,桀、纣罪人,其亡也忽焉"，多少乱世英雄，转瞬间已成黄土。

高层争斗，倒霉的还是老百姓，就说隋文帝杨坚结束乱世，一统四海，老百姓总算能够过上安静点的日子，可他的儿子杨广又把整个中国全部扯入战乱当中，这又应了张养浩的那首元曲：

> 峰峦如聚，
> 波涛如怒，
> 山河表里潼关路。
> 望西都，
> 意踌躇，
> 伤心秦汉经行处，
> 宫阙万间都做了土。
> 兴，
> 百姓苦；
> 亡，
> 百姓苦！

第一百二十六章 洛阳交兵

决战时刻

杀死杨侗，本人即位为帝、建立郑之后，王世充消停了一年。

到公元620年，即唐高祖武德三年，李渊令次子、秦王李世民率八万大军，进军中原，征讨王世充。

这一年以来，王世充的新王朝欣欣向荣，在河南境内，几乎全部的唐军力量都被他消灭，内部的管理层中，段达、云定兴和单雄信忠心耿耿，他自己也想励精图治，奈何总做不像，他当皇帝，简直是沐猴而冠，没有金刚钻，偏要揽这瓷器活儿，那不是找不自在吗！

王世充在河南大肆扩充自己的势力，李渊并非不着急，只是没有精力去与王世充拼命，因为唐军的主要精力，放在了在山西与刘武周拼命上。

刘武周与其他的割据者不同，比如西北的薛举和薛仁呆父子，李渊和李世民完全可以一边与王世充交手一边灭了他，但这个刘武周，实在是太强悍了。平定刘武周，李渊用上了吃奶的劲儿，而且，他的精兵猛将全用上了，派最能打仗的次子李世民挂帅，几乎那个时代的战神，都出现在这场与刘武周的大战中，最有代表性的是三个人，唐朝方面的秦叔宝和程知节，刘武周方面的尉迟敬德（尉迟恭）。

刘武周同志，我们并不陌生，我们之前曾经提到过他，就是那位受父母官王仁恭知遇之恩后，织了一顶大绿帽子作为回报赠给王仁恭的那位山西马邑的豪杰，他生怕恩人王仁恭在隋末乱世受苦，于是一刀把他送到西方极乐世界去享清福。

和李渊一样，为避免受突厥的不利影响，刘武周也选择了与突厥眉来眼去、暗送秋波，突厥也回抛媚眼，封刘武周同志为"定杨可汗"。有了突厥支持的刘武周，有恃无恐，在山西关起门来大做起皇帝梦来。

不仅如此，他收留被窦建德击败的河北英雄人物宋金刚，拜这位金刚同志为元帅，去攻李渊的老家太原。太原的唐军守将正是李渊的四子、齐王李元吉。李元吉一见宋金刚气势汹汹杀来，不敢怠慢，命令全体军民做好准备。

之后，他下令出动，不过，出动的方向是相反的，他一口气逃到了长安。

丢了老窝的唐高祖李渊急得脸都绿了，想放弃山西，死守关中，关键时刻，幸亏李世民头脑冷静，说服老爹，李渊这才急令李世民率军救急。

李世民率秦叔宝、程知节等大将与刘武周、宋金刚、尉迟敬德进行了殊死搏斗，最后的结果是刘武周和宋金刚战败，逃奔突厥，这个热情好客的游牧民族把两人的身体留下来盛情款待，而把两颗人头交给了唐军。

至于刘武周的战神尉迟敬德，则与时代的大英雄魏征、秦叔宝、程知节等一样，归顺了唐朝。

尉迟敬德也是一个超级猛人，唐太宗凌烟阁二十四功臣的名单上，他位列第七名。

扫灭刘武周，平定山西省，招降尉迟敬德，一连串的胜利后，李世民和他的这些将军们，没有时间庆功，因为比刘武周更难对付的敌人现在已经坐大，独霸中原，再不想对策，恐怕日后就无力制服这只恶虎了。

这只恶虎就是极品坏人王世充。

现在，整个中原地区的局势已经十分明朗，唐朝李渊坐镇长安，郑帝王世充盘踞洛阳，夏王窦建德则威震河北。三股力量基本上势均力敌，谁也不敢说一口就能吞掉另一方。

面对实力强大的王世充和窦建德，李渊和李世民决定，先打王世充，原因很简单，王世充这块骨头相对难啃，啃了王世充，再啃窦建德这块骨头就会容易些；另外，王世充在洛阳，离得近，要先打窦建德的话，就要跳过王世充，显然不是好办法；还有，窦建德是英雄，王世充是"杂碎"，李渊想起王世充来就恨得牙根痒痒，不打他打谁!

双方的战事是在最热的夏七月开打的，一开始，王世充并不着急，因为据他的分析，唐军应该占不了什么便宜，大家实力差不多，军队人数差不多，地盘差不多，地位差不多（都是皇帝），也都有一些名震当代的大将，你有秦叔宝、程知节、尉迟敬德，我有单雄信、罗士信，大家半斤八两，谁怕谁啊？

而且，你劳师袭远，我以逸待劳，首先在给养上你就处于下风，况且，洛阳是一个超级大工事，防御体系十分复杂而成熟，之前战力一流的瓦岗军不就是栽在洛阳城下了吗？王世充想，如果你敢来，就让你陷入人民战争的汪洋大海中（这话多熟悉啊）！

但令王世充没有想到的是，战争刚一开始，他的人民就一窝蜂地投奔了李世民，整城整城地投敌的优良传统蔚然成风。无法组织起人民战争的王世充很快知道了原因，是因为王世充是一个坏人，一个堪比明代九千岁魏忠贤的坏人。很快，王世充周边刚刚抢占不到一年的郡县就都归了唐军，整个河南地区，就剩下洛阳孤城，王世充就抱着这座孤城准备与李世民拼命。

王世充与李世民的第一次面对面硬仗是因为一位少年英雄引起的。

这个人就是罗士信，还不到二十岁，已经是名震中原的大英雄，与秦叔宝、程知节这些大将齐名。李密的瓦岗军战败之后，他也随裴氏父子和秦叔宝、程知节他们降王世充，当然，他也看不惯王世充的所作所为，眼睁睁地看到秦叔宝和程知节临阵倒戈投降唐军，不久裴仁基和裴行俨父子因为密谋反对王世充被杀，罗士信心里这个恨哪！

可惜，没有机会出逃，只有忍耐。要说王世充对罗士信还真不错，食则同桌，寝则同榻（当然，我们相信小罗和老王不是"基友"，不然小罗也不会总想着背叛老王了），但王世充对他越好，罗士信越觉得恶心。

终于，趁着一个外出打仗的机会，罗士信效仿他的大哥哥秦叔宝和程知节，也归唐了。李渊大喜过望，立即拜罗士信为陕州道行军总管（陕州军区司令长官），派他带领一支精锐部队，深入洛阳附近骚扰王世充的大队人马。

王世充听说罗士信跑了，气得眼冒金星，心想我好吃好喝好招待你，结果养了一只白眼狼。盛怒之下，王世充决定亲自带精兵三万，去捉罗士信。

王世充出城才知道，罗士信并不好找，人家只是小股的骚扰部队，神出鬼没，你上哪儿找去？结果，他悬赏千金的罗士信没找到，碰到了一个更值钱的。

这个人是李世民。

王世充远远望见李世民，吓得头发根直竖，身上直起鸡皮疙瘩，但仔细一看，李世民身后只有几十个亲后跟随，再有就是两个打扮不同的人，而且是老熟人：秦叔宝、程知节。

王世充暗叫一声："天助我也！"急令进攻，我三万精锐对付你几十个小卒还不是手到擒来！捉住李世民，等于捉住了李渊，看来，击败李密的好戏又要上演了。

王世充的三万精兵欺唐军人少，蜂拥而上，都想捉住李世民，立此不世奇功。

只见李世民,不慌不忙,伸手摘弓,搭箭拉弦,弓弦响处,一名郑军士兵落马,再响一声,又有人落马,箭不虚发。秦叔宝和程知节两人,手执长槊,运动如飞,郑军挨着死,碰到亡。三万郑军,居然近李世民之身不得。

一场大战,王世充损兵折将,却不能把李世民这几十个人怎么样,还让人家瞅冷子猛然一击,将郑军大将左建威将军燕祺持擒。

李世民带着秦叔宝、程知节回营的时候,满脸的灰尘与血污,守营的士兵都不认识他们了,不肯将其放入,还要朝他们射箭。李世民只好把头盔摘下来,才被放入军营。

这一英勇形象,让我们想起了当年的北齐名将兰陵王高长恭。

李世民之所以以几十个人遭遇王世充的数万大军,是因为他作战身先士卒和对敌人的极度蔑视,但是,这种大无畏的革命精神有好几次差点"革"了他的命,无论从哪个角度或观点说,李世民这样做都是有问题的,一旦出事,将会改写历史,历史上将会少了一位千古一帝,一位令中外归心的"天可汗"。

而王世充,回到洛阳,垂头丧气,自己三万大军,都不能奈何人家几十人,丢人都丢到家了!但他又不敢与李世民正面作战,因为他知道,如果比排兵斗阵,八个王世充也不是李世民的对手。要想取胜,还得靠巧取。

没多久,这个巧取的机会还真让他等到了:李世民再次轻装简行,只带少数随从,深入邙山,勘察地形!

王世充大喜过望，心说活该你李世民倒霉，这可是你自找的，千金之子，坐不垂堂，你身为大军统帅，岂有率孤军深入的道理，一旦出事，置数万大军于何地？今天就当是对你轻敌的惩罚吧！

王世充当即传令，选三万铁骑，开城直趋北邙山。

这时的李世民，正带人走到北魏宣武帝的陵寝。

这位北魏宣武帝元恪，少年即位，扩大洛阳城的范围，巩固乃父魏孝文帝的改革成果，但他无力制止权贵的横征暴敛和无休止的内讧，于是在心力交瘁之后，于三十三岁的盛年去世，留下他貌美如花但又欲望强烈（不管是对异性的还是对权力的）的老婆苦撑危局。

这位苦命的女人就是这部《隋家天下》开端的那位宣武灵太后，最后被尔朱荣扔进了黄河。

君臣一行人正对宣武帝的陵寝唏嘘，猛见远处里征尘大起，数万郑军精锐瞬时杀到，为首的正是前瓦岗军第一流的猛将、李密兵败后投靠王世充的单雄信。单雄信一眼就看见唐军阵中，有一位少年英雄，身着王爷的服色，他知道，这就是威震敌胆的秦王李世民！

单雄信暗道："你再也威震不了敌胆了！拿命来吧！"

想毕，他的战马已经来到了李世民的马前，单雄信举起长槊，用尽平生力气，朝李世民刺去。

李世民惊呆了，他虽然身经百战，武艺高强，但在铁塔般的单雄信面前，也还只是个孩子。他见单雄信一槊刺来，心想完了，他把眼一闭，不忍看到自己被利槊穿了糖葫芦的惨象。

猛然间就听半空中一声大喝,紧接着又听扑通一声。李世民把紧闭的眼睛睁开一个缝,发现自己居然没有死,而且,身上好好的,并没有什么槊插在自己身上。

怎么回事呢?再看自己的马前,有一座比单雄信更魁梧的铁塔挡在自己面前,不过,这座铁塔是黑的,原来是尉迟敬德。

就在单雄信的长槊就要刺到李世民的时候,尉迟敬德大喝一声,奋起一槊,将单雄信刺于马下。好在单雄信反应快,在地上又猛然站起,跃上一匹马,逃离了战场。

尉迟敬德护送秦王,且战且走,终于杀出重围,回到大营。这一次,李世民决定不再给王世充喘息之机,他立即传令,大军出动,进攻王世充。

这一下,李世民、秦叔宝、程知节、尉迟敬德、李世勣这些时代的超级猛人们有了用武之地,他们在王世充阵中左冲右突,如入无人之境,把王世充都快打哭了。这一仗,王世充的军队被打得四散奔逃,直接崩溃,几乎全军覆没,王世充仅以身免——就他老哥儿一个孤身逃回洛阳。

这一阵,彻底让王世充泄气了,对阵之初的豪迈气魄全部消失,王世充咬着牙,发着狠说:"看来,只有拼一把了,赌赢了,我再次上演对阵李密的翻盘好戏;赌输了,家破人亡!唐童,我跟你拼了!"

唐童这个称呼,在正史中没有记载,至少我还没有查到。但在演义里、评书里和京戏里,李世民的敌人如李密、王世充等都管他叫"唐童",大概因为李世民是唐朝的,又是小孩儿(时年虚岁刚满二十岁)。

王世充集结军队,倾巢出去,发动了对唐军的进攻。这一次,王世充玩了命了,手下的士兵也跟着玩了命,因为他们知道,这次不玩命,就没命玩了。于是以一当十,向敌阵冲出。

李世民自然也不示弱,他正希望王世充出城来硬碰硬,攻城,对谁来说都是难啃的骨头,特别是对洛阳这样的超级防御机器来说。王世充全部出动,正中李世民的下怀。

两支战斗力超强的大军在洛阳城下展开了大规模的群殴,一场大战双方都伤亡惨重。李世民本人在战斗中也差点遭遇不测,他与大军人马失散,而且,战马又被流箭射中,栽下马来,眼看就要被郑军生擒,这一次,扮演单骑救主角色的是一位名声并不很大的丘行恭。关键时刻,丘行恭没有辱没"单骑救主"的美名,他像他的前任秦叔宝、尉迟敬德一样,在万马军中左冲右突,终于救护李世民冲出重围,全身而退。

这场大战,王世充损失军士近八千人,基本失去了进攻能力;而李世民的胜利,也损失惨重。李世民引王世充主力出战,聚而歼之的战略没有实现,但王世充借机翻盘的美梦也破碎,接下来,他独自龟缩在洛阳城,既无力,也不敢出战了。

这种情况是李世民不愿意看到的,因为洛阳的攻取难度在整个中国古代史上,应该是名列前茅的,这应该归功于隋朝首席建筑学家宇文恺同志,正是他设计的洛阳攻防体系。估计李世民要是见了宇文恺的话,都想生吃了他。

对王世充来说,日子更加难过,城中粮尽,人民相食,他知道,自己没几天可活了,照这样的守法,洛阳迟早得丢。无奈之下,他想到了已经与自己翻脸的窦建德。

本来王世充与窦建德,同属反隋中坚,虽然一个出自官军,一个出自草莽,但长期井水不犯河水,而且高兴的时候,还互相吹捧吹捧。但自从王世充做掉小皇帝杨侗登基称帝之后,窦建德就与王世充断绝了外交关系。

现在,王世充无计可施,派人送信给窦建德,希望他能派兵来救。

王世充在苦撑,而李世民的日子也不好过。他在洛阳城下一待就是半年,战事胶着,没有进展。唐高祖李渊已经下旨,要他班师。关键时刻,李世民表示出了超乎寻常的冷静,他不同意退兵:"我们举兵前来,就是要一劳永逸地解决洛阳问题的,现在河南一带,望风归降,只剩洛阳孤城一座,眼看就能成功,怎么能够弃之而去?"

他写信给老爹,说服他坚持,并向部下下了死命令:"洛阳不破,誓不班师,再有言退者斩!"

在他的坚持下,唐军忍着,没有动地方,洛阳还是被铁桶一样围得水泄不通。

正当李世民以为洛阳就要被困死,王世充不久束手就擒的时候,传来噩耗,河北大英雄窦建德率军数十万,浩浩荡荡杀奔洛阳,来救王世充!

第一百二十七章 一石二鸟

洛阳大战,
极品恶人的最后挣扎

窦建德接到王世充的求救信,一开始并不想来招惹唐王朝这个大麻烦,但他手下有个参谋帮他分析了天下大势,用唇亡齿寒的道理来比喻如今的中原局势,聪明的窦建德马上就改变了主意,率军十万,号称三十万,来救王世充。

当时的中原,李渊占领关西,王世充占据河南(但已经基本没多少地盘,都被李世民夺去了),窦建德占据河北和山东。所以,窦建德也怕李世民灭郑之后,一家独大,所以,以援助王世充为名,行扩充实力之实,名利双收,这是老窦同志的如意算盘。

窦建德前来的消息一经证实,在唐军中引起轩然大波,大家面面相觑,脸上都有点变色。王世充已经是块难啃的骨头了,又来了窦建德,还让不让人活了?

几乎所有人,包括前隋朝名臣封德彝和刚在洛阳城下建立奇功的屈突通,都主张退兵,但瓦岗旧将郭孝恪和李世民的机要秘书(记室)薛收表达了不同意见:"王世充府库充实,只是没有粮食,如果让窦建德兵临洛阳城下,与王世充汇合,那窦建德会把河北粮食源源不断运到洛阳来,我们就麻烦了。所以,为今之计,我们不但不能退兵,还要分兵据守武牢关,迎战窦建德。一旦窦建德被灭,再打王世充就不难了。"

李世民点头称是,作为战略大家的李世民心里非常清楚,尽管主张退兵的人非常多,但这一次真理掌握在了少数人手里。

于是,李世民分兵两路:

一路由四弟、齐王李元吉率领,屈突通辅佐,继续围困洛阳。齐王李元吉比起二哥李世民,无论文治还是武功,都差得太远,他甚至也不如精明强干的大哥、太子李建成。上次,刘武周进攻他的老家太原,正是由于他的不战而逃,才使得老爹和老哥苦心经营的根据地差点丢失。好在王世充已经被吓破了胆,即使是李元吉围城,他也不敢进攻。

另一路,由秦王李世民自己亲自率领,这是一支人数少而精的部队,只有三千五百人,而带队的大将则基本聚集了那个时代的几位战神级人物:秦叔宝、程知节、李世勣和尉迟敬德等。他率这三千五百精兵直趋武牢关。

李世民进行军队调动的时候特地选在了正午时分，这一系列的调动让在洛阳城楼上的王世充看了个清清楚楚，但王世充没有动，不是他不想动，而是既没有能力动，也没有胆量动，更没有魄力动。

武牢关就是虎牢关，因为李渊的祖父就是威名远震的西魏八柱国之一的李虎（就是那位威风凛凛的大野虎），为避讳，特地改"虎"为"武"，这样，虎牢关就变成了武牢关。

李世民进入武牢关后的第二天，亲率精兵五百名，出关二十里，侦察夏王窦建德的情况。他一边走一边留下一些人马，命秦叔宝、程知节和李世勣分别率领，埋伏在两边。而自己只和尉迟敬德率四名亲兵走在前面，李世民边走边说："我拿弓箭，你拿长槊，就算敌兵百万，又能奈我何！"

见无人应场，过了一会儿，李世民再次抒发自己的豪情壮志："如果敌人看到我们就跑，那算他们聪明。"

再往前走，离夏营三里地的时候，遇到了夏军的巡游骑兵，夏军没有在意，以为只是唐军的小股侦察部队。李世民没有得到应有的重视，很没面子，对敌人大声自我介绍："我是秦王李世民！"喊完之后顺手一箭，射死一名夏军将领作为补充。

这下夏军有了反应，但他们显然没有李世民预料得那样聪明，因为他们不仅没有逃跑，反而大声呐喊，从夏营中叫来了五六千大军，排山倒海般向李世民扑来。

跟随李世民的四个亲兵吓得腿肚子转筋，李世民充分发扬了先人后己的优良传统，对他们说："不要紧，你们先跑。我和尉迟敬德断后。"说毕，和尉迟敬德缓缓后退。

等夏军追近了，李世民弯弓瞄准，将冲在最前面的一名夏军士兵一箭射死，再复一箭，又将后面的夏军士兵射死；而尉迟敬德，则手执长槊，连劈带刺，手刃十数人。夏军一时大骇，逡巡不敢近前，而李世民和尉迟敬德也不跑远，始终给夏军留有希望，但只要你近前，必定会丧命，就这样追追停停，数千夏军的精锐就来到了李世民预定的地方。

这个地方，埋伏着唐军的五百精锐，由战神秦叔宝、程知节和李世勣等分头率领。一见夏军追近，发一声喊，一起冲出。这下本来就被李世民和尉迟敬德的神勇吓破胆的夏军被惊得魂飞魄散，自相践踏，死伤无数，留下了数百具尸体败回了大营，乱军之中还被人家擒去了两员大将。

窦建德这个郁闷啊，这叫什么事儿！几千大军连人家六个人都追不上，还中了埋伏，丢多少士兵事小，丢人事大啊，以后让我有什么脸面见人！而且，刚刚与唐军开战，就被人家猛抽了一个大嘴巴，以后还不得一见人家就腿肚子直哆嗦！

窦建德的担心是对的，在长达一个多月的时间里，夏军多次主动进攻，想挽回一点颜面，但战争的结果是被李世民抽了更多的嘴巴。这样，窦建德的十万大军被挡在武牢关，一步不能前进，而洛阳的王世充整天眼巴巴地盼着救兵,那个可怜劲儿就别提了。

这期间,王世充不是没有寻求主动出击过,而且,取得了一定成效,他将围城的齐王李元吉杀败。但打了胜仗的王世充悲哀地发现,打了胜仗也没用,唐军还是牢牢地困着洛阳城。

就在战事胶着的时候,窦建德手下有一位大文豪凌敬先生(时任国子监祭酒,即国立北京大学校长),他窦建德出了一个主意,这个主意如果被李世民听到,会立即慌了手脚。

凌敬先生曰:"我们应该渡黄河北上,占领山西各地,之后再东渡黄河,直入关中。这样做有三大好处,一是大军所到之处是无人之境,进军顺利;二是拓展地盘,扩充实力;三是威逼敌后,直插长安,而洛阳之围自然解除。"

窦建德听后十分赞赏,凌敬的方案令他神往,他想起了三国末期魏将邓艾从阴平无人险境进军,一路七百里无人防守,顺利抵达江油,击败诸葛瞻而灭蜀的故事。

但窦建德不是口吃而有谋略的邓艾,就在他准备采取凌敬的计策出兵的时候,有人挡住了他的去路,此人是王琬。

王琬是王世充的侄子,就是王世充派到夏王窦建德处来求救的那个人。

王琬向窦建德哭诉,请他一定先去救洛阳。

而窦建德的大将们,则异口同声表示对凌敬方案的反对,他们认为凌敬只是一介书生,不懂军事,纸上谈兵。

实际上,他们反对凌敬的真正原因是王琬,王琬已经事先偷偷孝敬了这些将军不少的金银。所谓拿人钱财,替人消灾,这些将军们还算有良心,至少没有像伟人梁武帝萧衍手下的朱异那样,拿你钱财,但不替你消灾。

于是窦建德耳根子软了,又改变主意,继续与李世民在武牢关对峙——一个喜欢变主意,听谁说的都有理的老板,一定不是好老板,这一规律古代生效,现代也生效,放之四海皆准。

凌敬一听急了,大王怎么变主意了?于是再三向窦建德陈述,而这位夏王同志已是"王八吃秤砣"了,不肯听劝,还命人将凌敬架了出去。窦建德的夫人(或叫皇后)曹小姐也劝夫君接受凌敬的意见,但也被窦建德顶了回去,他的理由很简单:妇道人家,知道什么!

窦建德的行为,应了单田芳老师的一句话:好良言难劝该死的鬼。

当然,凌敬的方案并非没有问题,正如当年邓艾偷渡阴平有侥幸的成分,如果万一蜀军半路有伏兵,邓艾就没那么容易成事。但是,这一方案对李世民来说则是致命的,他承受不起夏军直扑唐军老巢的压力,不管是军事的,还是政治的。

但是,不管怎么样,凌敬的主意没被采纳,李世民可以安安心心地在武牢关和窦建德玩猫捉耗子的游戏了。

就在凌敬献计如何击败唐军的时候,李世民也在思索破敌之策,自己带来三千五百名士兵,加上武牢关原有的,一共不过两万人,如何击破窦建德的十万大军?

这时,出现了一个机会,一个稍纵即逝的机会,但,他捕捉到了。

唐军的侦察兵报告,说窦建德准备攻击武牢关,因为他接到情报,说唐军的马料吃完,准备把马匹运过黄河北岸吃草,他想利用这个机会对武牢关发动突袭。

李世民听了密报,决定成全窦建德。

公元621年的五月一日(这个是阴历,不是五一国际劳动节),李世民北渡黄河,带去了一千多匹战马。这一行为表示,窦建德得到的情报是准确的。但当天晚上,李世民就偷偷返回了武牢关。

第二天,窦建德沉浸在唐军没了马的喜悦中,这位品德高尚的人这一次决定趁敌人没马的时候发动突然袭击,于是,窦建德集结全部人马,倾巢出动,向武牢关发动了全面进攻。

夏军阵势十分庞大,连绵二十里,战鼓如雷,征尘蔽日。这一恐怖景象令唐军的将军们手脚直抖,嘴唇发麻,即使这些将军久经战阵。

但李世民在关键时刻体现出了非同一般的气概,他登上高处,眺望夏军的动静,对大家说:"没事儿,你们尽管听我的。中午之前,必击破窦建德。"

(贼起山东,未尝见大敌,今度险士嚣,令不肃也;逼城而阵,有轻我心。待其饥,破之果矣)。

窦建德率军挺进,渡过汜水,离唐营一里扎住人马。

李世民看到了夏军阵中,有一位少年将军,骑青骢马,神采奕奕。不由叹道:"好马!"

言还未尽,只见身边一骑,舞槊突出,直入阵前,未等那少年回过神来,已经被唐将生擒,连人带马捉回本阵。阵上的夏军都惊呆了,人快、马快、动作更快,还没看清怎么回事呢,人家已经连人带马都捉走了。

这位万马军中取上将首级如探囊取物的大英雄,就是尉迟敬德!

回到阵中,尉迟敬德将战俘仍在地上,一问才知道,他就是王世充的侄子、派往夏军窦建德处求救的王琬。

这样一来,夏军中再也不敢有人出来挑战。就这样,李世民不慌不忙地等。他昨天不是运了一千多匹战马到黄河北岸吃草吗?他在等这些战马回来。

就这样,夏军从早上七点开始与唐军对垒,一直等到下午一点,唐军再无动静。夏军受不了了,等了这么长时间,大家累得快站不住了,唐军又不动弹,于是,大家放松下来,有躺下来休息的,有喂马吃草的,有争着喝水的,乱哄哄一片嘈杂。

李世民叫了一个人来,让他带三百名骑兵,从夏营阵前,向南逃窜,并嘱咐他:"如果夏军大军严整,不为所动,你就回来;如果骚动起来,你马上发动进攻。"

这个人是宇文士及,就是终结隋炀帝性命的宇文化及的弟弟。宇文化及在发动江都政变的时候,宇文士及也参与了,只不过因为某种特殊原因,说他是隋炀帝的女婿,所以宇文化及没有告诉他。宇文化及兵败身死,宇文士及就投靠了唐朝。宇文士及在唐朝十分受宠,这是后话。

宇文士及奉李世民将令,率兵掠过夏军的阵脚,夏军果然骚动,李世民大喜,知道夏军已经完全放松,将军们已经失去对军队的控制。正在这时,河北吃草的马匹都回来了,于是他下令立即对夏军发动全面进攻。一时间,鼓声如雷,车马飞驰,李世民率秦叔宝、程知节、李世勣、尉迟敬德等大将为先锋,蹚过过汜水,直入夏营,唐军的大队人马后继,将窦建德的大队人马拦腰截断。

这时的窦建德,正在像模像样地举行"政治局会议",冷不防李世民率唐军突入,这帮乱了方寸的大臣们一个个脑满肠肥,行动不便,情急之下都跑到窦建德身边来了。窦建德被这帮碍手碍脚的大臣们搞得手忙脚乱,指挥不灵,只得撤退。但夏军的确十分顽强,两军杀得天昏地暗。

唐将淮阳王李道玄,身中数十箭,被插得与刺猬相仿,但他不肯下火线,弯弓回射,箭不虚发。李世民把备用的马匹给他换上,随侍左右。

两军杀得不分胜负,夏军并非毫无战斗力,而且,人数远远超过唐军,双方僵持时间久了,人数的优势自会显示出来,所以李世民现在要做的,就是速战速决。但如何速战速决,这是个严峻的问题。

李世民稍事思考,想出了一个损招儿,他亲率大军,与秦叔宝、尉迟敬德、程知节、史大奈(即突厥小可汗阿史那大奈）等，卷起军旗，挥军直入夏军营后，等杀到夏军阵后之后，突然将大旗竖起，从后向夏军猛冲，挥槊猛刺。夏军大乱，看到营后居然杀出大股唐朝生力军，以为已经被唐军包围，军心大乱，顿时崩溃。

打仗最怕的就是崩溃，一旦崩溃，哪怕你有百万大军。而且，溃军越多，越没法收拾。现在的窦建德就是这样，十万大军四散奔逃，根本无法约束。这一阵，窦建德被打得鼻青脸肿，自己也中了一矛，跌下马来，成了唐军的俘虏。

李世民亲自来见窦建德，厉声责问："我打我的王世充，关你什么事？居然跑出你的势力范围，前来送死，是何道理？"

窦建德回了一句，充满对李世民的体贴和关心："我要是不来，您不得劳驾远征吗？"

武牢关一战，窦建德被擒，他的十万大军全军覆没，从此，唐军已经完全掌握了战略上的主动，拿下洛阳统一全国指日可待。

顺便交代一句，窦建德被捉送长安，不久被杀。窦建德是一位特殊的暴民领袖，与其他的吃人魔王不同的一点在于，他不嗜杀，尊重生命，这一点十分可贵。要知道，伟大如李世民，骁勇如罗士信，在战争中都有过屠城经历，男女老幼，一个不留。时代英豪，在此变成了杀人魔王。英雄和魔鬼，往往只在一念之间。

窦建德死后，他昔日的部属刘黑闼接过了他的枪，继续在河北、山东与唐军周旋，直至公元623年彻底覆没（唐初的战神级大将罗士信，就是死于对刘黑闼的征讨中，因为他死得过早，因此无法位列凌烟阁二十四功臣，也是憾事）。

收拾了窦建德，李世民决定再接再厉，回军洛阳，给王世充好看。

五月，李世民把窦建德和王琬这些人，推到洛阳城下，给王世充举行了盛大的"博览会"，请他鉴赏唐军的战利品。王世充和窦建德，这一对乱世枭雄兼难兄难弟，一个城上，一下城下，两人相看泪眼，却不能执手。

博览会后，王世充与他的大臣们商议突围南下，逃奔襄阳。可是，大家都已经泄了气，已经没人相信能够突围得出去，也没有人相信突围出去后还有地方可去。大家说："我们能够撑到今天，是相信夏王会来救我们，夏王倒是来了，但他是来送死的，我们还能干什么呢？"商量的结果是，王世充做了一件顺应民意的事情：开城投降。

公元621年五月九日，隋末唐初最顽强、最会守城、最具心计的坏人王世充，打开洛阳城门，带领他的一帮文武大臣，投降了唐军。

李世民入洛阳，大开杀戒，不过，我窃以为，他杀的，都是该杀的人，其中的部分我建议杀千刀。

像段达同志，既卖友（元文都），又卖国（隋），这种人，只杀一刀，算便宜他。

李世民还杀了一个人，此人勇武手段，不在李世民帐下的诸战神之下。这个人是单雄信。

评书中的单雄信,侠肝义胆,因为李渊不小心误伤了他的哥哥单雄忠,因此深恨李唐。贾柳楼三十六友中,大部归顺唐朝(个别如王伯当,已经随李密命丧断密涧),但只有单雄信不降。求贤若渴的李世民亲自劝降未果,最后单雄信悲壮就义。

从武侠小说的剧情看,这是一个最合理的结局。

但事实上,真正侠肝义胆的人不是单雄信,而是李世勣(即《隋唐演义》中的徐懋功),他和单雄信交情不错,在瓦岗军中同属翟让的旧部。李世民击败王世充,开列要杀的坏人名单,其中就有单雄信,是李世勣出面向秦王求情,说宁愿用自己的官爵来换单雄信的性命,只不过,这一次,李世民驳了李世勣的面子,一定要杀。

李世勣哭着来见单雄信,后者还很不高兴,说:"我就知道你办不成。"

临刑之前,李世勣来送别单雄信,把自己腿上的肉割下一块给单雄信吃,说:"你吃了我的肉,就相当于我和你一起死了,也不负我们当年结拜的盟誓。"

于是,这位绿林总瓢把子终于被杀,他在死前的种种"豪迈"细节,可以参见《锁五龙》中裘盛戎先生的精彩表演。

至于王世充同志,则得到了他作为一个极品坏人应得的下场,但他并没有死在李世民或李渊的刀下,杀他的人叫独孤修德。

第一百二十八章 大结局

隋杨风雨，江南江北归一统；
唐李烟云，隋家天下终落幕

王世充在洛阳降唐，被押送长安，在目睹了亲密战友窦建德被斩之后，王世充怕了，这个时候他玩了个小花招儿，事实证明，关键时刻，这个小花招的奏效表明王世充的头脑确实好使。

王世充不等李渊传旨杀他，抢先对李渊说："计臣之罪，诚不容诛，但陛下爱子秦王许臣不死。"

一句话包括以下内容：

第一，我承认我有罪，该死——认罪在先，坦白从宽，抗拒从严。

第二，您儿子秦王李世民已经承诺了，不杀我——此时的李世民，功高盖世，擒了窦建德，降了王世充，天下混一，李渊再是老爹，再是皇帝，总要顾及点李世民的面子。

这一切表明，王世充不但是个极品坏人，还是个优秀的心理学家。当然，如果李渊眼睛一闭，猛玩流氓本色曰："可以啊，我儿子答应不杀你，他不会食言的。但我会杀你。"遇到这种极品流氓，那他这极品坏人也只好干瞪眼。

好在，李渊还是那种有良知的流氓，达不到极品的级别，于是，只是把王世充一家发配到四川吃辣椒。

李渊不杀他，大概是为了让别人杀他。

王世充没有步大英雄窦建德的后尘被李渊杀掉，心中窃喜，心想命是革命的本钱，只要有命在，总有一天我会全捞回来——王世充非常自信，我们也十分相信他有这种能力。

就在他被软禁在长安的馆驿，准备被发配到四川的时候，有一天，来了几位政府官员，说有旨。

王世充大喜，知道李渊不会出尔反尔，那皇帝降旨，只有一种可能，提前释放。王世充心想："来了，终于来了，我又自由了，我可以从头来过了。"

他一边想一边走出去"接旨"，但来人给王世充的并不是一道圣旨，而是一刀。这一刀直接要了王世充的命：将他的人头咔嚓一声砍下。

来人是独孤修德。

独孤修德的父亲是独孤机，曾在王世充手下任司隶大夫，而独孤机的哥哥独孤武都时任马军总管，他们密谋反出洛阳，投奔李渊，但行事不密，被王世充将独孤一家满门抄斩,幸亏独孤修德出差在外,才幸免于难。

因此,独孤修德长期关注着王世充,只等机会为父亲和伯父报仇,好容易等到王世充兵败降唐,被押送长安。独孤修德很高兴,窦建德这样的大英雄都被斩首,何况大坏人王世充。但结果令独孤修德十分失望,杀了好人留了坏人。

于是,独孤修德像象马龙·白兰度饰演的《教父》一样,不再相信法律会还人以公正,他依靠自己的力量。

所以,才出现了刚才的那一幕:他假借官员的身份,骗王世充出来,借机结果了王世充的性命。

李渊听说孤独修德杀了王世充,大怒,决定严惩独孤修德。这个严惩,既不是夷其三族,也不是让独孤修德人头落地,而是罢了他的官。

用一顶乌纱帽,换取仇人的性命——这个代价,值大发了!

王世充最后的结局是,自己被仇人取了性命,不久,已经死了的王世充被告发谋反,全族被杀。这个跨朝代的坏人、跨时代的坏人,终于以自己的方式,成功地书写了他的人生格言:坏,是坏人的通行证。

所以,从某种程度上说,我严重怀疑这是李渊事先安排好了的,因为这太符合李渊的性格特点了。

继王世充后,我们再讲一个人,此人是我们在这部《隋家天下》中的正文中提到的最后一个人了,他是大隋帝国三大名相之一:苏威。

在这三大宰相中，高颎因为得罪了隋文帝杨坚而被罢官，后来又因为得罪了隋炀帝杨广被杀头，高颎在有隋一代，是当之无愧的第一贤相；另外一位宰相杨素，也为杨广所不容，但这只老狐狸为了自己后代的荣华富贵，活活把自己病死了，算是善终，可惜志大才疏的儿子杨玄感兵变失败，把全家，包括老爹杨素也拖入万劫不复的深渊；第三要讲的，就是苏威。

苏威在晚年的时候，被隋炀帝杨广黜退不用，之后沦为王世充篡隋的重要吹鼓手，凡君臣劝进都是以苏威署名第一的。那个时候，苏威的影响还在，功力还在，但精神和风骨都已经死了。

现在窦建德和王世充都已经有了自己的历史归宿，苏威也想给自己一个交待，他来见刚刚攻占洛阳的秦王李世民。这一年，他已经八十岁。

李世民没有见他，只是让人给他捎了一句话：

"您是大隋宰相，王朝倾覆，您不扶持，致使君王被弑。而见到李密和王世充，您都下跪叩头，而今既然一把年纪，就不劳您相见了。"

苏威听懂了李世民的意思，但他还想再试一试，于是跟着回到长安，再次求见，再次被李世民拒绝。

绝望的苏威只好回家，他没有官职，没有收入，贫病交加，在度过了一段无聊兼悔恨的生活之后，溘然长逝。

用鲁迅先生的一句话来形容苏威，最贴切的是：哀其不幸，怒其不争。

这固然是苏威的悲哀，更是时代的悲哀。

洛阳的投降，意味着中原战事已经基本停下，新兴的唐王朝，焕发出强大的军事的政治能量，以下是唐王朝在统一全国过程中消灭的地方割据势力：

陇右薛举和薛仁杲父子的秦政权；

山西的定扬可汗刘武周集团；

河北窦建德的夏政权；

洛阳王世充的郑政权；

河北刘黑闼集团（窦建德的继承者）；

江淮杜伏威集团；

湖北江陵萧铣的梁政权。

其中，除了最后的两个割据势力是由唐王朝的另一宗室、西安王李孝恭为主力剿灭（因此，李孝恭作为那个时代超一流的猛人也入选凌烟阁二十四功臣的社会精英榜）外，其余全都由李世民一人指挥（当然，刘黑闼的第二次起兵是由太子李建成剿灭，这是李建成为李唐王朝建立的唯一大功），因此，立下不世之功的秦王李世民也得到了应有的待遇：

在武牢之战后进入长安时，受到部分军民以皇帝的礼仪招待。武德四年冬十月，封为天策上将、领司徒、陕东道大行台尚书令，食邑增至二万户。唐高祖李渊还下诏特许天策府自置官属，俨然形成一个小政府机构。

这种形势下，不由李世民不多想点什么，他的功劳太大，已经严重威胁到太子李建成的地位，秦王集团和太子集团的摩擦日益强烈，终于，李世民于公元626年发动了玄武门之变，杀死同父同母的哥哥李建成和弟弟李元吉，逼李渊退位，自己登基为帝，他就是历史上最著名的皇帝之一：唐太宗。

唐朝的建立，标志着中国的封建社会发展到了顶峰。中国是那个时代无可争议的超级大国，而且，是唯一的一个。

这部长达五十余万字的《隋家天下》到此结束，让我们来回顾一下从宣武灵太后乱政到隋亡唐兴这近一百年的时间里，在中国的大舞台上发生的大事：

公元515年，北魏宣武帝元恪逝世，宣武灵太后胡氏临朝称制，揭开了北魏乱世的序幕。

公元523年，沃野镇破六韩拔陵聚众造反，六镇大乱。

公元528年，北魏孝庄帝元子攸元年，尔朱荣攻入洛阳，沉太后与幼帝于河，发动河阴之变，屠杀公卿两千余人。

公元529年，战神陈庆之与尔朱荣斗法。

公元530年，北魏孝庄帝杀尔朱荣，尔朱兆攻入洛阳，弑孝庄帝。

公元531年，高欢起兵于信阳。

公元532年，北魏孝武帝元修元年，高欢败尔朱兆，独秉朝政。

公元534年，侯莫陈悦杀贺拔岳，宇文泰崛起，孝武帝西入长安投宇文泰，遇鸩而崩，宇文泰立元宝炬，高欢立孝静帝元善见，魏裂东西。

公元537年，正月，宇文泰败窦泰于小关，十月，败高欢于沙苑。

公元538年，高欢败宇文泰于邙山。

公元541年，宇文泰改革政治，颁布"六条诏书"。

公元542年，宇文泰改革军事，设置六军。

公元543年，高欢败宇文泰于邙山。

公元546年，韦孝宽败高欢于玉壁。

公元547年，高欢去世，子高澄掌握东魏大权，侯景反叛，降于西魏和梁朝。

公元548年，侯景败于东魏慕容绍宗，降于梁朝，八月，反于寿阳。萧正德称帝。

公元549年，三月，侯景攻克台城；四月，王思政杀慕容绍宗；五月，梁武帝崩；六月，高澄生擒王思政；八月，高澄为膳奴兰京所杀，弟高洋执掌东魏大权。

公元550年，梁简文帝萧纲元年；四月，湘东王萧绎讨侯景；五月，高洋受禅于东魏，建立北齐，东魏灭亡。

公元551年，十月，侯景杀简文帝，十一月，自立为帝。

公元552年，四月，侯景被杀；十月，萧绎称帝，是为梁元帝。

公元554年，梁元帝死于西魏和萧詧之手。

公元555年，后梁萧詧元年。

公元556年，宇文泰逝世，其侄宇文护掌权。

公元557年，宇文觉建立北周，西魏灭亡；二月，杀赵贵；三月，赐死独孤信；九月，宇文护废宇文觉，立宇文毓；十月，陈霸先建立陈朝。

公元559年，北齐大杀魏元氏皇亲，宣帝高洋去世。

公元560年，北齐废帝高殷元年，二月，常山王高演发动政变，杀死杨愔等大臣；孝昭帝高演元年；四月，宇文毓遇毒而崩，弟宇文邕即位，是为周武帝。

公元561年，北周武帝元年，北齐武成帝高湛元年。

公元563年，正月，西魏权臣宇文护赐死侯莫陈崇。

公元564年，北齐大败北周于邙山。

公元565年，北齐武成帝高湛禅位于太子高纬，是为北齐后主。

公元568年，北齐太上皇高湛崩。

公元571年，七月，北齐琅琊王高俨杀和士开；九月，后主高纬杀弟高俨。

公元572年，三月，北周武帝杀宇文护，亲政；六月，北齐后主高纬冤杀斛律光。

公元572年，陈将吴明彻北伐，攻占寿阳，取得淮南。

公元574年，北周武帝禁佛。

公元576年，北周武帝伐齐，十月攻占平阳，不久回军，十二月，攻占晋阳。

公元577年，北齐后主高纬禅位于幼主高恒，北周攻入邺城，北齐灭亡。

公元578年，北周武帝崩，太子宇文赟即位，是为周宣帝。

公元579年，北周宣帝宇文赟禅位于太子宇文阐。

公元581年，杨坚受禅于北周，建立隋朝，是为隋文帝。

公元582年，五月，突厥四十万大军侵入长城；六月，高颎、宇文恺兴建大兴；

公元587年，隋文帝杨坚征后梁萧琮入隋，后梁灭亡。

公元589年，隋晋王杨广率军南下，擒陈叔宝，陈亡，中国再次实现大一统。

公元590年，杨素平定江南叛乱，裴矩平定岭南叛乱。

公元593年，宇文恺兴建仁寿宫。

公元598年，汉王杨谅和高颎征伐高句丽，大败而回；

公元599年，隋军大败突厥军，启民可汗入隋。

公元600年，四月，隋军再次大败突厥军；十月，废太子杨勇，暴杀史万岁；十一月，晋王杨广被立为太子。

公元602年，八月，隋文帝皇后独孤伽罗去世；十二月，蜀王杨秀废为庶人。

公元604年，七月，杨广杀隋文帝杨坚即皇帝位并杀前太子杨勇；八月，杀汉王杨谅；十一月，命宇文恺兴建东都洛阳新城。

公元605年，开挖运河；兴建行宫四十多座；八月，隋炀帝杨广一下江都。

公元606年，宰相杨素去世；兴建洛口仓。

公元607年，突厥启民可汗到中国朝见；隋朝派裴矩经营西域。

公元609年，杨广西巡，吞并吐谷浑，青海并入中国版图，设立西域四郡，隋朝疆域达到最大。

公元611年，山东暴民叛乱；窦建德河北起兵。

公元612年，110万大军第一次远征高句丽，惨败。

公元613年，第二次远征高句丽，杨玄感兵变。出现全国范围的大规模暴民叛乱。

公元614年，第三次远征高句丽，惨胜。

公元615年，八月，雁门之围。

公元616年，杨广再下江都，留代王杨侑守长安，越王杨侗守洛阳，从此一去不返。天下大乱。

公元617年，窦建德割据河北；梁师都割据朔方；刘武周割据山西；李密割据河南；薛举割据陇西；李渊太原起兵；李轨割据河西走廊；王世充和李密洛阳对峙；萧铣割据湖北；李渊拥立杨侑为帝，占领四川。

公元618年，三月，江都政变，缢杀隋炀帝；李渊称帝，建立唐王朝，是为唐高祖；洛阳越王杨侗继位为帝；王世充击败李密，李密投唐；宇文化及称帝建许；李世民灭秦（薛氏父子）；李密叛唐被杀。

公元619年，窦建德擒杀宇文化及；王世充受禅于杨侗称帝，国号郑；隋王朝正式灭亡。

公元621年，李世民武牢关败窦建德，洛阳降王世充，平定刘黑闼。唐王朝基本统一中国。

公元626年，玄武门之变，李世民即位，是为唐太宗，从此迎来中国历史上封建社会的巅峰。

历史就是这样,英雄人物如过眼云烟,只有老百姓,才是历史的主人,可惜,中国的历史,是主人被糟蹋、被轻视、被凌辱的历史,不过,人民真正当家做主人的那一天毕竟不远了,就像臧克家说的:骑在人民头上的,人民把他摔垮;伏下身子给人民当牛马的,人民永远记住他……

我不敢确信我写的是中国历史,每次看到"中国历史"这四个字的时候心里就很沉重,因为我一直记得黑格尔说的那句话:

中国的历史从本质上看是没有历史的,它只是君主覆灭的一再重复而已。任何进步都不可能从中产生。